中公文庫

冬の道

吉村昭自選中期短篇集

中央公論新社

目次

冬の道

吉村昭自選中期短篇集

鳳仙花

妻の良枝は、胸をひらいて嬰児に乳をあたえている。乳の出は豊かで、嬰児は左の乳房をくわえこんでいるが、右の乳房も刺戟をうけるらしく乳頭から薄白い液がしたたり、当てたガーゼもかなり濡れている。部屋の中には、乳の匂いが漂っていた。

耕一は、制服の上衣をつけると妻のかたわらにしゃがみこんだ。嬰児は薄く眼を閉じ、しきりに口を動かしている。乳房の白い皮膚に、静脈が濃く浮き出ている。

かれは、毎朝妻とはなれがたい気がするが、今朝は殊に妻のもとにとどまっていたかった。仮病でも使って欠勤したい気すらしたが、その日は特殊な日で、故意に勤務を避けたと推測されるにちがいない。それに、かれには仏間に鉛筆と藁半紙を持ってゆく役目を課せられていて、それが一つの儀式にも似た意味をもち、他の者に代行してもらうわけにもゆかなかった。

かれは、立ち上ると制帽をかぶり、入口のたたきに置かれた黒い靴をはいた。妻は、子に乳首をくわえさせたまま抱いて立ってくると、

「行っていらっしゃい」

と、抑揚の乏しい声で言った。

かれは、産毛（うぶげ）のはりついた嬰児の後頭部に手をふれると、ドアの外に出てコンクリート造りの狭い階段をおりた。いつも顔を合わせる官営アパートの所員たちは、出勤時刻より三十分も早いので、姿はない。かれは、駐車場のかたわらを過ぎ、草地の間に通じる路を通って舗装路に出た。

道は、大きな川に沿って伸びている。対岸の河原は芝生におおわれ、ゴルファーがグリーンに出ていて、小旗のついたポールを手に立っているキャディーの姿もみえる。

道の片側に高い塀がそそり立ち、陽光がさえぎられた。わずかに雑草が塀のふちにへばりつくように生えているだけで、塀の付け根に苔も湧いている。路上は影になっていて、前方の門の部分だけが明るく輝いていた。

かれは、大きな柵門のかたわらにうがたれたくぐり戸をぬけると、守衛に敬礼し、裏に隣接した教務課の建物の中に入って行った。すでに課長も係長もいて、打ち合わせをしているらしくソファーに並んで坐っていた。耕一は、かれらの前に行くと正しい姿勢をとって敬礼し、他の課員とも挨拶を交した。いつもの朝と変らぬ情景であった。

かれは、自分の机の上に制帽を置くと、あらためて係長の前へ行き、

「予定どおりでしょうか」

と、たずねた。

「変更はない。句会などする時間的余裕はないはずだが、一応、仏間に鉛筆と藁半紙を持って行くように……」

係長は、答えた。

耕一は、自分の机の前にもどり、前日用意した鉛筆五本、藁半紙十枚を曳出しから取り出して、厚紙で作った平たい箱の中に入れた。そして、箱を手に外に出ると、花壇にふちどられた道を大きな建物の方にむかった。係長は予定に変更はないと言ったが、この塀にかこまれた空間に変更というものはほとんど存在しない。物事は、すべて秩序正しく時間の経過に従って進められる。鉛筆と藁半紙を仏間の机の上に置くのは八時四十五分とされているが、それは係長がその後の手順を考慮して定めた時刻であった。

建物の中に入ると、かれは受付の守衛に敬礼し、正面の広い石段をあがった。踊場の上方にあるガラス窓に、雲片が丁度はめこまれたように透けてみえていた。

二階の総務部の部屋に入ったかれは、管理係長から通扉証を受けとり、廊下を進んだ。通路が大きな鉄製の柵扉にさえぎられていて、紙片をしめすと扉が音を立てて引きあけられ、背後で閉じられた。看守たちが所々に立っていて、耕一はかれらと挙手を交しながら

歩いて行く。同じ制服、制帽をつけているが、耕一はかれらの肉体に萎縮したものを感じる。小柄な看守もいるが骨格は一様に逞しく、はちきれるような臀部をしている者もいれば、薄気味悪いほど大きな体をした男もいる。通路の左側には鉄格子のはまったガラス窓がつづき、右側につらなる雑居房の内部も温室のように明るい。マンガ雑誌を読む若い男、足音に気づいてこちらに眼を向けている収容者などが、視線の隅を過ぎていった。

いくつかの柵扉を通過するにつれて通路は薄暗くなり、蛍光灯がともっている個所もあった。ありふれた外観をそなえる五階建ての鉄筋建物の内部が、果しない奥深さをもった古城のようにも思えた。

階段をおり扉を過ぎると、中年の顔見知りの看守が、机の前から立ってきて仏間のドアに鍵をさしこみ、あけてくれた。十坪ほどの仏間には、線香の匂いがしみついている。畳の縁は擦り切れ、大きな仏壇の扉の塗りもはげている。壁は古び、そこに買い替えたばかりらしい緑色をした短い箒が吊されているのが不釣合いにみえた。

耕一は、壁ぎわに置かれた長い和机を部屋の中央に運び、正方形に並べると鉛筆と藁半紙を揃えて置いた。

「予定どおりだそうだね」

かれが薄い座ぶとんを所々に置きながら言うと、看守は、

「ああ」

と、かれに顔を向けることもせず答えた。

耕一は、仏壇の扉を開くと看守の後から仏間を出た。そして、看守と敬礼し合い、再び鉄柵の扉をいくつか抜けて通路をもどり、総務部で通扉証を返すと建物の外に出た。

よく晴れた日だ、かれはまぶしそうに空を見上げた。ジェット機が通過した後らしく、薄絹のような飛行機雲が空を横切っていた。

門のかたわらの守衛室の前に、二人の和服姿の女と、和服、洋服をそれぞれ着た男が身を寄せ合うように立っていた。白髪の和服をつけた長身の男は光村山河という俳誌の主宰者で、他は門下生の同人たちであった。女の一人は白い花束を、他の者たちは風呂敷包みを手にしていた。

耕一は、かれらに近づくと挙手した。男も女も、無言で頭をさげた。髪に白毛がまじっている女たちは、薄化粧をしていた。

教務課の建物から課長が出てきて光村たちに挙手すると、御多忙中を御苦労様ですと言って、かれらをうながすように歩き出した。男や女たちの歩みはおそく、課長は時折り足をとめるようにしながら、かれらとともに花壇のふちを廻って建物の方へ遠ざかって行った。

耕一は、守衛室に入ると椅子に腰をおろした。時計を見上げると、九時少し過ぎであった。

「医大の車は、十時入門だったね」

短い髭を鼻下にたくわえた初老の守衛が、こちらに顔を向けた。

耕一は、そうです、と答えた。

かれは、光村たちが仏間への通路を歩いてゆく姿を想像した。かれらには何度も往復した通路だが、初めて歩くようにかたい表情をし、かたわらの獄房に眼を向けることもせず歩いているにちがいなかった。

光村が拘置所の依頼をうけて死刑確定者たちに作句指導をはじめたのは、三年半前からであった。希望者は三名で、その後、数が増し、月に一度句会も催されるようになり、耕一が雑用を引受けていた。初めの頃は女の同人の参加は許されず、句会のおこなわれている仏間には耕一以外に三名の看守が監視にあたっていた。収容者に筆墨の使用は許されていたが鉛筆は禁じられていた。鉛筆の尖った芯の先で光村たちに危害をあたえることが懸念されたのだ。

しかし、そのような恐れもなく、看守たちは仏間から退き、耕一も他に仕事がある時は席をはずすことが多くなった。さらに一年後からは、光村の門下生の二人の女性も加わり、彼女たちがかれらに茶を点てててやることもあった。

耕一は、それまで遠く死刑囚の姿を一度見たことがあっただけで、身近に接したことはなかった。

　初めてかれらを仏間で眼にした時、かれは男たちの清潔さに強い印象をうけた。洗濯されたばかりらしい衣服を身につけたかれらは、清冽な水で身を洗いぬいたように汚れというものが感じられなかった。一日に三十分間の日浴運動しか許されぬかれらの皮膚は、一様に青みをおびていた。が、医師の入念な健康管理によるためか、皮膚にはほのかな艶（つや）がみられ、手足の爪も短く切り揃えられている。色白の男の刈られた頭は青々としていた。

　殊に意外に思えたのは、眼の明るさだった。それも尋常の明るさではなく、白眼は澄み、瞳は上質の石のような光をおびていた。

　かれらは、しばしば口もとをゆるめ、時には声をあげて笑った。その折、眼は一層明るさを増し、澄んだ。

　かれらと光村たちとの間には、親愛の情が濃く流れているようにみえた。かれらは光村たちを先生、光村たちはかれらを雅号に君をつけて呼ぶ。かれらは句会の日を待ちかねているらしく、房内で作った句を光村に差し出し、光村の批評に耳を傾ける。注意をうけると顔を赤らめ、賞められると喜びを抑えきれぬように体を落着きなく動かし、眼を輝かせた。

　耕一は、部屋の隅で不思議な情景でも見るように光村たちと男たちをながめていた。光村には奉仕という意識は乏しいらしく、贖罪（しょくざい）の気持を養うのは教誨師（きょうかいし）の仕事であり、自分は死を控えたかれらの詩心の発露した句に魅力をいだいているのだ、と言っていた。そうした教化を意識せぬかれの態度が、男たちに無心な共感をあたえているようだった。

句会の席での光村たちは、男たちの影響をうけて浄化されたようにみえた。眼にはおだやかな光が浮び、男たちを呼ぶ声も澄んでいる。句会にはいつも和気藹々とした空気がただよっていて、男たちは常に礼儀正しく、会が終ると、かれらは鉛筆を集めて耕一に深く頭をさげ、光村が添削してくれた藁半紙を丁寧にたたんで房に帰って行った。

しかし、かれらは、抑えがたい感情を露出させることもあった。

或る死刑囚は、自作が選句で末席になったことを、光村の門下生が自分に対して悪感情をいだいているからだと解し、憎悪にみちた手紙を書いた。それは教務課に持ちこまれ、課長は、収容者の手紙の郵送を妨げてはならぬという規則にしたがってそれを門下生に郵送した。が、翌日、その男から強い反省と陳謝の言葉がつづられた手紙が差し出され、それも門下生に送られた。死に対するおびえから男たちの感情は絶えず起伏し、それが内攻するか、または表面に露骨な形であらわれるようだった。

かれらの句には、そうした揺れ動く感情が素朴な形で表現されていた。確実に死を迎え入れねばならぬ苦悩から破獄を願う句や、自殺をくわだて壁に頭を打ちつけた句もみられる。妻の肉体を恋い、文通すら拒んできた母への憤りと思慕の感情も句に託されている。キャラメルの紙を曳く蟻を眼で追い、膝にとまった蠅を足のしびれにも堪えながら見つめる句などに、かれらの独居房での孤寥感がにじみ出ていた。

稀(まれ)ではあったが、句会の席でかれらの感情が行為となって露出することもあった。

昨年の初冬、光村の門下生が、町に出まわりはじめた青蜜柑を持ちこんできた。句の題材にすると同時に、果物をあたえられることのないかれらを喜ばせる意味もあった。蜜柑は二個ずつ男たちの前の机に置かれたが、耕一は、不意に中年の男が蜜柑をつかみ、つぶすのを眼にした。男は全身の力を掌に集中しているように、蜜柑を激しくにぎりしめている。手がふるえ、指の間から果汁が机の上にしたたった。男の顔は青ざめ、ひきつれていた。

光村たちは男の顔を凝視し、他の男たちは口をつぐんで視線をそらせている。耕一は、執行前に飼っていた鳩をしめ殺した死刑囚がいた話を思い出し、それに似た心理が男を支配していることに気づいた。自分の死後も生き続ける鳩に対する嫉妬が、しめ殺すという行為になったと解釈する者もいたし、愛着を持った鳩を死の道連れにしたのではないか、という者もいた。青蜜柑は生き物ではなくても、男にとって過去の記憶と結びつく生命感にあふれたものにちがいなく、それを眼前にした時、死を受け入れねばならぬ自分と対比され、みずみずしい色をした果物に憎しみをいだき、握りつぶしたにちがいなかった。

耕一は、男の眼に危ないものを感じてドアの外に出ると看守に報告した。看守が二人すぐに仏間に入ると、蜜柑をにぎりしめたままの男の腕をとって房の方へ連れ出した。

仏間に突然起った男の叫び声も、耕一には忘れがたいものであった。それは句会が開かれるようになってから間もない頃で、その日、光村の門下生が定刻よりおくれて仏間に入ってきた。かれは、桜の枝の束を腕にかかえていて、光村のかたわらの机の上に置いた。

叫び声が起ったのは、その直後であった。背丈の高い若い男が立ち上り、眼を大きくひらいて桜を凝視している。耕一は、うろたえて立ち上ったが、同時に叫び声を耳にした看守が、ドアを勢いよくあけて入ってきた。かれらは、なにが起ったのかわからぬらしく、男たちと光村たちに視線を走らせながら、立っている男に近づいた。

光村が、いいのです、いいのですと看守たちを低い声で制した。桜が余りにも美しいので思わず声をあげただけなのです、とかれはおだやかな眼で付け加えた。他の男たちは、無言で桜に視線を向けている。かれらの顔には複雑な表情がうかんでいた。

その日のことについて、光村は教務課長に報告の形で自分の意見を述べた。門下生が桜をかかえてドアから入ってきた時、光村はすぐに男たちの表情が変るのに気づいたという。独居房ですごすかれらには長い間眼にすることもなかった桜の花であり、しかもそれは枝に花がすき間なく重なり合った満開の桜で、眩暈を感じるほど華やかなものに映ったはずである。桜の花は、自然の秩序正しい営為と一般社会の自由な空気の凝固したもののように感じられ、それに激しく感情を動かされたにちがいなく、「おそらく他の者も叫びたかったのではないでしょうか」と、光村は言った。

さらに光村は、かれらが自然に接する機会の少いことが句から十分に察せられる、とも言った。かれらが眼に耳にできるのは、獄窓や高い障壁で区切られた運動場で見上げる空の色や、窓をたたく雨や風の音で、雷雨や降雪があれば、それがすぐ句に託され、狭い窓からのぞく空に鳥影がよぎれば、それを題材に多くの句も作られる。かれらにとって、突然持ちこまれた満開の桜花は余りにも刺戟的で、一種の錯乱状態におちいったにちがいない、と述べた。

耕一は、そうした死刑囚たちに接しているうちに、かれらの明るく澄んだ眼は、決して教化による悟りによるものではないことに気づくようになった。むしろ、その眼は死に対するおびえから生じた不安定な明るさだと思うようにもなっていた。

かれは、男たちの明るい眼を見る度に、重苦しい気分になった。かれらは、死の予定されている身であるのに、笑ったり句作をしたりしている。そうしたかれらが確実に執行を受けることを思うと、その日がやってくるのが恐しく感じられた。

句会がはじめられてから一年後、その日が訪れた。前々日、かれは長年勤務している教務課員が、やるらしいと低い声でつぶやくのを耳にし、それが執行を意味することに気づいてひそかに自分と周囲をうかがった。些細な動きであったが、たしかにいつもとは異なった気配が感じられた。課長が口をつぐんでなにもせず机に肘(ひじ)をついているかと思うと、書類にあわただしく筆を走らせたりしている。係長とともに所長室へ呼ばれて長い間もどってこないこともあった。

古手の課員の推測どおり、耕一は、翌日、収容者の一人に執行の決定が通告されたことを知った。他の拘置所では執行日の早朝本人につたえられるが、耕一の勤務している拘置所では気持の整理をつけさせるためという理由から前日の朝つたえられる習わしになっている。時間をおけばそれだけ苦悩も増すのではないかと思われたが、教誨の十分に浸透した死刑囚にはむしろ好ましいらしく、不祥事の起ったことは皆無であった。

通告が下された日の午後は教誨師、篤志面接委員による慰安の会がもたれ、教務課長も出席する。が、その日は、本人の強い希望で句会がもよおされることになり、光村と門下生が招かれ、他の男たちも加わって訣別句会が開かれた。

いつものように句会がはじめられたが、さすがに句を作る雰囲気にはなく、光村は作句を中断すると、執行される男がそれまで作った句について好意的な概評を述べた。男は、眼をかがやかせて光村の言葉をきき洩らすまいと視線を据えていた。

概評が終ると、男の希望した食物が出され、女の門下生が茶を点てた。

茶を口にふくんだ男が顔をあげると、すがりつくような眼を光村に向け、先生のお体に抱きつきたい、と言った。光村が無言でうなずくと、男はにじり寄ってその体にしがみつき、ありがとうございます、先生のお体にひそむ病いをすべて背負って行きます、と言って泣いた。光村たちは、涙を流し、教務課長も眼をしばたたいていた。かれらの中で多くの死刑囚の世話をしてきた篤志面接委員の老人だけが気丈で、「元気に行けや」と張りのある声をかけた。

その男が執行されて後、一年目に一人、半月たってからまた一人が句会の席から姿を消した。その度に訣別句会がもよおされたが、一人は古い流行歌をうたい、他の男は静かに握り鮨（ずし）を食べていた。かれらは、その夜一睡もせず家族や光村たちに手紙を書く。出房時刻になっても、あと一通とせがんで筆を走らせていた者もいたという。

……前日の訣別句会は、午後二時からおこなわれた。眼の細い柔和な顔をした色白の男で、肉付きがよく背丈も高い。句を作ることには熱心ではあったが、句は稚（おさな）いようだった。

「いい天気だね」

中年の守衛が、つぶやくように言った。

若い守衛がガラス越しに眼をあげたが、他の者は顔も動かさなかった。

耕一は、立ち上ると守衛室を出て、教務課の建物にむかった。仏間には執行を受ける男も姿を現わし、光村や教誨師たちと別れの言葉を交しているにちがいなかった。その日、耕一がやらねばならぬ仕事は、仏間に鉛筆と藁半紙を回収に行くことと医科大学から遺体受領にくる係員との応接であった。

死刑囚の中には、遺体を医学機関に寄贈することを申出て献体書に署名捺印する者が多い。基本的には、教誨を受けている間に贖罪の気持からそのような心情になるのだが、自分の肉体が死後もそれらの機関で大切に保管されることを耳にし、それにわずかな救いを見出しているのかも知れなかった。

事実、それらの遺体は他から提供されるものよりもはるかに貴重視されていた。ある国立大学の解剖学教室の主任教授は、拘置所から受けとった遺体ほど美しいものを解剖したことはなかったと、感謝の手紙を寄せてきた。その手紙を課員に披露した課長は、当然のことさ、死刑囚の体は頭の先端から足先までどこにも故障はないのだから……とさりげない口調で言った。収容者の体調は医師による周到な定期検診と禁酒、禁煙をふくむ食事への配慮で十分に整えられ、殊に死刑囚には、健康体であることが執行の重要な条件にもなっている。遺体は、大学の医局員の手で解体、分類され、得難い新鮮標本として丁重に保存される。そうした事情から、医学機関では被執行者の遺体の入手を強く願い、拘置所では順を定めて渡している。

耕一は、教務課の建物に入ると、係長の机の前に行き、医科大学の車が十時に入門し、献体書の受領の署名捺印をさせるので書類を出して欲しい、と言った。

係長は無言で立つと、大きなロッカーを開いて薄い書類を取り出し、机の上に置いた。

「今朝早く家族が着いてね。妹夫婦で四国からフェリーで渡って夜通し車を飛ばしてきたそうだ。早目に電報を打っておいたが、間に合ってよかった」

係長は、椅子に腰をおろした。

本省から執行の通達がとどくと、拘置所では本人につたえる以前にあらかじめ届出させておいた連絡先に緊急電報を打つ。執行前に最後の面会をさせるための配慮からだが、すでに肉親が絶えていることもあれば絶縁状態になっていることも多く、電報を打っても来所する者はほとんどいない。そのため医学機関に渡されるもの以外は、焼骨された後、郊外の霊園にある共同納骨堂におさめられる。献体書に署名した者の家族が駈けつけてきたなどということは、異例であった。

「医大には渡せないかも知れない。妹さんに献体のことを話したら、どうしても遺骨を持ち帰りたいと言っていた。それならよく本人を説得して下さいと言っておいたが、本人が応じなくとも家族の意志の方を尊重しなければならぬからな」

係長は、両手を机の上に置いた。

「家族が来たのは、私の出勤前ですか」

耕一は、たずねた。

「少し前だ。新しい下着を持ってきていたから、それも渡して面会しているはずだ。そういう事情だから、書類はここに置いておく」

係長は、書類に手をのせた。

耕一は、係長の机の前をはなれると自分の席にもどった。落着かない気分であった。執行時刻に合わせて医科大学の車の入門時を定め、その後、かれが車を執行場の裏口に導き、運び出される遺体を車に運び入れる手筈になっていた。すべてが予定にしたがって進められることになっているが、係長は変更の公算が大きいという。遺骨を持ち帰りたいと願う肉親がいることは死刑囚のために幸いだが、定められた手順に乱れが生じることに苛立ちも感じた。

耕一は部屋の中を見渡した。書類にボールペンを走らせている者もいるが、ぼんやりと壁に眼を向けている者もいる。執行日であるだけに、所内の秩序はわずかではあるが正常さを欠いているように思えた。

係長の机の上に置かれた電話のブザーが鳴った。耕一は、係長に眼を向けた。課長かららしく、係長は低い声で丁重に受けこたえすると、受話器を置いた。耕一は、壁にとりつけられた時計を見上げた。死刑囚が仏間からはなれ、執行官や立会い人とともに執行場に隣接した教誨堂に入った時刻であった。

耕一は帽子を手に立つと、係長に医科大学の車の入門時が近づいたので守衛室におもむく旨をつたえ、建物の外に出た。陽光がさらに強さを増し、遠い花壇の花の色が一層鮮やかにみえた。

守衛室に入ると、主任の守衛が、

「もう来ているよ」

と、右方に眼を向けた。

花の散った夾竹桃の植込みの近くに、医科大学の名を記した紺色の車が停っていて、助手台から白衣をつけた二人の男が降り立つところであった。医学機関の車は、いつも指定した入門時刻よりも早目にやってくるが、耕一は自分たちの定めた手順を軽視されたようで不快だった。

「いやだね、こういう日は。同じことを何度も繰返し経験してきたが、いつまでたっても気が滅入る」

中年の守衛が、紺色の車に眼を向けながらつぶやいた。

白衣の男たちが連れ立って入ってくると、

「道路の交通量が思ったより少く、早く来てしまって……」

と、弁解するように言った。そして、煙草の箱を取り出したが、禁煙の標示に気づいて白衣のポケットにもどした。

かれらは、守衛にすすめられて椅子に腰をおろした。

「今日は、難しいかも知れないよ」

耕一は、花壇の方に眼を向けながら言った。

「なにが、です」

大学の係員が、耕一に眼を向けた。

「家族が駈けつけて来てね、骨にして持ち帰りたいと言っている。署名はしてあっても本人の意志より家族の方が優先するからね。今日は多分だめだろう」

耕一は、事務的な口調で言った。

「まさか。本当ですか」

係員たちが、耕一の顔を見つめた。

「本当だよ。今、係長からきいたばかりだ」

「それは、弱ったな」

係員が、顔を見合わせた。

耕一は、大学の車に眼を向けた。車の中には運転手が残っていて、ハンドルに顎をのせるように両腕をもたれさせて構内に眼を向けている。

「医局の連中は待っているんだけどな。久しぶりにまわってきた順番だからね」

中年の係員が、気落ちしたように顔をしかめた。

遠く獄舎の端から看守に付添われた収容者が、列をつくって姿を現わし裏門の方へ歩いてゆく。

守衛たちは、口をつぐんでいる。耕一は、時間の流れを重苦しく意識した。

「一応、棺だけは持って行きたいんだがね」

中年の係員が、耕一に声をかけてきた。

車には医科大学の名が記された分厚い板の棺がのせられていて、執行場の裏口から入れると看守たちが遺体を納めて運び出してくれる。それを車にのせて教務課で受領の手続きをし、大学に運ぶ。耕一はそれに立ち会うのだが、献体が中止になれば遺体を焼骨場に運ばねばならない。

「そうもいかないよ。もう少しここで待っていてくれ」

耕一は立ち上ると、外に出た。執行の時刻が迫り、看守たちが死刑囚に煙草をくわえさせている頃かも知れなかった。長い年月禁煙を強いられてきた死刑囚は、一服か二服すうと軽く意識がかすみ、それをきっかけに看守たちが気軽な口調で執行個所にうながすという。

かれは、教務課の部屋に入ると自分の机の前に坐った。五階建ての建物の奥で色白の男の生命を断つ作業がおこなわれようとしているのかと思うと、胸をしめつけられるような息苦しさを感じた。かれは頭を垂れ、しきりに首筋を撫でた。

係長に名を呼ばれ、かれは顔をあげると席を立ち、係長の前に立った。

「やはり妹さん夫婦が遺骨を持って帰ることになった。本人も喜んで納得していたそうだ。そのことを医大の連中につたえるから、ここにくるように言ってくれ」

係長は、書類を机の曳出しにしまいながら言った。そして、かれに眼をあげると、

「五分前に終ったそうだ」

と、言った。

耕一は、係長の顔を見つめた。死刑囚を絞首台に導くのはきっかけが必要だと言われているが、その瞬間が早目に訪れたらしい。肉付きのよい男の肉体がすでに物質に化していることが信じがたかった。

かれは、建物の外に出た。軽い眩暈に似たものが体を包み、陽光がひどくまぶしく感じられた。かれは、顔を掌で荒々しくこすった。

守衛室に入ると、かれは白衣の男たちに係長の言葉をつたえた。かれらは、椅子からはなれると守衛室を出て行った。

「もう終った頃じゃないかな」

中年の守衛が、低い声で言った。

耕一は、黙っていた。

建物の方向に、人の姿があらわれた。和服姿の者がまじっていることから考えて俳誌の光村たちであるのはあきらかで、ゆっくりした足取りで歩いてくる。和服を着た女たちは、少しおくれていた。かれらは、仏間で死刑囚と最後のお別れをし、教誨堂に去るかれを見送ったのだろう。おそらくかれらは句を作る時間などなく、鉛筆と藁半紙は机の上に置かれたままになっているにちがいなかった。

女の一人が、道をはずれると花壇のふちに行ってうずくまった。それに気づいた女が背後に近づき、男たちも足をとめて女の方に顔を向けている。女は泣いているのか、それとも悪寒に襲われて嘔吐でもしているのか、いずれともわからなかった。

ドアが開き、係長が入口に立ったまま耕一に眼を向け、

「もう遺体が棺に納まったという連絡があった。総務部で埋火葬許可証を用意してあるそうだから、棺を焼場へ運んでくれ。妹さん夫婦は教務課の宿直室で休んでもらうことになったから、骨を焼いたら課の部屋に持ってくるように」

と、言った。

耕一は、承知すると守衛室を出た。白衣の男たちは、医局に電話でもしているのか教務課の建物に入ったまま姿をみせなかった。

かれは、五階建ての建物の方へ歩いていった。和服を着た女は、紫色の鳳仙花(ほうせんか)の咲いた花壇のふちにしゃがんだまま動かない。嘔吐しているらしく、手に塵紙をつかんでいるのがみえた。

光村たちは、女の方に眼を向けている。耕一は、かれらの背後を通り過ぎた。

建物ぞいに歩き、裏手にまわった。扇状に同形の建物が立ち、要にあたる部分に所長室、総務部室などがある。陽光が獄窓のつらなる建物の外壁を斜めに切り、幾何学模様のような陰影を随所に浮び上らせていた。

倉庫のかたわらを通り過ぎ、建物の角を曲ると執行場に通じる出入口があった。鉄製の扉が片側だけ開かれていて、その前に拘置所の車がとまり、総務部の部員が立っていた。

部員は、耕一を眼にすると扉の中に入っていった。そして、すぐに看守たちと節だらけの真新しい木肌の棺を運び出してきた。

耕一も近寄り、棺に手をかけて車の後部に開いた扉の中に押し入れた。芳香が漂い流れていた。かなり濃厚な匂いで、かれは、看守たちにいぶかしそうな眼を向けた。看守たちは、無言で扉の中に引返していった。

「行こうか」

総務部員が、耕一をうながして運転席のドアをひらいた。耕一は、助手席に身を入れた。

車が、動き出した。

「いい匂いだね」

耕一は、部員に顔を向けた。

「執行前に、俳句の女先生からもらった香水を一瓶ぜんぶ体にふりかけたのだそうだ。大人しくいってくれたらしいよ」

部員は、前方に眼を向けながら言った。

倉庫から収容者たちが藁ぶとんを運び出していた。付添いの看守に声をかけられたかれらは、動きをとめて道をあけた。車は、かれらの間をぬけ、建物の表方向に出た。

「あれが、家族だよ」

部員が、言った。

光村たちの姿はすでになく、花壇にふちどられた通路を教務課長と二人の男女が守衛室の方へ歩いている。男は紺色の背広を着、女は紺のスカートに白いブラウスを着ていた。男は痩身で、女は小太りであった。

車が徐行して近づいてゆくと、かれらは振返って道の片側に身を寄せた。男はかたい表情をし、女の顔は腫(は)れたように赤みをおびていた。

耕一は、助手席から窓ごしに課長に挙手し、課長はそれに軽く応じた。

車が門に近づいてゆくと、守衛が二人出てきて柵門を引きあけてくれた。かれらは、姿勢を正して敬礼した。

車は門外に出ると、速度をあげて舗装路を走り出した。対岸のゴルフ場には人の姿が増し、駐車場にも車がつらなっている。パラソルをかざして芝生の上を移動している者も所々にみえた。

塀がきれると、フロントガラスに陽光があたり、部員はシェードをおろした。

耕一は、左方に眼を向けた。草地をへだてて三階建ての官営アパートが立っている。

「かなり渋滞しているな。下を行くか」

部員が、いった。

前方の川の上に架けられた高速道路に車が列を作っていて、少しずつしか動いていない。その背後に、澄んだ都会の空がひろがっていた。

耕一は、再びアパートの方に視線を向けた。が、アパートは球形のガスタンクのかげにかくれはじめていて、かれの部屋の窓を眼にすることはできなかった。

休暇

一

駅弁は飯が炊かれたばかりらしく温かく、経木の底が湿っていた。

男は、売子から三個の駅弁とビニールの容器に入った茶を二つ買い求め、支線のフォームにとまったジーゼルカーの車内に入った。乗客はまばらで、かれは、座席に並んで坐っている女と子供の前に腰をおろすと、女に駅弁二個を差し出し、茶の容器を窓枠にのせた。

女は、頭をさげて二個の弁当を受けとったが、かれに眼を向けると、

「私たちは、一つでいいのですが……」

と、言った。

「いいじゃないか、三つ買ってきたんだ。その子も一つは食べられるさ」

かれは、鷹揚な態度で女にやわらいだ表情を向けた。子供と二人で一個の駅弁を分けて食べるという女の、貧しい生活になれているらしいことが、かれには好ましく感じられた。

薄給の身であるかれは、この女とうまく生活できそうだと思った。

女から駅弁を渡された子供の顔が赤らみ、眼に喜びの色がうかんだ。旅をすることは稀なのだろうし、まして駅弁を口にする機会もなかったのだろう。

駅弁をひろげて箸（はし）を使いはじめると、フォームのベルが鳴り、ジーゼルカーがエンジンの回転音をたかめて動き出した。頭を坊主刈りにした子供は、口を動かしながら窓外に眼を向けている。

子供は来年小学校に入るというが、発育は劣っていて腕も首筋も細い。女の乏しい収入では栄養価の少い食物しか口にできなかったのだろうが、女の躾（しつけ）はきびしいらしく、座席にも膝をそろえて坐り、満足そうに箸を動かしている。その顔には、分別のつきはじめた律儀な少年のような落着いた表情がうかんでいた。

仲人に立った女の伯母は、女と子供にとって救いの神のようなものだと、かれに言った。女は、農家をまわって野菜、果実、鶏卵などを分けてもらい、それを市街地の顔見知りの家に売って歩いていたが、ひ弱な女の背負う荷は他の女たちよりも少く、収入も生活を辛うじて支える程度にすぎなかった。

女の伯母の家で初めて引き合わされた時、女は、薄化粧をしていた。市場に吊しで売られているようなツーピースを着た女は、口数も少く伏目がちであったが、かれは女の肌の白さと繊細な目鼻立ちにひかれた。女は、四年前に夫を飲酒運転による交通事故で亡くし、それから子供と二人で過してきたという。年齢は三十二歳だというが、三、四歳若くみえた。

女の伯母は、子供づれの姪があなたのように生活の安定したお役所勤めの人にもらってもらえるなどとは思ってもいなかったと、結納を交した日に涙ぐんでいた。かれの気持は、その言葉でなごんだ。それまでかれにもいくつかの縁談があったが、その度に拘置所勤務ということで話が破れ、三十五歳まで独身生活を余儀なくされてきた。お役所勤め……という言葉に、かれは面映ゆさを感じた。

看守たちには晩婚者が多かったが、それは結婚相手としての職種が敬遠されたためだけではない。かれらは、鉄格子の中で女を渇望する男たちの眼の光にふれてきたが、それが逆に女に対しての感情を麻痺させていたようだ。所外に出れば数多くの女の姿を眼にすることができるが、当然のことながら大半は鉄格子の中の男たちが思い描く存在とは程遠い。そうした一種の冷却作用が、女に対する関心を薄めさせることにつながっていたのかも知れない。

かれにも幾分そのような傾向があったが、女を眼にした時から女と共に生活したいという感情が抑えきれぬほどの激しさでふき上るのを意識した。そして、見合いをした翌日の夜、女の伯母の家におもむいて仲介を依頼し、独身生活の不便さを口にしてそうそうに式をあげたいという希望をつたえた。

伯母は喜び、女の側からもすぐに承諾の返事があって、手続きが早目にすすめられた。そして、昨日挙式の後、公民館の小部屋で形ばかりの披露宴が張られたのだ。

女は、飯粒を丹念に箸でつまんで口に運び、時折り子供の弁当の中に眼を向けている。子供は、一心に箸を動かしていたが、やがて、

「もういい」

と、女に低い声で言った。その顔には、女に対する子供らしい甘えの表情があらわれていた。

女はうなずくと、子供の手から駅弁を受けとり、箸をせわしなく動かして副食物と飯を片側に寄せた。そして、ふたをし丁寧に紐で結ぶと、かたわらにおかれた布製のボストンバッグにしまった。

「うまかったかい」

男は、食べ終った駅弁を無造作に紐でからげながら子供に声をかけた。

「はい」

子供は、表情をゆるめると窓外に眼を向けた。

男は、茶器のふたをとって茶を注ぎ、女にさし出した。女はあわてて弁当を膝に置くと、

「すみません」

と言って、両手でふたを押しいただくようにして受けとった。

男は、満ち足りた気分であった。新婚旅行のために一週間の休暇を得たことはよかったと思った。その旅で女と子供にも打ちとけることができるにちがいなく、すでにそれは現実のものになっている。

かれは、晩夏の陽光を浴びてつらなる玉蜀黍(とうもろこし)畠に眼を向けた。

二

一週間の特別休暇は、かれが自ら手に入れたものであった。その年は、ただ一人生き残っていた老母の死とわずかに遺された農地の処分で有給休暇のほとんどを使い果し、新婚旅行にふりむける休暇はなかった。

かれは、旅をすることなど初めから諦めていたし、女もそんなことは考えてもいないようだった。そうしたかれに、思いがけず特別休暇をあたえられる機会が得られた。それは、支え役を引受けたものに許される特別な権利であった。

支え役の話が出たのは、三日前の午後であった。

「希望者は夕方五時までに申出ること。希望者がなければ、こちらから指名する」

看守長は、それだけ言うと自室のドアの中に消えた。

看守たちは、一様に顔をしかめその場に立ちすくんでいたが、一人が歩き出すとそれにつれて無言で散っていった。

男は、額をこすり眉をひそめた。看守長は希望者という言葉を口にしたが、希望する者がいるはずもない。前任の老看守長は、だれか引受けてくれる者がいないかと申訳なさそうに言ったが、今度の看守長はそうした神経の細さはなく、すべてを事務的に処理する。そして、結局は、看守長が一方的に二名の支え役を指名するのだ。

翌々日に結婚式をひかえるかれを看守長が指名することはないはずだが、ともかく縁起でもないと、彼は思った。執行の手続きは、中央の上部組織から徐々に下部組織へと下降して、その間に数多くの印鑑を書類に押すことをつづけながら拘置所長に達したものだが、その期日が結婚式の前日に定められたことは、かれにとって不吉に思えた。

かれは、いくつかの鉄扉を通りすぎて鎮静房に行くと、鉄格子の中の若い収容者の姿をうかがった。収容者は、革手錠をかけられ安坐していて、かれの顔に人なつっこい眼を向けてきた。その男は陽気な性格であったが、些細なことで感情をたかぶらせることが多く、二日前に運動場で他の収容者を殴りつけ鎮静房に送りこまれたのだ。

明日は房から出してやれるだろう、とかれは男にかすかな笑いを向けると再び廊下をもどった。

控室に入ると、かれは煙草をとり出した。

「どうだい。支え役を引受けて一週間かあちゃんと楽しんだら……」

同年齢の友人が、薄笑いしながら声をかけてきた。

「冗談言うな」

かれは、口をゆがめた。

友人が、縁台に置いた制帽をかぶると腰をあげてドアの外へ出て行った。

かれは、煙草を一服して鉄格子のはまった窓から樹葉の緑に眼を向けた。女の華奢な首筋の白さがよみがえってきた。胸に、熱いものがひろがった。

ふと、一週間の休暇があたえられたら女と旅をしたい、と思った。母の死と土地の処分で休暇をとりすぎたことが悔まれた。

かれは、煙草の先端についた灰を見つめた。胸の中に、不意によぎるものがあった。かれは、首をふった。楽しい旅ができるはずはない、と思った。眼に落着きのない光が浮び、煙草をせわしなくすった。わずか一瞬のことだという思いが、胸の底に沈澱しはじめた。

五年前、かれは看守長の指名でその役目を課せられたことがある。今でも時折り夢をみるほどいまわしい記憶で、数日間は食欲もなく、あたえられた一週間を酒にひたってごろごろして過した。その経験を再び繰返す気はないが、二度目であるから幾分気持も平静を保っていられるかも知れないと思った。

かれは、指先が熱くなるまで煙草を短くすうと、空缶の中に落して消した。そして、しばらく思いあぐんでいたが、ドアの外に出ると廊下を看守長の部屋の方へ歩いた。

看守長は、書類に度の強い眼鏡を向けていた。役目をすすんで引受けることは前例がないはずなのに、看守長は無表情にその希望を受け入れた。

夕方の五時、看守長が、かれ以外にもう一人の支え役として初老の看守を指名し、翌朝早く勤務につくことを命じた。

看守長が去ると、看守たちは一斉にかれに視線を向けてきた。結婚式をひかえて休暇を使い果してしまっているのだから無理もない、しかしよく思いきったなと五十年輩の看守が言ったが、式の前日にすすんで支え役を買って出たかれに、他の者たちは白けた眼を向けていた。


ジーゼルカーは、丹念に小さな駅に停車することをつづけながら進んでゆく。耕地もまばらになって、両側に雑木林と低い丘陵が起伏するようになった。

支線は単線で、三十分ほどたった頃、小さな駅に列車交換で停止した。後部からおりた車掌が、フォームに降り立つと両手をのばして欠伸(あくび)し、飲用水と書かれた木札の垂れている細い水道の蛇口に近寄って水を飲んだ。

男が、窓から身を乗り出して、どのくらい停車するのかとたずねると、車掌は七分と答えた。

「冷たそうな水だ。降りて飲もう」

かれが声をかけると、子供はすぐに応じた。

蛇口に紐でとりつけられた軽金属製のカップはゆがんでいて、それに水をみたすと、子供はうまそうに飲んだ。

かれは、子供からカップを受けとった。近くの谷間ででも湧いているのか、水は冷たかった。近くになだらかな山肌が迫っていて、微風にも涼気が感じられた。

前々日の所内の蒸し暑さが、対比的に思い出された。かれは、その日の朝三時半に起き、前夜炊いた飯の残りに生卵をかけて食べると、拘置所に自転車を走らせた。夜明け前だというのに空気は生温かくよどんでいて、その日の暑さが予想された。

間もなくやってきた初老の看守と二人で、箒とバケツを手に樹木でかこまれた木造建築物に歩いていった。

初老の看守が、ぶらさげた鍵を錠にさしこんで重い引戸を開いた。稀にしか使われぬ建物なので、内部の空気は黴臭かった。

建物に窓はなく、電灯の下でかれは初老の看守とともに箒を使いはじめた。建物は平屋であったが奥の一部が中二階のようになっていて、そこに木製の階段がとりつけられている。かれは、バケツと箒を手に中二階にのぼっていった。

階上には二部屋あって、階段をのぼってすぐの細長い控室には、テーブルをはさんで二個の椅子が置かれていた。かれは、雑巾でテーブルと椅子を拭き、アルマイト製の灰皿の中をぬぐった。つづいて隣室に入ったかれは、黙々と床を掃いた。部屋の一方の側面には板壁がなく、黄ばんだ白い幕が全面に垂れ、中央の床には下方へ開く扉がとりつけられている。そこにどこから入りこんだのか、一匹の大きな黒蟻が横切って、蝶つがいの上を越えると床を板壁の方へ動いていった。

階段をおりると、階下の床に水が撒かれ、初老の看守が六個の縁台を並べていた。コンクリートの床は所々ひびわれていて、その亀裂にたまった水が電灯を浴びて光っていた。

かれは、縁台に腰をおろした。眼をあげると、白い布の垂れた階上の部屋が、小さな舞台のように仰ぎ見られた。

「何時だね」

初老の看守が、言った。

「五時十五分です」

かれが答えると、初老の看守は掃除道具を手に入口の方へ歩いた。かれも、その後に従った。

いつの間にか夜は明けていて、拘置所の煙突から炊煙が淡くゆらぎ出ているのがみえた。

二人は、その建物の方に歩き出した。

「お客さん、乗って下さい」

車掌が、声をかけてきた。

前方を見ると、上りのジーゼルカーがゆるい丘陵のかげから姿を現わし、線路の分岐点のつぎ目で車体を小刻みにふるわせながら進んでくる。かれは、子供と車のドアの中に入った。

かれは、座席にもどると、両掌を荒々しくズボンにこすりつけた。

かれは、神前で神主の祝詞をうけ三々九度の杯を交す間も披露宴の席でも、紋服の袴を両掌でしばしばこすった。出席した同僚は黙ってその動作をながめていたが、かれの従兄は、婿さんだいぶあがっているな、と呂律のまわらぬ声で冷やかしたりした。

また従兄は、一週間の休暇が許されたことを幸運だと言って、かれの同僚たちの前に坐ると役所の温かい配慮に対してしきりに礼を述べていた。同僚たちは、当惑したようにただ薄く笑っているだけだった。

かれらは、前日の記憶がよみがえるのか刺身や酢の物には箸を伸ばさなかった。酔いもまわらぬらしく白けた顔で坐りつづけ、宴がはねると無言でかれの背をたたいたり目礼したりして、寄りかたまるように部屋を出ていった。

所内の空気は、異様な緊張感にみちていた。かれは、初老の看守と控室で待機していたが、入ってきた同僚の看守が煙草をせわしなくすうと、再びあわただしく出て行く。かれらの眼には、重苦しい光が浮んでいた。

だれの口からともなく、収容者の名が洩れた。かれは、額に手をあてた。その収容者はよく聖書を読み、運動場に出ても静かな足どりで歩いていた。体の大きな男で、その肉体を支えなければならぬのかと思うと気分が滅入った。

所長がその日は出張で出勤せず、副所長が職務を代行するという話もきいた。所長は逃げたのだ、とかれは思った。

六時に看守長が収容者に、「今日お迎えが来た」とつたえたことがかれの耳にも入ってきた。その収容者は、老人夫婦を殺傷し金品を強奪して捕えられた二十七歳の男だった。同僚の一人は、収容者がなかなか悟りきった男だと低い声で言った。顔には、かすかに安堵の色がうかんでいた。生に強い未練をいだきつづけている男は扱いにくく、看守たちにも後味の悪い記憶を残すが、悟った収容者は看守をわずらわせることも少いのだ。

収容者の書いた遺書を副所長室にとどけた看守が、その文字が書家のような達筆で、遺体を大学病院解剖学教室に寄附して欲しいと書かれていたとつたえてきた。

かれは、初老の看守と椅子に坐って煙草をすいつづけていた。窓の外には強い陽光があふれ、風もなく室内は蒸し暑かった。

重苦しい時間が流れた。控室に入ってくる同僚もなく、廊下を往き来する靴音がきこえるだけだった。

不意にドアが開いて、同僚が、行くよと声をかけた。

かれは立ち上り、初老の看守について部屋の外に出た。建物の裏手に出ると、十名ほどの同僚が一人の男をとりかこむようにして疎林の中に入ってゆき、左方から副所長と背広を着た数人の男がその方向にゆっくりした足どりで近づくのがみえた。

高検の検事と実見にきた検事の卵たちだ、と同僚が歩きながら言った。

かれは、副所長たちよりも早く樹木にかこまれた建物に入った。そして、初老の看守の後につづいて中二階への木製の階段をのぼった。

細長い十畳ほどの控室には、同僚たちが、中央におかれたテーブルを囲むようにして立っていた。

かれは、テーブルの前に坐っている収容者を見た。目鼻立ちが整い体格も逞しく、背筋を正しく伸ばして椅子に坐っている。バリカンで髪を刈ったばかりらしく、頭の地肌が青々としていた。

男の前には縮れた金髪の牧師が聖書を手に坐っていた。その牧師の姿を眼にしたかれは、急に身のふるえるのを意識した。牧師の顔には血の気が失われ、聖書を読む外人特有の訛りのある声も低く、うわずっている。説教する声はとぎれがちで、それに対して男は、

「ハイ、ハイ」

と、小学生のような張りのある声で答えていた。

看守たちは、こわばった顔で身じろぎもせず男と牧師の姿を凝視している。

牧師と男が讃美歌をうたいはじめたが、牧師の口ごもるような歌声は男の大きな声に消されがちであった。

歌が終ると、牧師は聖書をつかんで立ち上った。そして、看守の間を通りぬけると階段をきしませながらおりて行った。

部屋には、背筋を伸ばして坐っている男と看守たちだけが残された。沈黙がひろがり、かれは、口中の激しい渇きを感じた。

「お茶を一杯所望します」

男が、顔を横に向けて言った。

よし、よしと最年長の看守が答えると、急須に入れた茶を茶碗にみたしてテーブルに置いた。

男は、茶碗を手にするとひと口飲み、そしてしばらく息を整えるようにしてからまた茶を飲み、静かに茶碗をテーブルに置いた。

再び重苦しい沈黙がつづいた。

かれは、ふと同僚たちの足が目立たぬような動きで少しずつ進み、男をかこむ環が徐々にせばまっているのに気づいた。

「煙草を一本すわせて下さい」

男が、静寂にたえきれぬようにつぶやいた。

最年長の看守が再びうなずくと、用意しておいたらしいピースをポケットからとり出し、マッチで火をつけて男にさし出した。男は、それを指にはさむと、板壁を見つめながら二度煙をくゆらした。その間に、看守たちの環はさらにちぢまっていた。

男が煙草をアルマイトの灰皿においた時、背後に立っていた同僚の看守が、いつの間に手にしていたのか四十センチほどの幅をもつ帯状の白い布を素早く男の顔にかぶせた。一瞬、男が顔を横に向けた。その眼には、悲しげな色がうかんでいた。

看守が、なれた手つきで白布を男の後頭部でかたく結びつけた。男の頭から首筋まで、白布につつまれた。

男は、椅子に坐ったまま身じろぎもしない。そして、看守にうながされると立ち上り、三名の看守に腕をとられて隣室に入っていった。

かれは、他の看守と後方に立っていた背広姿の検事たちの後から階段をつらなっておりた。そして、看守は板壁に沿って並び、検事たちは、土間におかれた長椅子に坐った。

かれは、初老の看守と看守長に敬礼し、白い幕の垂れた舞台状の二階の下に歩き、所定の位置に立つと、初老の看守と向き合う姿勢をとった。

意識がかすみ、呼吸が息苦しいほど早くなった。

「蝶つがいがはずれますと大きな音がいたしますが、驚かないで下さい」

看守長が、検事たちに低い声でささやくのがきこえた。

その音は、かれも知っていた。それは、鉛の棒を頭の頂きから足もとまで刺しつらぬくような衝撃的な音であった。

頭上の床の上で、看守の靴音がきこえている。その音がしずまれば、あの大きな音がするのだ。

逃げ出したいという衝動が、かれをおそった。いやな役目をすすんで引受けたことが悔まれた。

頭上の足音が、きこえなくなった。やる、とかれは思った。その時、上方で、

「神よ、われを救け給え」

という叫び声がきこえた。その声が終った瞬間、蝶つがいのはずれる乾いた音が鼓膜をふるわせ、かれの眼の前に量感にみちた物がすさまじい勢いで落下してきた。

物は、前後左右にゆれ、かれの胸にもふれそうになった。かれは、自分の職務に気づき、揺れ動く物を掌でおさえにかかった。青い服を通じて生温かい肉体が、掌に何度もふれてくる。初老の看守も両掌を突き出し、物の動揺をとめている。看守の眼は露出し、唇は生き物のようにふるえていた。

動揺はとまったが、垂直に垂れた男の体はさかんな動きをしめしていた。頸骨が折れて即死状態にあるはずだったが、不意の死に肉体が順応しないのか、肉体の一部は生きていた。

荒い呼吸をしているように、胸が波打ち、素足の脚部は激しく痙攣（けいれん）していた。それに、前手錠をした両手が上下に勢いよく動いている。ふり上げられた手は、白布につつまれた額の近くまで達していた。

かれは眼を閉じたが、かえって恐怖がつのり、眼の前を上下する両手の動きをひそかにながめた。四肢が無感覚になって、膝のくずおれそうな予感がしきりにした。時間の経過が待たれた。一刻も早く職務から解放されたかった。

手錠をはめられた両手の動きがいつの間にか鈍りはじめ、それにつれて胸部の起伏もおだやかになり、次第にしずまっていった。両手が下方に垂れ、足にわずかな痙攣が残るだけになった。

深い静寂が、ひろがった。

視線の隅に白いものが動き、白衣を着た医師が近づくと手錠をはめられた男の手首をつかみ、しばらく身じろぎもしなかった。そして、懐中時計をのぞきこむと、執行開始時刻と終了時刻を検事にむかって告げた。

検事たちが無言で立ち上ると、入口の方へつらなって歩き出した。それを待っていたように看守たちが垂れ下った遺体に近寄ってきた。

かれは、一瞬よろめいた。職務をやり終えた安堵を感じながら、長椅子に近寄ると腰をおろした。頭の中に炭酸水の気泡の一斉につぶれるような音がみち、かれは制帽をぬぐと頭を垂れた。

掌に、死刑囚の体温が膠(にかわ)のようにこびりついていた。

平行に並んだ上りのジーゼルカーの車内は、かなり混んでいた。夏の休暇で帰省した者たちが職場のある都会にもどるのか、車内には手荷物があふれている。上りのジーゼルカーが、先に発車した。夏の盛りもすでに過ぎたのだ、とかれは思った。

ジーゼルカーが走り出すと、すぐにトンネルに入った。車内灯が淡い光を投げかけていたが、トンネルは短く、窓から再び眩ゆい陽光が流れこんできた。

渓流が左方に見え、ジーゼルカーは鉄橋を渡り、しばしばトンネルにすべりこむ。子供は沿線風景の変化に眼を輝かせ、窓枠に手をのせて窓外をながめていた。

線路がカーブしているらしく車体が揺れ、女の膝がかれの膝にふれた。かれは、そのまま膝頭を女の膝に強く押しつけた。

前夜、かれは、女とふとんを並べて寝た。待ち望んでいた夜だったが、女の向う側に寝ている子供のことが気になって女に手をさしのべる気にはなれなかった。女は身動きもしなかったが、眠っていないことははっきりとわかった。

疲れたろう、明日は旅だ、眠りなさいと、かれは低い声で言った。寛容な男と思われたかった。初夜の印象が大切だとも思った。ゆとりをもっている自分に満足し、かれは眼を閉じた。

女は膝を引いたが、さらにかれが膝頭を押しつけてゆくと膝を動かさなくなり、逆にそれに応えようとしている気配が感じとれた。車体の震動で互いの膝が摩擦し合い、かれの体が熱くなった。女の膝は、骨ばっていた。

かれの耳に、蝶つがいのはずれる音がよみがえった。同僚たちは執行をバタンと呼んでいるが、音の大きさが不自然に思えた。床の一部が扉のように下方へ開くだけにしては、余りにも音が大きすぎる。もしかすると、被執行者の頸骨の折れる音が重なり合うのか、それとも健全な肉体に瞬間的な死が訪れる音なのか。

かれは、膝を一層強く女の膝にあてつづけた。ジーゼルカーが、トンネルに入った。子供は、窓から顔を少し突き出して、前方に眼を向けている。その顔に明るみがさし、やがて車内に陽光がひろがってきた。

女は、通路の床に眼を落していた。


目的の駅で下車したかれらは、駅前からバスに乗った。バスは、屈折した山道を車体をはずませながら上ってゆく。渓流ぞいの道を進むこともあれば、山腹の道から樹木の生い繁った薄暗い谷間の道に入りこむこともあった。

子供は、飽きずに窓の外をながめていたが、女は車に酔ったらしくハンカチを手に額を前の座席の背にあてていた。

西日が山肌を這い上って峰の頂きをスポットライトのように明るませていたが、それも消えた頃、バスは渓谷の底にある温泉宿の前で停車した。すでに夜の色は濃く、古びた宿には灯がともっていた。

宿は三軒あって、かれはその中の最も大きな建物の玄関に入っていった。帳場には老人が坐っていて眼鏡をずらすようにかれを見つめたが、名を口にすると、すぐに若い女が出てきて二階の部屋に案内してくれた。そこは建物の角になっていて、上等の部屋らしく三畳の次の間もついていた。

子供は女の後からおずおずと部屋に足をふみ入れると、物珍しそうに室内を見まわし、窓の外をうかがっている。

「おい、風呂に入ってこよう」

男が気軽に声をかけると、子供はうなずいた。

女がボストンバッグから新しい子供用のパジャマをとり出して着せた。それはかなり大きく、女は、ズボンの裾と上衣の袖を深く折った。

かれは、宿の浴衣(ゆかた)に着かえると、タオルと石鹼箱を手に子供をうながして部屋を出た。階下におり長い廊下をつたって、さらに階段をおりると、渓流の近くに湯殿があった。

子供はパジャマをぬいで丁寧に畳むと棚の上に置いて、湯に入ってきた。

男は、タオルで湯をすくい顔を洗った。

同僚たちは、前々日の正午控室に集ると、口々に大した奴だったと言い合った。ある者は、看守長が朝の六時にお迎えが来たと告げた時、男は正坐して、はい、と表情も変えずに答えたと言った。白布を顔にかぶせた時も声をあげず、自分で隣室に歩いていった足どりもたしかで、頸部に縄をかけた時も正坐の姿勢を崩さなかったのは異例だと言う者もいた。

年輩の看守は、大阪の拘置所に勤務していた折のことを口にした。その死刑囚は野球が好きで絶えずグローブとボールをはなさなかったが、運動場で一人でキャッチボールをしていた時、お迎えがきたことを告げられた。男は、軽くうなずくと淡々として執行を受けたという。その話は何度もきかされたことだったが、看守たちは、初めて耳にするように熱心に耳を傾けていた。

その日執行を受けた者が乱れることもなく外見的に平静を保ちつづけたことに、かれらは互いに慰め合うものを感じていた。

本当に大した奴だった、とかれは湯につかりながら胸の中でつぶやいた。立派な容貌と体格をしたその男が、クリスチャンとして精神的に安定した境地に達していたことは疑いの余地がないと思った。

白布をかぶせられた瞬間、男の眼は自分に向けられた。その折、男の眼に遂に来たかというおびえの光がうかんだだけで、男は終始恐怖をみせまいとつとめ、死を迎え入れた。体が軟体動物のように軟化して、歩くこともできず処刑室に引きずりこまねばならなかった者もいるし、最後まで抵抗をやめなかった者もいた。そうした男たちに比べれば、一瞬眼におびえの光をうかべたが、たしかに男は大した奴にちがいなかった。

湯につかりすぎて、立ち上ると目まいがした。かれは、粗いコンクリートの床に坐ると石鹸を全身に塗りたくった。

湯から上ると、食卓に食器が並んでいた。女は、宿屋の浴衣を着て坐っていたが、白い首筋が電光に映えて艶(なま)めかしくみえた。かれは、銚子をかたむけ杯を口に運んだ。そして、思いついたように杯を女に差し出し、酒を注いだ。女は、両手の指で杯を捧げ持つように唇にふれさせた。

女が口もとをゆるめ、かれに眼を向けた。歯列の端にプラチナをかぶせた歯がのぞいたが、かれはその鈍い光を放つ歯に初めて気づいた。

宿の女が食器を片づけ、部屋に三組のふとんを敷いた。女が湯殿におりていくと、子供が歯ブラシを手に後ろからついていった。

かれは、窓ぎわに腰をおろして煙草をすった。

子供の存在がわずらわしく思えた。女と子供は寄り添うように生きてきて、その結びつきは第三者が割りこめぬほど強靭なものになっている気配がかぎとれる。来年小学校に入るという子供は、すでに物心もついていて夜の気配もかぎとるにちがいない。分別のあるような礼儀正しい子供が、かえってうとましく思えた。

前夜、かれは子供の存在に気が臆したが、それが今夜以後にも持ちこされるかと思うと気持が苛立った。子もちの女と結婚したことは軽率だったのかも知れぬと思った。

窓の外に立つ誘蛾灯に、霏々と舞う雪片のようなおびただしい昆虫がむらがっている。その背後の濃い闇の中から、渓流の音が粛々と湧き上っていた。

足音がして、女と子供が部屋の中に入ってきた。

「さあ、御挨拶をして寝なさい」

女が、濡れたタオルを窓のふちにかけながら言った。

子供が膝をそろえて坐ると、お休みなさいと頭をさげた。男は、素気なく無言で応えた。

女が片端に敷かれたふとんをたたみはじめ、それを隣室に運び、子供も枕を胸にかかえた。ふとんが次の間に敷かれ、子供は敷布をひろげるのを手伝い、身を横たえた。

男は、呆気にとられ、

「淋しがらないか。一緒に寝させてやったらいいのに……」

と、女に言った。

「いいんです。よく言いきかせてありますから……」

女は、子供に掛ぶとんをかけながら答えた。子供は、嬉しそうにふとんの中で身じろぎし、ふとんの襟から明るい眼をこちらに向けていた。

女が次の間の電灯を消し、襖（ふすま）をしめて鏡台の前に坐った。男は、表情がゆるむのを意識しながら誘蛾灯に眼を向けた。女は、濡れた髪をほどきタオルで拭っている。かれは、窓の外に顔を突き出し、夜気にふれながら煙草をすった。

しばらくして男がふとんにもぐりこむと、女が電気のスイッチをひねり、隣に敷かれたふとんに身を入れた。誘蛾灯の光が天井の一部に伸びていて、室内はかすかに明るんでいた。

かれは、足先を伸ばし隣のふとんに入れた。寝巻につつまれた女の腿がふれた。女の体は、動かない。かれは身をわずかに起すと、女のふとんの中にすべりこんでいった。

目をさますと、窓にひかれたカーテンが明るくなっていて、女のふとんは片づけられていた。

カーテンの隙間から外をうかがっていた女が振向くと、立ってきてかれの頭の近くに坐った。女はプラチナの歯をのぞかせて口もとをゆるめると、顔を近づけてきた。男は、女の動作をいぶかしんだ。

顔が密着するほど接近し、指でかれの瞼が閉じさせられるとその上に温かい湿った感触がふれ、ついでもう一方の瞼にも同様に女の唇が押しつけられた。

かれは、思いがけぬ行為に驚き、女の顔を見つめた。

「こうすると目がはっきりさめるでしょう」

女の口もとからは、またプラチナの歯がのぞいた。

濡れた両瞼の皮膚が冷や冷やするのを感じながら、かれはそのまま仰向けになっていた。女が再婚の身であることを、実感として意識した。女の仕種には反復した慣れが感じられるが、それは事故死した夫に毎朝繰返したものにちがいない。

かれは、少し不快な気分になって半身を起した。

子供は？　とたずねると、宿の外に遊びに行ったと女は答えた。部屋の中は整頓されていて、女は洋服に着換えていた。

「一風呂浴びてきたらいかがです」

女が、窓にかけられたタオルを石鹸箱とともに差し出した。男はうなずくと、部屋を出て階段をくだった。

湯にひたりながら、前夜の女の体を思い起した。かれは、過去に二度酒場の女と接したことがあるが、その折の経験とは異質のものであった。女の体には力感がみなぎって筋肉が硬直し、全身に汗がふき出ていた。女の強い反応にかれはたじろいだが、それが夫婦というものの営みなのかも知れぬと思った。

部屋にもどると、子供が正坐してお早うございますと頭をさげ、食器の並べられた食卓の前に坐った。

ふとかれは、折目正しい子供の態度に薄気味悪さを感じた。恐らく子供は、女のかたわらで毎夜過してきたのだろうし、別室で一人眠ったのは昨夜が初めてのことにちがいない。女がどのように言いふくめたのかわからぬが、それに従順にしたがう子供が奇異に思えた。

食卓には生卵と味噌汁と山菜のおひたしの容器がのっているだけであったが、女は床の間に置いた食べ残しの駅弁のふたをひらいてかれの前に置いた。フライにかかっているソースは黒ずみ、飯は干からびていた。女が貧しい生活になれていることは好ましかったが、過度なつつましさが息苦しくも思えた。

「おれはいいから、その子にあげな」

かれは、鶏卵を手にとると食卓の端で殼を割った。

子供は、フライを飯にのせると箸でつまんでながめながら嬉しそうに口に運んでいた。

食事が終ると、女は食器を食卓の隅に丁寧に重ね、反りかえった駅弁のふたをかぶせてそのかたわらに置いた。

かれは、浴衣をぬぐと洋服に着換え、ボストンバッグを手に女と子供を連れて階下におりた。その日は、山をくだった途中にある鍾乳洞に行ってから海岸線におりる。そして、漁村の民宿に泊りを重ねて帰宅する予定を立てていた。

帳場で宿泊料を払い、宿の外で待っていると、樹林の中からバスが揺れながらおりてきた。車内に空席はなく、わずかに後部の長い座席に子供が腰かけられただけであった。

バスが宿の前の空地で反転し、渓谷の道をのぼりはじめた。女は、吊革をつかんだ男の腕に手をまわして、車体とともにゆれていた。

山腹に出たバスは、明るい陽光につつまれながら蛇行した道をくだりはじめた。渓流に架けられた石橋を渡り、わずかに人家の散った村落も通り過ぎた。道は乾いていて、バスの後方には土埃（つちぼこり）が舞い上っていた。

玉蜀黍畠のつづく丘陵の道をくだると、広い舗装路に出た。バスは、速度をあげた。

家並が道の両側につづくようになり、短い鉄橋を渡ると、バスは砂利の敷きつめられた広い空地に入って停止した。空地には観光バスが二台駐車し、その附近に幟（のぼり）をひるがえした売店が並んでいた。

かれは、バスから降りると降車客の後について、前方の切り立った岩肌の根にうがたれている洞穴の方へ歩いた。そして、入口のかたわらに建てられた小屋の中の女に入場料を払うと、女と子供をうながして内部に足をふみ入れた。

洞穴の壁には、電線が奥の方に伸びていて所々に裸電球がともっている。黒々とした岩肌だけの洞穴であったが、進むにつれて周囲が幾分茶色味がかった乳白色に変化しはじめた。

鍾乳石がつららのように垂れ、通路の両側には大小さまざまな石筍（せきじゅん）が立ち並んでいる。

それらは例外なく濡れていて、電灯に鈍く光っていた。

子供は、周囲に眼を向けながら数歩前を歩いてゆく。通路の岩のくぼみには水溜りが所々にあったが、巧みにそれらをよけて進んでいた。

水の走る音がきこえてきて、前方に短い木橋がみえた。子供は、橋の手すりに手をかけると、こちらに顔を向けた。橋の下には無気味なほどの青さをたたえた水が、激しい勢いで流れていた。水の下方の岩肌も乳白色に染まっていたが、かなりの深さらしくその色も青みの中に消えていた。

子供が歩き出し、かれと女もその後に従った。いつの間にか降車客たちは奥の方に進んで行って、あたりに人影はない。

ささくれ立った木の階段をのぼると、思いがけず広い場所に出た。通路が右側の岩壁に沿って作られ、弧状に伸びて遠い洞穴の中に消えている。

かれは、子供の後から通路を歩いていったが、かすかな眩暈（めまい）を感じて足をとめた。深い水の色を眼にしたためか、それとも今のぼった木の階段の軋（きし）み音におびえを感じたのか、かれにはわからなかった。

かれは、岩壁のかたわらに置かれたベンチに腰をおろし、前方に眼を向けた。大伽藍の内部のように広い空間の壁も天井も複雑な凹凸をみせて、乳白色におおわれている。奥まった岩肌からは細い滝が落ち、その近くにともっている電灯は、霧が湧いているのかにじんでみえた。

「寒いわ」

かたわらに坐った女が、かれの腕にしがみついてきた。気温は低く、冷気が足もとから這いのぼってきている。

かれは、子供の眼を恐れた。が、子供は、周囲の壁を見上げながら通路を進んでゆく。そして、足をとめてこちらを振向いたが、なんの反応も示さず奥につづく洞穴の中に足をふみ入れていった。

女の体温が体につたわり、それが、全身に熱くひろがってゆく。掌に、昨夜ふれた女の汗ばんだ体の揺れがよみがえってきた。女にうながされて荒々しくつかんだ長い髪の感触も思い起された。

女との生活はうまくゆきそうだと、かれはあらためて思った。衝動を押えきれず、女の膝を掌でつかんだ。スカートの布地は湿り気をおびていたが、その下の肉づきのよい腿からすぐに温かみが湧き上ってきた。

子供のことが、思われた。かれは、ボストンバッグをつかみ、女の体を引き上げるようにして立つと、女に腕をとられたまま通路を洞穴の奥の方へ歩き出した。

苺

家の前の路上で、笑い声が起っている。

三十分ほど前、娘の友達が連れ立ってやってきた気配がし、しばらく静かであったが、家の中にいることに飽いたのか路上に出たようであった。

路面に小さなテニスコートを模した線をひいてゴムボールを掌で打ち合っているらしく、ツーオールとかスリーファイブなどという声がしている。その合間に、笑い声がしきりに起っていた。

私は、椅子の背にもたれて娘の声をさぐっていた。未熟児で生れた娘は、中学校三年生になっても小学生にまちがえられるほど体が小さい。食も細く、今後急に背丈が伸びる可能性はなさそうで、小柄な花嫁になり小柄な母親になって嬰児に乳をふくませる姿が想像される。

家ではマンガ雑誌や小説を読んだりして物静かだが、学校の教師から明るい性格で友だちづき合いもよいときかされ、意外に思った。五歳上の長男が、「男は度胸、女は愛嬌」などと言って娘に陽気さが足りないと軽くなじったりしても、娘は薄く笑うだけであった。笑い声の中に、あきらかに娘のものと思える笑い声がしばしばまじっていた。娘は肺活量が少いためか、あえぐような笑い方をするが、ひときわ甲高い声がきこえてくる。教師の言葉どおり娘は友だちに接すると、家庭内とは異なった感情の動きをみせるのだろう。

電話のベルが、鳴った。

私は、居間との間を仕切ってある壁に顔を向けた。受話器をとる気配がして、妻の声がかすかにきこえた。あの男からの電話かと思ったが、妻の姉か妹かららしく親しげに応答する声がきこえてきた。

男は、十日ほど前、出所したらその足でお礼に伺わせていただきたいという手紙を寄越した。指定してきたのは、今日の午後であった。茶封筒に書かれた粟口という差出人の名に覚えがなかったが、藁半紙（わらばんし）に鉛筆で書かれた文字を追ってゆくうちに、それが「苺（いちご）」という短い小説を書いた男であることに気づいた。訪問日には、駅から電話をするとも書かれていた。

出所したらその足で……という文字が、気持を重くした。私の家を訪れようと思いつづけている未知の男のことが想像され、薄気味悪く思えた。

「苺」という小品とのふれ合いは、昨年の夏、二人の男の訪れを受けたことにはじまる。男たちは、刑務所に配布される法務省発行の機関紙を編集する人たちであった。その機関紙では、定期的に全国の刑務所から募る受刑者の十五枚前後の小説と七、八枚の随筆の中から入選作をきめて発表する。私への依頼は、編集部で選んだ十篇ずつの作品の中から入選作を選び出すことであった。予算は少く謝礼は僅少で、と、かれらは言った。

私は、わずらわしいことに無縁でありたかったし、辞退しようと思ったが、応募者の置かれた境遇を思うと気持が動いた。

一年近く前、私は、知人の紹介で極刑を科せられた受刑者たちの世話をする七十六歳の篤志面接委員と知り合いになった。その老人は、化学関係の会社の経営者で、二十年以上も自費で受刑者に食物を買いあたえたり、個人的な相談にのってやったりしている。三度目に会った時、老人はかれの関与している刑務所に私を案内すると言った。何事も勉強、世間学問もしなければ……と老人は気さくに言って、私を車に乗せた。

刑務所の高い塀が見えてきた時、私は急に気持が萎えるのを感じた。その内部は、一般社会から隔離された者たちが拘禁されている厳粛な場所で、そこに無用の自分が足を踏み入れるのは不謹慎ではないだろうかと思ったのだ。

しかし、門の中に車がすべりこんだ時、幾分気持がやわらぐのを感じた。守警所から出てきた制服の男たちは、助手台に坐る老人に親しげな笑顔をみせ、老人も軽く受け応えをした。車は、守警所の前を通過し、花壇にふちどられた構内を進んで鉄筋コンクリート造りの建物の前にとまった。

　老人の後から所長室に入った私は、気おくれした感情がさらに薄らぐのを感じた。小柄な金縁眼鏡をかけた五十七、八歳の男が、大きな机の前から立ってくると老人と肩をたたき合い、私をソファーに導いた。

　ガラス窓は大きく、部屋は明るかった。所長の薄れた髪には脂が光り、少し赤みをおびた顔は艶々としていた。

　老人があらかじめ連絡してあったらしく、雑談が終ると所長が所内電話をかけた。すぐにドアがノックされ、開かれた。

「入ります」

　張りのある声をあげて、制服、制帽をつけた三十代の二人の男が敬礼し、部屋に入ってきた。一人は筋肉質のひどく背の高い男で、他の一人は肉づきのよい色白の男だった。私は、規律正しい動作をする逞しい体つきをした二人の男に、この建物が特異な性格をもつものだということをあらためて意識した。

　部屋を出ると、背の高い男が先に立ち、その後から所長、私、篤志面接委員の老人がつづき、後尾に色白の太った看守がついて広い廊下を進んだ。

　廊下は鉄格子の大きな扉で仕切られ、内側の椅子に坐っていた看守が立ち上ると姿勢を正して敬礼し、扉を引きあける。扉をいくつか通り過ぎて屋上に出ると、青い服と帽子をかぶった受刑者たちが、洗濯物の取りこみをしているのが見えた。帽子の下から白髪がのぞく男たちもまじっていて、かれらは若い受刑者たちと干場に走っていったりしていた。

階段をおり、細長い部屋に入った。そこは、一部が小座敷のようになっていて薄いふとんが隅に積まれ、床には縁台が置かれていた。

縁台に坐っていた二人の若い男が、所長の姿を見ると立ち上った。

「ここは、出所確定者が出所前の三日間をすごす所です」

所長が、私に言った。

二人の男は明るい表情をしていて、人なつっこい笑いを顔にうかべ、丁寧に頭をさげた。それにつられて、私も挨拶を返した。

「明後日出所だったな」

所長が声をかけると、男たちは、はいと答えた。

部屋を出ると、所長は、

「また、あれで戻ってくるんですから……」

と、振向くこともせず言った。その声には、少しの感情もこもっていなかった。

角を曲ると、扉が近づいた。その内部には広い廊下が長く伸び、看守が所々に立ったり歩いたりしている。物音はしなかったが、多くの人のいる無言のざわめきとでもいった気配が漂っていた。

　扉が引きあけられ、看守と所長が、看守たちの敬礼を受けながら廊下を進みはじめた。廊下の左側に、青みがかった塗料がぬられている鉄格子のはまった房がならんでいる。独居房らしく、男が一人ずつしかいない。

　看守と所長は、房の中に眼を向けながら歩いてゆく。木製のベッドが壁ぎわにつくりつけられ、二枚の畳が敷かれた空間の隅に水洗の便器が置かれていた。

　房の中で立っていることは禁じられているらしく、先頭を歩く長身の看守が、立っている者がいると足をとめ、坐れというように手で合図をする。男たちは素直にうなずき、頬をゆるめて腰をおろす。

　私は、房の中を直視することができなかった。かれらに対して、申訳なさに似た感情が胸の中に湧いていた。むろん、かれらは罪をおかして拘禁されているのだが、自由に行動できる自分が後ろめたくもあった。

　私は、小柄な所長の前を歩く長身の看守の後ろ姿に視線を据えていた。看守が鉄格子の内部にそそぐ眼の光と動作で、私は房内の男たちの動きを感じとった。看守の肩は広く骨ばっていて、耳の上端は食肉獣のようにとがっていた。

　私は、それでも時折り視線を房の中に走らせた。マンガ雑誌を坐って読んでいる若い男もいたし、陰茎を指でつまんで便器に放尿している男の姿も眼にとまった。

その一郭を過ぎ、私は、五坪ほどの畳敷きの部屋に導き入れられた。壁ぎわに古びた大きな仏壇が据えられ、長い素木(しらき)の机が二つ置かれていた。

死刑囚が憩う部屋です、と篤志面接委員の老人が言った。執行前のお別れの会にも使います、と所長がつけ加えた。執行は前日に告げられ、篤志面接委員や教誨僧をまじえて、句会をしたり、雑談をしたりしてすごす。その折には、篤志面接委員が、受刑者の希望する食物を持ちこむという。

「先日執行した××から、先生にお渡ししてくれといわれた物をあずかっています」

所長が、仏壇のかたわらから新聞紙で巻かれたものを持ってくると、老人に渡した。

新聞紙の中から、掛軸が出てきた。ひろげてみると観音像で、線がすべて微細な経文の文字でつらなっている。驚くほど整った楷書の文字であった。

老人は、軸を巻くと、額にあてて押しいただいた。

その日の記憶は、一年経過しても私の胸に印象深いものとして残っている。

独居房は明るく、仏壇のおかれていた部屋は、薄暗かった。観音像の線が文字であることで、その像が秀れた仏画を描く画家の絵のように深みをたたえたものにみえた。

私には、坐れと看守に手で合図された折にみせた受刑者の笑いの表情が理解しがたかった。卑屈な感じとは異質の明るい笑いであった。嬰児があやされて急に顔をくずすのに似て、表情の乏しい顔に親しげな笑いをうかべ、軽く頭をさげる。

その無心な表情に、私も意識的に頬をゆるめる。受刑者の側よりもむしろ私の顔に卑屈な色がにじみ出ていたかも知れない。

私は、機関紙の二人の男と対しながら出所寸前の男や独居房の男たちの顔にうかび出た笑いの表情を思い起していた。その明るい笑いのかげに男たちの過去がひそんでいる。

私は、かれらの随筆や創作の中からかれらの生活をのぞきこみたい気持にもなっていた。

短篇、随筆が十篇ずつ送られてきた。

私は、積み重ねられた原稿用紙の綴りを眼にして、依頼を引受けたことを悔いていた。

三年前から出身校である大学で年に一度設けられた在学生対象の文学賞の選考を、英文学の教授と二人で担当していた。原稿を読むことに、私は苦痛を味わいつづけていた。生硬な文字の羅列と誤字の多さに辟易し、推すべき作品は見あたらなかった。教授も困惑したように顔をしかめ、選考会では常に入選作なしということで話がまとまり、明年を最後に文学賞を廃止したいという教授の意見に私も賛同し、その役割から解放されることに安堵を感じていた。

そうした折に、法務省の機関紙からの依頼を引受けてしまった自分に苛立ちを感じていた。

私は、一週間近くたった後、随筆から読みはじめた。小説よりも枚数が短く、少しは気楽に読めるだろうと思ったのだ。が、最初の一篇を読み終った時、次の随筆を読んでみたいという焦りに似た気持で原稿用紙の綴りに手をのばしていた。

私の胸から悔いは消えていた。それらの作品の中には、共通して私のうかがい知れぬ領域に生きる人間の姿があった。文章はたどたどしく脱字、誤字も多かったが、それらはむしろその世界の特異さを強調させているものに感じられた。

その中で、特に一人の女性受刑者の書いたものが私の気持をひきつけた。

その随筆は、「私」が所内の洗濯物処理場で汚れた衣類をかかえ、洗濯機室にはこぶ描写からはじまっている。その単調な作業は、彼女の日々の生活であるらしい。珍しく面会人があると告げられ、いぶかしんで面会室に行くと、仕切りの向うに明るい顔をした若い女が坐っていた。二十歳になった実の娘であった。娘は、母が服役していることを理解してくれている青年と近々結婚すると言い、出所する日を待っていると笑顔で言って、去って行く。「私」は、作業室にもどり、再び洗濯物をはこびつづける。

随筆の中では、「あの事があった時、五歳であった娘が……」と書かれていて、私は、筆者が十五年間も獄舎生活をしていることを知る。どのような罪をおかしたためにそれほど長い歳月、自由を束縛されているのか。「あの事」と書かれているだけで、うかがい知るすべもない。それだけに「私」である女性受刑者の過去が烈しい重さでのしかかってくる。

私は、つづいて短篇小説の原稿を読みはじめた。

随筆とは異なって小説らしい小説を書こうとした意図がむき出しにされているものが多く、それらは一様に拙く期待はずれであった。が、ただ一篇、あきらかに体験を書いたと思われる「苺」という作品に、私は、女性受刑者の随筆と同じようにひかれるものを感じた。

――「私」は、看守に連れられて電車に乗る。車内はすいていて、「私」は看守とともに座席に坐る。人の視線を意識した看守が、前手錠をした両手の上にジャンパーをかけてくれる。電車が駅にとまると、父親に連れられた四、五歳の幼女が入ってきて、「私」の横に坐る。父親は、敏感に「私」が護送途中の受刑者であることに気づき、向う側の席に移り、幼女にこちらへ移れとひそかに目顔で合図をする。幼女はそれがなにを意味するのかわからず、「私」の顔を見上げる。そのあどけない幼女の凝視に、「私」は頰をゆるめる。幼女も笑う。幼女は、チューリップの模様のついた小さなハンカチの中から苺を一つつまみ出し、「私」にあげると言う。それを受け取るためにはジャンパーをとりのぞかねばならず、手錠をはめていることが知れてしまうので、笑顔で辞退する。

この描写の後、「私」が現場検証のため事件を起した家に連れられて行った時、「ママを返して、返して」とズボンをつかんでゆすった幼女と、隣に坐る幼女が同じ年齢ぐらいだという文章がつづいている。「無期の私」という文字もある。

ママを返して、という幼女の叫び声の背後に、「私」のおかした行為がひそみ、それが無期刑という刑罰にむすびついているはずだが、それについての説明はない。

選評を書き終った翌日の午後、機関紙の人が二人、前に訪れてきた時と同じ背広に同じネクタイをしめてやってきた。

私は、原稿の綴りに六枚の選評を添えて渡し、驚きを感じた作品が多かったことをつたえた。

「選をして下さった方は、みなさん、そのように言われます」

中年の男が、原稿の綴りを風呂敷に包みながら言った。

私は、余計なことだとは思ったが、作者たちは出所と同時にこのようなものは書けぬようになるだろうと言った。作者たちの描いている世界はかれらの日常であり、それを淡々とした筆致でつづったことが作品に生彩をあたえている。それは秀れた詩や作文を書いた子供が、成育すれば再び読む者の心を動かすものが書けぬ事情に似ている。

二人の男は、おだやかな笑いを顔にうかべて黙ってうなずいていた。

一カ月たった頃、機関紙が送られてきた。紙面に「苺」という小説と女性受刑者の随筆が入選作として発表され、私の選後評も掲載されていた。

私は、機関紙を閉じながら応募作品を書いた男や女と自分との間に張られていた糸が、確実に断ち切れたのを感じた。母校の大学でも、選考を終えると、結果を発表した新聞を送ってくるが、それを読み終った後、私は、作品を応募した学生たちがフォームで電車を待っていたり、下宿で朝寝をしていたり、酒場で議論をし合ったりしている姿を想像する。かれらは自分の身近にいる若い男女たちで、かたわらを通りすぎるジーパンをはいた男や、電車の中で吊革をにぎって立っている女子学生が応募者の中の一人ではないかと思ったりする。時には家に訪れてくるのではないかという予感をいだくこともある。

そうした学生たちとはちがって、法務省の機関紙に応募した作品の作者は、作品の中にしかいない。それらの作品は、人の眼にふれることも少い石面に刻まれた絵のように固定し、作者はその石のかげに身をひそめ、自分とは無縁のものになっている。

私は、入選作に選んだ短篇と随筆のことを時折り思い出すことはあっても、作者がどのように日を過しているか想像することはなかった。感覚的な子供の作文や詩の内容はおぼえていても、子供の姓名の記憶はなく、その後、子供がどのような生き方をしているか関心もいだかぬのと同様であった。

しかし、石に刻まれた絵は動き、一人の未知の男の顔がのぞいた。茶封筒、鉛筆で書かれた文字、便箋代りの藁半紙に、獄房の匂いを感じた。

私は、「苺」の作者が、出所した足で……と藁半紙に書いた文字を萎縮した思いで反芻していた。

娘たちの遊びは終ったらしく、笑い声もきこえず、得点を数える声もしなくなった。階段を駈けあがってくる足音がして、ドアがノックされた。振返ると、ドアをあけて娘が入ってきた。

「友だちと駅の近くの商店街に遊びに行くんだけど、その後、レコードを一緒に買ってもらえないかしら」

娘の声には遊びの興奮がそのまま残っていて、顔も上気している。

「いいよ。でも、もしかすると、お客さんがくるかも知れないから、その時は諦めてくれよ」

私は、なんとなく「苺」の作者は来ないかも知れぬ、と、その時になって思った。

「一時間ほど遊んで、それから電話をかけてみる」

娘は、私のかたわらをはなれ、ドアを閉めると、また足音を立てて階下におりていった。路上に娘たちの声がして、それが次第に遠ざかっていった。

私は、ペン皿から爪切りをとって爪をつみはじめた。爪の表面に白い点状のものが現われるのは栄養がゆきわたっている証拠だといわれているが、両手の指の爪にそのようなものはない。もしかすると、それは年齢に関係があるのかも知れず、折をみて娘の爪をみてみようか、と思った。

電話のベルが鳴り、だれかが受話器をとったらしく音はやんだ。私は、床に坐ると足指の爪を切りはじめた。

ドアがノックされ、家事を手伝ってくれている姪が、

「アワグチさんという方からお電話です」

と、言った。

私は、立ち上ると部屋を出て、居間に置かれた電話の受話器をとった。

女のような細いかすれた声が、受話器から流れ出てきた。駅についたが、家までの道順を教えて欲しいという。

長い間獄舎生活をしていた男が道に迷いそうな予感がして、私は途中の公園のはずれにある歩道橋までの道を教え、その下で待っているとつたえた。男の声の背後にはざわついた物音がしていて、改札口の横にある売店の公衆電話を使っていることが察せられた。

私は、電話をきると、姪に人を迎えに行くと言ってダスターコートを羽織り、下駄をはいて外に出た。男からの手紙には、「長い歳月お勤めをし、此度出所の喜びにめぐりあい……」と書かれていたが、無期刑の男がなにかの理由で出所を許されたにちがいない、と思った。

刑務所の所長は、長期受刑者の縁故の者は意識してはなれてゆく傾向が強く、死刑囚の遺体が縁者に引きとられぬことも多いと言っていたが、男にも出所後訪れるべき当てもないのだろう。かれにとって、自分の書いたものが入選作になったことは、長い獄舎生活の

中で唯一の印象的な出来事であり、私に会って礼を述べたいという気持に駆られたにちがいなかった。

路地の角をまがった私は、住宅の並ぶ道を進み、林の中に入っていった。そこは広大な公園の隅になっていて、常緑樹と落葉樹がまじり合ってつらなっている。梢の上には、澄んだ空がのぞいていた。

散策するらしい老人の姿が遠くみえるだけで、人影はない。土の上には、落葉がひろがっていた。

林のはずれに広い車道があって、そこに架けられた歩道橋が樹々の間からみえる。私は、樹木の間を縫うようにして進み、歩道橋の階段の下に立つと、駅に通じる歩道に眼を向けた。

右側に高いマンションが二棟並んでいて、その駐車場から黄色い車が車道に出ようとしているらしく歩道をさえぎっている。駅にむかう側の車道はいつものように車が渋滞していて、バスが二台、他の車の間にはさまって少しずつ動いていた。

黄色い車が勢いよく走り出ると、そのかげから歩いてくる一人の男の姿がみえた。小柄な男で、坊主刈りにした頭が青い。手には、小さな風呂敷包みのようなものをさげていた。

男は、車道を往き交う車に落着きなく眼を向けながら近づいてくる。額の部分が禿げあがり、足が内股気味であった。

男の顔がこちらに向けられたが、眼に故障でもあるのか私には気づかないらしい。受刑者に共通した血の気のない顔の色に、私はその男が電話をかけてきた男にまちがいないと思い、歩み寄ると男に声をかけた。

男は立ちどまると私に視線を据え、頭をさげた。欠けた歯をのぞかせ、頬をゆるめた。明るい、親しみにみちた笑顔だった。

私は、こちらです、と言って林の中に引返した。男は、小走りについてくる。家の所在を知られたくはなく公園のベンチででも話をしたかったが、そのようなことをした折に男がどのような反応をしめすか不安でもあった。

林をぬけて、路地に入った。郵便配達夫が郵便物を配り終えた後らしく、赤いスクーターに乗ってかたわらを走り過ぎていった。

私は、門の小さな扉をひらいて男に入るように言った。男は、深く頭をさげて扉の中に身を入れた。

私は玄関のドアをあけ、男をうながした。男は、再び頭をさげると、たたきに布製の靴をそろえてぬぎ、客室に入った。

男は、私のすすめるままに風呂敷を床に置いてソファーに腰をおろした。

向い合って坐った私は、

「今日、出所されたのですね」

と、さりげない口調でたずねた。

「はい」

男は、再び笑顔をみせた。紺色の背広を着ているが、ネクタイはしめていない。洗い晒されたようなワイシャツの片方の襟がはね上っていた。

小づくりの顔は少年のようであったが、笑うと頬と目尻に深い皺が刻まれ、欠けた歯がのぞく。笑い顔は、老人であった。

姪が、紅茶と洋菓子をはこんできて挨拶すると、男は立ち上って丁寧に頭をさげた。姪は、無言で部屋を出て行った。

私が紅茶を口にふくんでも、男はカップに手をのばそうとしない。どうぞ召上って下さい、とすすめたが、男は、ただ、はいと答えただけであった。

小説からの印象では、「私」は三十二、三歳の背丈も水準以上ある男に想像された。予想ははずれたが、無期刑を科せられるような罪をおかした男の中には、眼前の男のように貧弱な体格をした男がかなりまじっているのかも知れぬ、とも思った。

おそらく男は、若い頃の体験を文字に託したにちがいなかった。少年時代、深い編笠をかぶり青い着物を着た男たちが、縄につながれてフォームから電車に乗ってゆくのを見たことがあるが、現在ではそうした情景はみられない。受刑者の護送は原則的に自動車が使用され、男が小説に書いた体験はかなり以前のことに思われた。

私は、男と向き合っていることが気づまりであったが、非力そうな男の体に不安もうすらいでいた。

「出所した後、どのようなものを食べました」

私は、膝の間に両手をさし入れて坐っている男に眼を向けた。

「たぬきうどんとアイスクリームです」

男は、無表情な顔で言った。

刑務所でみせてもらった夕食は麦飯に煮豆、味噌汁、漬物で、たぬきうどんはあたえられることがあってもアイスクリームは出るはずがない。おそらく男はアイスクリームを口にすることを長い間願いつづけていたのだろう。

男は、自分から口をきく気配もみせない。獄舎生活をつづけてきたため沈黙になれているのか、それとも受刑者の習性で、問われること以外には答えないのかも知れなかった。私には、男となにも交す言葉がなかった。短い小説を仲介に男とわずかな関係が生じたわけだが、男の側からそれにふれてこなければ共通の話題は生れない。

男は、時折り天井に視線を向けたり、窓の外をながめたりしている。それだけでも男には楽しいらしく、顔にやわらいだ表情がうかんでいた。

私は、椅子の背に体をもたせ、男の顔にうかがうような視線を向けた。男は、いつまでもその場に黙って坐っているように思え、気が重くなった。

男は、礼を述べにうかがいたいと手紙に書いてきたが、そのことについてはなにも口にしない。男から礼を言われたいわけではなかったが、男に訪問の目的を早くすまさせたかった。

「あの小説は、何日ぐらいかかって書いたのですか」

私は、窓の外をながめている男に声をかけた。

男が、私に顔を向け、思案するように頭をかしげると、

「一月ちょっとかな」

と、言った。

私は、言った。

「いい小説でしたね」

男は、顔を伏せた。嬉しいらしく、表情がくずれている。青白い顔に血の色がさし、口もとがゆるんでいた。

「あの電車は何線だったのですか。明るい車内の感じがよく出ていましたが……」

私は、男の小説の背景を詮索したい気持になっていた。小説はかれの過去をかい間見せているが、それが具体的にどのようなものであったのか、男の口からもれる言葉で探り出したかった。

「何線というわけでもなく、目蒲(めかま)線を想像して……。蒲田に長い間住んでいましたから」

男の顔には、笑いの表情が残っていた。

私は、思いがけぬ言葉に男の顔を見つめた。目蒲線と言われればそれらしい雰囲気があるが、男はそれに乗って護送されたわけではないらしい。

まさか、と思った。小説の内容には、たしかな事実感が濃く感じられた。男が頭で作りあげた小説とは思えない。が、もしかすると、受刑者の生活を知らぬ自分が、男の筆に欺かれたのかも知れぬ、とも思った。

「刑は、無期なのですね」

私は、念を押すようにたずねた。

「私ですか？　私は十五年です」

男が、珍しくはっきりした口調で答えた。私は自分の顔に据えられた男の眼に、犯罪者らしい光を見た。

私は、機関紙の編集者に「苺」をふくむいくつかの作品にひかれたのは、受刑者たちの日常がさりげない筆致でつづられているからだと言ったことを思い起していた。「苺」もその代表的なものだと思ったのだが、実際には、男の創作意識がかなりはたらいているらしい。

私は、紅茶のカップに手をのばし、底に残った茶色い液を口に入れた。

男は、無期ではなく十五年だ、と言った。それは男のおかした罪が無期刑に準ずる重いものでゝ常識的に考えて殺人に類したものであるはずであった。

電車で護送されたことはなく、幼女に苺をさし出された事実もないのかも知れぬが、現場検証の折に幼女にズボンをつかまれたことだけはかれの体験であるように思える。そのわずかな文字のつらなりには、忘れ去りたい過去をつづるためらいのようなものがあって、それが作品に鮮やかな効果をあたえていた。

私は、ズボンをつかんでゆすった幼女について確かめたい気もかすかにしたが、それはかれが長い歳月獄舎ですごさねばならなかった過去に直接ふれることになり、問うべきことではないと思った。

電話のベルの音がした。時計をみると、娘が出ていってから一時間近くが経過していた。ドアがノックされ、私が立って客室の外に出ると、姪が、娘からの電話だ、と言った。

私は、受話器をとった。

「どうお、お父さん。来てくれる?」

娘の声がした。

「行くよ。三十分ほどしたら家を出る」

私は、答えた。

娘からの電話は好都合だ、と思った。男は問われれば答えるだけで、いつまでも腰を据えていそうに思える。駅の近くを散策するのは私の日課で、家にもどればすぐに机の前に坐らねばならない。そうした生活を、男が理解してくれるとは思えなかった。

娘は、待合わせによく使う小鳥や熱帯魚を売る店の前を指定した。

私は承知すると電話をきり、客室にもどった。男は窓の外に顔を向け、紅茶にも菓子にも手をつけていなかった。

私は、娘と駅の近くで待合わせる約束をしてあるので、男を駅まで送ってゆく、と言った。

男は、はい、と子供のようなうなずき方をした。

男を娘に会わせたくなかった。早目に家を出て男と別れ、駅のまわりで時間をつぶし待合わせ場所に行こうと思った。

私は身仕度をととのえ、客室のドアをあけて男をうながした。男は、風呂敷包みを手に玄関へ出た。

妻が奥の部屋から出てくると、私にいぶかしそうな眼を向けた。

「粟口さんという方だ」

私が言うと、妻は釈然としない表情で布靴をはく男にぎこちない挨拶をした。

私は、男と家を出た。

男の布靴が、路面にはりつくような音をさせている。肩を並べて歩くと、男の小さな体が一層強く意識された。

陽光を浴びる機会の少い男の耳は白く、ふやけた麩のように生色がない。刈られたばかりらしい頭の禿げ上った部分には、毛の生え際まで皺がうかび出ていた。

林の中に入ると、男は樹の梢を見上げたり、足もとの落葉に眼を向けたりしている。時折り男は、少年のように落葉を蹴散らした。

林の中の路から歩道に出た。風が起って、残り少い枯葉が車道に舞い落ちている。車道のこちら側の路線の車は、前方のマンションの前で一列になっていて、そこを通りぬけた車が勢いよく走ってくる。事故車らしいライトバンの車と車体の低い小型の乗用車が道の片側に停り、パトカーもみえる。

男は近づくと、その場で足をとめた。乗用車が追突したらしく、フロントガラスが割れ、前部がへこんでいる。中年の店員風の男と二人の若い男が警察官の前に立ち、車体をながめたり車道に視線を伸ばしたりしている。

男の顔には、興味深げな表情がうかんでいた。かれが刑務所の外の情景を眼にできるのは、所内で許されている限られた番組のテレビの画像によるだけで、街の追突事故の現場などを見る機会はないのだろう。男は、割れたフロントガラスや警察官、運転手たちの表情に、出所した実感を意識しているのかも知れなかった。

「車は危ないですね」

私が歩き出しながら言うと、男は事故現場を振返りうなずいた。

駅のガードが近づき、商店街のざわめきがつたわってきた。大通りの信号が青に変り、私は男と横断歩道に足をふみ出した。男は、布靴の音をさせながら半ば走るように渡った。

巡査派出所の角を曲ると、商店街が駅の方に伸びている。

「これからどちらへ行くのですか」

私はアーケードの中に入りながら男に言ったが、余計なことを口にした、と思った。立ち入ったことをたずねれば、今後男との間に煩わしい係わり合いが生じるおそれがある。

男は、かすかに顔をこわばらせると、

「女房を探すつもりです」

と、つぶやくように言った。

左前方に小鳥や熱帯魚を売る店がみえてきた。私は、足をとめた。オレンジ色のセーターを着た娘が、髪を頰に垂らしおじぎをするような姿勢で立っている。娘は店頭におかれた浅い水槽の中の銭亀を見つめているようだった。

「それでは、ここで……」

声をかけると男は振返り、私の前にもどってきて頭をさげた。

視線の端に、娘が顔をこちらに向けて小走りに近づいてくるのが見えた。商店街の入口で男と別れればよかったと、私は思った。

走り寄ってきた娘が、男に気づき、いぶかしそうな視線を向けた。

男の顔に、わずかながら動揺した表情がうかんだ。男は、少し身をひくようにして娘の顔を見つめている。私は、その眼に、ひるむような光がかすかにうかび出ているのに気づいた。

「お客様だ」

私は、娘に言った。

娘は姿勢を正すと、

「今日は」

と、頭をさげた。

男は、軽く応じたが、薄い眉をしかめると背を向けて歩きはじめた。娘は、男の素気ない態度が理解しがたいらしく、無言で男の遠ざかる姿を見送っている。

男は、通行人の間を縫うように足早に歩いてゆく。頭の青さが際立っていた。

私は、娘にみせた男の眼の光を思い出しながら、かれの過去に幼女が密接な関連を持っているのを感じた。

「顔色の悪い人ね」

男が通行人のかげに消えると、娘が私の顔を見上げて言った。

私は、黙っていた。娘が私の腕に手をさし入れ、歩き出した。娘の横顔にはレコードを買う喜びの色がうかび出ていて、男からうけた印象はすでに消えているようだった。

私は、娘の柔かい体の動きを意識しながら男の去った方向に歩いていった。

破魔矢

一カ月程前、私は、初めてそれを見た。

その夜も、私は食卓の椅子に腰をおろし、雑誌を読んでいた。バージャー病という半ば慢性化した厄介な血行障害が脚部にあるので、血液の鬱滞を避けるため両足を近くの椅子にのせている。初冬の季節に入って気温が低下し、時折り足の親指がその部分だけ氷細工のように冷たくなる。脛毛(すねげ)は下半分が脱け落ち、白い陶器に似た光沢をおびている。

ガラス戸の外には、雨水を流す溝に沿って半坪足らずの浅いコンクリート造りの池がある。そこには肥えた金魚が五尾いれてあるが、水温が冷えて、朝夕、ほとんど動かなくなっている。水面に氷が張れば凍死するし、それでなくても寒さにいためつけられた金魚は、春になってから鰾病(うきぶくろびょう)、感冒にかかって死ぬ。冬期には金魚を家の中の小さな水槽に分散して移すが、その時期が来ていた。

部屋の電灯の光が、池の底に置物のように沈んでいる金魚の体を淡く浮び上らせている。明日、天候が良ければ気温のあがる正午過ぎに金魚を掬いあげよう、と思った。

眼に、動くものがあった。それは、池に沿った溝のふちの右手から現われ、左方に消えた。五センチほどの幅をもつコンクリート作りのふちの上を、頭部をさげ、長い尾をひいて、淡い電光を浴びながら通り過ぎた。毛は黒ずんでいて、腹部がほの白くみえた。小走りに、というよりも緩やかな歩みであった。

妻と娘が庭に鼠がいると言い出したのは、落葉の頃からであった。夕方、洗濯物をとりに行った折に溝の中へ走りこむのを見たこともあるというし、庭に突き出たテラスを斜めに横切って物置のかげにかくれるのを見たこともあるという。妻と中学生の娘は、かなり大きい鼠だと言っていたが、同じものであるかどうかはわからないようだった。

妻は、薄気味悪そうな眼をして鼠を駆除して欲しいと言う。たとえ娘の眼にした鼠と同一のものであったとしても、その旺盛な繁殖力から考えて、一匹眼にしたら十匹は庭に棲みついているはずだ、と妻は顔をしかめた。駆除法としては、殺鼠剤をふくんだ餌が市販されているが、飼っている小犬が食べるおそれがあり使用できない。籠状の鼠捕り器が好ましいが、以前は雑貨屋に必ずみられたその器具を街で眼にすることはなくなっている。

私は、妻の訴えに応じることはしなかった。広大な公園が庭に隣接しているので、そこに棲みつく野鼠が入りこんできているにすぎないのかも知れない。家の中で鼠を見た者はいないし、食物が被害をうけた形跡もない。庭を走っているだけのことで、気にする必要もない、と思った。それに私は、鼠を見たことはなく、駆除しようという積極的な気持にはなれなかった。

ガラス戸の外を通り過ぎた鼠は、妻や娘がしばしば眼にするものと同じであるにちがいない、と思った。体は大きく、溝のふちを渡っていった動きには、なじんだ場所を行動する落着きのようなものが感じられた。趾（あし）を小刻みに動かしていったが、物におびえる様子もない悠揚とした歩みであった。

私は、ガラス戸の外に視線を据えた。鼠は、むろん目的があって眼前を通り過ぎ、闇の中に消えたが、必ずもどってくるにちがいないと、思った。けもの道という言葉も、頭にうかんできた。弱小動物の習性として、鼠は身の保全のためにも同じ筋道を引返してくるにちがいなかった。

「今、鼠が通ったよ。またもどってくるはずだ」

私は、居間でテレビを観ている娘に言った。

娘は、手をついて体を伸ばし私のさし示した溝のふちをうかがったが、興味もないらしく再びテレビの画面に眼を向けた。

久しぶりに見た鼠であった。幼い頃、鼠は夜になると天井裏を走りまわり、台所にも姿を現わした。鼠捕り器は家庭の常備具で、多用されていた殺鼠剤の猫イラズをのんで自殺した出来事がしばしば新聞の記事にみられた。終戦後も鼠は多く、東北の温泉宿に泊った時、枕の近くを鼠が何度も往き来し、ふとんの上にのぼって立ちどまっているのを、その重みで察したこともある。

その後、年がたつにつれて鼠を眼にすることは少くなり、稀に汚水をかすかにはねさせて側溝を走る姿などを見るに過ぎない。

鼠を恐れる気持などなかったが、ガラス戸の外を過ぎた鼠には、久しぶりに見たためか野生動物であることが強く感じられた。人間のあたえる恵みをうけることなく、独力で生きている小動物。鼠のみが自分の近くに生きる野生動物であるのを、あらためて意識した。

私は、ガラス戸の外を見つめつづけていた。必ず引返してくるという確信に近いものがあった。

予想は、的中した。鼠が、左方から姿を現わした。往きの折の姿勢と少しも変らず、頭部をさげ、長い尾をひいて溝のふちを渡ってゆく。スタスタという表現があてはまるような一定の歩度で、右方の闇に姿を消した。

「また、通ったよ」

私が言うと、娘はこちらに眼を向けたが、すぐにテレビに視線をもどした。

その後、私は毎晩のようにガラス戸の外をうかがっていたが、鼠を見ることはなかった。

池は水を落し、金魚を揚げた。小さな水槽に入れると金魚はひどく大きく見え、一年前より二倍以上も体長は伸び、肥えていた。

妻は、相変らず庭で鼠を眼にしているようだった。今に家にも入ってくると言い、適当な方法で始末して欲しいと、折にふれて口にする。私も少し気がかりになったが、鼠は庭をただ通り路にしているだけで、別に食物をあさっている節はないようだった。それに、駆除すると言っても適当な方法は思いつかない。市役所にでも問い合わせれば教えてくれるにちがいなかったが、そのような熱意もなかった。

十二月下旬、家に近い駅周辺にひろがる街を歩いていた私は、金物店の前で足をとめた。店頭に、針金で作られた籠が少し傾いて吊されている。形態は変っていたが、鼠捕り器にちがいなかった。

私は、女店員に問うて鼠捕り器であることをたしかめ、手にとってみた。籠の内部に鉤(かぎ)状(じょう)の針金が垂れていて、そこに手をふれてみると、開いていた入口の戸が勢いよく落ち、手首をはさまれた。籠の背が彎曲し、上方に漏斗状の穴ができていることが、少年時代見なれていたものとは相違していたが、原理は同じであった。

ほとんど眼にすることもなくなっているその器具になつかしさも感じ、この機会に買っておかなくては入手が困難だと思い、店員に代金を渡した。

私は、包装された鼠捕り器をさげてデパートに入り、屋上にあがって越冬用の金魚の餌を買い、家に帰った。

鼠捕り器は、娘を珍しがらせ、扉が音を立ててしまるたびに甲高い声をあげた。娘は、そのような器具を発明した人が可笑しい、と薄気味悪くなるほど笑っていた。

私は鼠の生態についての記録を読んだことがあり、鼠が夜行性で、強度な近視のため体を物にふれさせながら移動する傾向があるのを知っていた。その記憶にしたがって、私は夕刻、妻や娘がしばしば眼にするというテラスと庭土の境に鼠捕り器を置いた。餌は、昼食の残りであるメンチカツの細片であった。鼠が、テラスの端に身をすりつけるようにやってきて、餌に気づき、籠の内部にもぐりこむ情景が思い描かれた。

翌朝、私はテラスの端に行ってみた。鼠捕り器の扉は開いたままで、メンチカツにはかじられた跡もない。夕刻、場所を変えて設置してみたが、結果は同じで、餌を小さな大福餅、チーズの切れ端にしてみても、扉は開いたままであった。

「鼠の方が私たちより賢いのね」

妻は言ったが、私も鼠を捕える熱意を失っていた。テラスの隅に植木鉢、手網、ホースなどが置かれ、そのかたわらに馬鈴薯の箱もあるが、鼠が箱を食い破ってもいないし近づいた気配もない。どのような理由か察することはできないが、鼠は常に満腹で、庭で食物をあさる必要はないらしい。食物が目的なら、当然馬鈴薯をねらうはずで、それに無関心な鼠が異様な形をした鼠捕り器の中にもぐりこむはずはなかった。

実害をあたえぬ小動物が庭を歩き、走っているからと言って、それを捕えることに努めるのは無意味だ、と私は思った。

私は、鼠捕り器を軒下に放置した。鉤（はり）につけられた餌は干からびていた。

クリスマスの夜、北陸に住む従弟から電話があった。少しでも迷惑だと思うなら断わってくれてよいのだが、と前置きして、従弟は十日ほど再従兄（またいとこ）の娘の加代子を預ってくれぬか、と言う。

従弟は、事情を簡単に説明した。加代子は県立高校の二年生だが、夏に海水浴場で隣接した県の出身者である二十三歳の自動車修理工場に勤める男と知り合った。学校から帰宅した後外出し、夜遅くまで帰らぬ夜がつづくようになった。

再従兄は県庁の要職にあったが、四年前に脳腫瘍で死亡し、かれの妻である義姉は若い頃からつづけてきた洋裁店を経営し、一人娘の加代子を養育してきた。服地の仕入れで京阪神方面に出掛けることも多く、技術が秀れているらしく、大阪のデパートの内部にある洋裁教室に週一度講師として招かれている。不在が多いので、加代子は男との交際を深めたらしい。

十二月に入って間もなく、義姉は、娘の行動に不審をいだき、私室に入って日記を読んだ。そこには、娘が男と肉体関係をもち、一カ月前堕胎までしたことが記されていた。義姉は娘を問いつめ、日記に記されていることが事実であるのを知り、娘に男との交際を厳しく禁じた。

娘は外出をしなくなったが、男は下校時に待伏せし車に乗せて夜まで帰らせない。義姉は、下校時に必ず迎えに行って家に連れ帰る。そのうちに男から何度も電話がかかり、家の前を歩きまわるようになった。義姉は、男と娘が会わぬように厳重に監視していたが、二日前、男が下宿先の部屋で服毒自殺をはかったことを知った。男は生命に別状はなく、郷里に引き取られて行ったが、義姉は娘を家に置けば男が強引に訪れてきて思わぬ出来事が起ることも予想し、遠地に身をひそませることを思いついた。

私は、二年前、再従兄の法事で会った加代子を思い浮べた。制服を着た加代子は、髪が短く子供じみていた。成長したとは言え、男とそのような関係をもつようになっていることが信じられなかった。

従弟は、繊維会社の支社勤務でその地方都市に赴任し、再従兄とも親しく、その死後、義姉の相談相手にもなっている。従弟が義姉の依頼をうけて電話をかけてきたことも理解できた。

妻に相談してから返事をする、と私は言った。家庭の秩序というものは脆く、第三者が加わることによって混乱が起き、家族に癒しきれぬ傷となって残されることが多い。時期的にも歳末から正月を迎える折に、異性問題で義姉を嘆かせている加代子をあずかることは、好ましいことではない。私の家族の困惑も考えず加代子を送りこもうとしている義姉断わってもらってもいい、別に考えている方法もあるから、と従弟は遠慮がちに言うと電話を切った。

妻は、娘と炬燵で紅茶を飲み、ケーキを食べている。これからはじまる大掃除、お節料理作りに、妻は神経を苛立たせるだろう。そのような折に、縁者の娘をあずかるとは言い出しかねる。厄介なことを言ってきたものだ、と従弟を恨めしくも思った。

娘が炬燵から出ると、紅茶のカップとケーキ皿を流し台に置き、二階にあがっていった。高校受験で、娘は夜遅くまで勉強し、休息も匆々に机の前にもどっていったにちがいなかった。

私は、炬燵に足を入れるとためらいがちに従弟からの電話の趣旨を口にした。妻は、加代子が堕胎までしたということに驚きの表情をみせた。妻も法事の折に加代子に会い、地方都市の少女らしいと好印象をもらしていた。それだけに、従弟から伝えきいた話が信じられぬようであった。

私は逡巡しながら、従弟を介した義姉からの依頼を告げた。従弟は別に方法もあるから断わってくれてもいいと言っていることもつけ加えた。

「いいわよ、十日位なら……」

妻は、反射的に言った。

私は、妻の意外な言葉に安堵したが、加代子を引受けることの煩わしさを想像して気が重くなった。

「暮から正月にかけて忙しい時に、そんな娘に来られても困るじゃないか」

私は、妻の表情をうかがった。二十一歳の夏に肺結核の手術をした後、兄たちの家を盥（たらい）まわしという表現そのままに転々とした私は、たとえ兄の家であっても寄食することがどれほど苦痛であり、自らを卑屈にさせるものであるかということを身にしみて味わった。それは同時に寄食人を引受けざるを得なかった家族の不幸でもあり、私という存在が兄たちの家庭をどれほど沈鬱なものにしたか。

妻は、少女期に両親を失ったが、祖母を中心に二人の姉妹とともに成長し、寄食することもなく、第三者を同居させたこともない。妻は加代子を引受けると即座に言ったが、それによって生じる好ましくない空気を少しも予想していないらしいことが、心もとなく思えた。

「義姉（ねえ）さんも御心配ね。男の子とちがって女の子は役に立つと言うわ。私は、かまわないわよ。再従兄（にい）さん御夫妻にはお世話になったこともあるし、お引受けしないわけにはいかないでしょ」

妻は、淡々とした口調で言った。

私は、口をつぐんだ。妻が承知したかぎり反対する理由もなかった。

私は、電話のダイヤルをまわした。コール音がきこえると、待ちかねていたのかすぐに受話器をとる音がした。私が妻の意向をつたえると、従弟は義姉からそちらに電話をかけさせると言って電話を切った。

五分ほどすると電話のベルが鳴り、妻が出た。妻は表情を曇らせて同情するように相槌を打っているかと思うと、笑い声をあげたりした。

「お手伝さん代りに働かせて下さいって。家事が好きなんだそうだけど、あてにもできないでしょうね」

受話器を置いた妻は、かすかに頰をゆるめていた。

従弟は、翌日の夕刻、加代子を連れて家にやってきた。東京の本社への出張予定があったが、一日早めにしてもらったのだという。

加代子は、襟に白い毛のついたオーバーを着、レインシューズをはいていた。照れ臭そうな笑いを絶やさず、私たちや娘に挨拶し、妻の案内で二階にあがっていった。

「義姉さん、とても喜んでいてね。これを持って行ってくれと言って……」

従弟は、風呂敷をほどくと竹籠を取り出し、開いてみせた。大きなずわい蟹が三ばいとせいこ蟹が六ぱい、ドライアイスとともに入っている。蟹の甲羅には、黒い斑点がはりついていた。

二階からおりてきた妻は、蟹に眼をみはった。従弟は、その日の夜明けに漁船から買い、茹でてあげて持ってきたので鮮度はいいと言った。

早速、夕食は蟹ということになり、従弟は、台所に入ると蟹に庖丁を入れた。大皿に蟹が盛られ、食卓に運ばれた。身がつまっていて、爽やかな香りがする。従弟は巧みに身をひき出すが、加代子の指の動きはそれよりもはるかに早く、殻をたちまち空にすると、他のものに手を伸ばす。彼女の前には、淡く透けた殻が重ねられてゆく。その顔は無表情で、手先だけが流れ作業に従事する熟練工のような動きをみせていた。

加代子は、無言で蟹を食べている。高校二年生とは思えぬほど小柄で、中学生の娘とほとんど変りはない。法事の時とちがって髪を長くしているが、色白の顔には、少女らしさが残っている。年齢は十七歳で肉体的には大人の部類に入っているはずだが、胸部のふくらみも乏しく、男と肉体関係をもった体とは思えなかった。

翌朝、従弟は、本社に出てから北陸の地方都市に帰ると言って身仕度をととのえた。義姉からの依頼は、加代子を家から外へ出さぬようにして欲しいということと、男に電話をかけるおそれもあるので、使用させぬよう監視してもらいたいということであった。

「積極的なのは男の方で、加代子は引きずられているだけだと義姉さんは言っていたけど、どうかわからない」

従弟は、門の外まで送りに出た私に言った。

「あの子が帰郷しても責任はとらないぜ。監視などできるわけがない」

私は、あらためて厄介なものを引受けた思いで、素気なく言った。

加代子が家事好きだというのは、事実のようであった。食事の後片付が終ると、掃除をし、浴室を洗う。妻は働かなくてもいいと言っていたが、やがて加代子のするままにまかせていた。

「アイロンの使い方も上手なのよ。助かるわ」

妻は、庭で紙屑を焼いている加代子に眼を向けながら言った。

「男のことはなにか言っていたかい」

私は、たずねた。

「私の方からきくのは変なので黙っていたら、加代ちゃんの方から話し出して。気の弱い人なんです、と言うのよ。その口調が大人びていて、ぎくりとしたわ」

妻は、かすかに笑った。

私は、小柄な加代子が男にどのような抱かれ方をするのか、想像もできなかった。戦前は、十七、八歳で嫁ぐ娘もいたし、当時よりも体の発育のすぐれた同年齢の娘が男と肉体交渉を持っても不思議はないが、炎に眼を向けて立っている加代子は、女という範疇からは程遠い。

娘は、加代子が同居するようになったことが嬉しいらしく、加代子も娘にすぐにうちとけた。炬燵でテレビの画像を見ながら笑い声をあげたり、トランプ遊びをしたりしていた。

三十日は、大掃除であった。私も、机の中を整理し、不要になった書類などを屑籠に入れ、庭で焼いた。狭い部屋なので正午頃には一段落つき、階下におりて行った。

妻と加代子が、ガラス戸に接したテラスの隅をホースで洗い流していた。黒い粒状のものと朱色の細かい屑が水で流されている。その数はおびただしく、私はそれがなんであるのかわからなかった。

「鼠よ」

長靴をはいた妻が、ホースを手にしたまま散乱したものを見まわした。

黒いものは鼠の糞かと思ったが、余りにも量が多すぎる。朱色のものの中に白いものもまじっていて、それが鼠とどのような関係があるのか理解できかねた。

私のいぶかしそうな表情に気づいた妻は、庭に日除けとして植えられているむべの蔓に眼を向けると、

「むべの実をここに運んで来て食べていたのよ」

と、言った。

五年前、むべの苗を植えてくれた友人がいて、土質が適しているのか生長がいちじるしく、二年前の秋から卵形の桃色がかった紫色の実をつけるようになった。実の内部には赤い果肉につつまれた種が並び、秋が深まると実は茶褐色に変って落ちる。鼠は、それをホ

ースや植木鉢などが置かれているテラスの隅に運んで食べていたのだ。黒い粒状のものは実の内部の種子で、その数からみてかなり多くの実を運びこんでいたことが知れた。私は、鼠が庭を動きまわっていた目的に気づいた。

朱色のものが、果肉とは思えなかった。果肉は外皮とともに枯れ、茶褐色に変色しているはずだった。

「赤いのはなんだ」

私は、視線を据えた。

「蟹の甲羅と脚です。爪はかたくてかじれなかったらしく残っています」

レインシューズをはいた加代子が、或る個所をさししめした。たしかにそこには、彎曲した蟹の爪がむべの種の中からのぞいていた。

蟹の殻は、黒いビニール袋に入れて塵芥収集車に渡すよう保管してある。鼠は袋を破り、蟹の殻を運び出し、テラスの隅で甲羅や脚を丹念にかみくだいて食べていたのだ。

私は、公園に棲む野鼠が庭に入りこんでいたに過ぎないと思っていたことがあやまちで、鼠が食欲をみたすため庭に棲みついているのを知った。

むべの実を食べるだけならば、野鼠として無視もできるが、蟹の甲羅や脚を袋から運び出していたことに、私は不安になった。むべの実はほとんど落ちつくしていて、餌を失った鼠が家の中に入りこんでくるおそれは十分にあると思った。

夕刻、私は入口のドアのかたわらに御飾りを垂らしてから鼠捕り器に蒲鉾（かまぼこ）の切れ端を仕掛け、テラスの隅に置いた。鼠はその場所を好んでいるらしいし、必ずやってくるにちがいない、と思った。

しかし、翌朝になっても蒲鉾は鉤状の針金についたままで、鼠が入りこんだ気配はない。その場所が洗い流されたので、鼠は警戒して近づかなかったのかも知れなかった。

朝食をすませると、妻はお節料理作りをはじめた。煉炭火鉢が物置から台所に運び出され、火が熾（おこ）ると豆が煮られた。加代子と娘は庖丁を使い、妻はガス台で煮物をしていた。

私は、なすこともなく自室に入り、思いついて書棚の書籍を並べ換えたり、庭に出て紙屑を焼いたりした。

午後も遅くなって、私は、街に妻と買物に出た。かなりの人出で、店に客がむらがっている。妻は、伊達（だて）巻き、鳴門、黒豆に入れるちょろぎ、雑煮用の鳥肉、三ツ葉、食パンなどを買い求めた。年越しそばは天ざるということになり、デパートの地下の食品売場で蝦（えび）、蓮根、薩摩芋の天ぷらとそばを買い、暗くなりはじめた公園の中を抜けて家にもどった。

妻は、加代子に遠慮することもなくなって、きんとんの裏漉（うらご）しをさせていた。家の中には、料理の匂いがみちていた。

料理がすべて重箱におさめられ、私たちはそばを食べた。テレビでは、大晦日番組が賑やかにはじまっていて、加代子と娘は炬燵に入って画像に視線を据えていた。

私も、食卓の椅子に腰をおろし、テレビに眼を向けていた。鼠のことが、不意に思われた。部屋の中に残る天ぷらの匂いは、鼠の嗅覚を引きつけるにちがいない。私は、娘が薩摩芋の天ぷらを食べ残したことに気づいた。

私は、台所に入ると冷蔵庫からビニールフィルムで包まれた皿の上の天ぷらの中から薩摩芋を取り出し、庖丁で小さく切り取ると、テラスに出た。固くなっている蒲鉾を針金から取りはずすと薩摩芋につけかえ、蒲鉾を庭の隅に投げた。

紅白歌合戦が終りに近づき、音楽の音も一層たかまった。娘は、座ぶとんに身を横たえて眼を閉じ、妻は炬燵台に顔を伏せ、加代子だけがテレビに視線を向けていた。

私は、洋服箪笥からオーバーを取り出し、

「初詣でに行ってくる」

と、妻に声をかけた。が、テレビの音にまぎれて聞えぬらしく、妻は顔もあげない。

「どこまでお詣りに行くんですか」

加代子が、私を見上げた。

「公園の中に弁財天がある」

「私も行ってもいいですか。おじさんとアベックしてみたいわ」

加代子は、地方訛りの言葉で言った。

「いいとも」

私は、アベックという言葉に苦笑したが、連れができたことが嬉しかった。

ドアに錠をしめ、私は加代子と路地に出た。夜気は冷え、吐く息が白い。私は歩きながら、弁財天が江戸時代の水源地として尊重された湧水池に祀られた水神であることを、加代子に説明した。

樹林が迫ってきて、急な石段の下り口に立つと、下方に小さな神社が見えた。社殿の前には電光があふれ、すでに人の姿も見える。

私が手すりにつかまって石段をおりはじめると、加代子が私の腕に手をさし入れてきた。その仕種が自然で、私は加代子が男と腕を組んで歩いていた姿を想像し、柔かい体の感触に女を感じた。

私たちは短い太鼓橋を渡り、社前に立った。加代子が、私の腕から手をはなした。社殿の両側に篝火が焚かれ、線香の煙が立ちこめている。午前零時を告げる太鼓が鳴って私は賽銭を投げ、鈴を鳴らし拍手を打った。加代子も手を合わせ、頭を垂れている。男と再会することを願っているのか、それとも男と交渉を持ったことを悔いているのか、いずれにしてもそれに関連した祈りにちがいないのだろう、と思った。

社殿のかたわらに飛石がつづいていて、池に突き出た岸に小さな祠（ほこら）がある。私は、飛石をふんでいったが、加代子がついてきているのに気づき、祠に近づくことがためらわれた。祠の横に、水かけ地蔵という小さな石仏が立っている。それまでは気にもかけなかったが、その地蔵が間引きした水子の霊を慰めるためにおかれたものではないかと思えてきた。胎児を堕したという加代子に、地蔵の縁起を問われたらどのように説明すべきか、気が重くなった。

祠の鈴を鳴らし、小銭を賽銭箱に落した。姉妹らしいお揃いのマフラーをつけた少女が、真新しい柄杓に水をすくって地蔵にかけている。牛乳瓶ほどの小さな地蔵で、頭に毛糸編みの帽子をかぶり、体に赤い布をまきつけている。かたわらの石のくぼみに水が張られていて、銅貨やアルミ貨が沈んでいた。

加代子は、少女が去るのを待ちかねていたように柄杓を手にし、地蔵の頭の上から水を注いだ。身をかがめると、口もとをゆるめて地蔵の顔をながめていた。

私は、祠の前をはなれると、社務所で破魔矢を買った。参詣人が増してきていて、篝火の炎が火の粉を散らしている。私は、加代子と連れ立って太鼓橋を渡り、石段をのぼった。

ドアの錠をあけ、居間に入ってみると、妻と娘の姿はなく、テレビも消されていた。浴室で湯を使う音がし、妻は娘を就寝させ入浴しているようだった。加代子は、二階に上っていった。

私は、洗面所に行きかけたが、薩摩芋を仕掛けたことを思い出し、ガラス戸の外に眼を向けた。鼠が行動する時間になっているが、鼠捕り器の扉は開いたままで鼠の姿もない。

私は、戸をあけてテラスに出ると籠の中をのぞきこんでみた。針金につけておいた薩摩芋の切れ端がなくなっていた。私は、鼠が入口から入って芋を食べ、籠の外に去ったことを知った。鼠はなじんだテラスの隅に行く途中、揚げた芋の匂いにひきつけられ扉の中に入ったにちがいなかった。

鼠が餌を食べたのに、なぜ扉が落ちなかったのか不思議であった。私は、籠の中に手を入れ、餌をつけた針金にふれてみたが、扉は開いたままであった。理由は簡単だった。餌をつける針金のもう一方の端が籠の外に出ていて、バネ仕掛けで扉を引き上げている針金の環にかかっている。餌が動くと、針金が環からはずれ、扉が勢いよく落ちる仕掛けになっている。環に針金がしっかりとかかりすぎているので、餌が動いても針金が環からはずれないのだ。

私は、台所にもどると天ぷらの薩摩芋を庖丁で切り、それを針金の先端にとりつけた。ついで、針金のもう一方の端を環に浅くかけ、籠に手を入れ餌をふれてみた。その瞬間、扉が勢いよく落ち、手首がはさまれた。

私は、扉を引き上げ、針金を環にかけて同じ場所に置いた。鼠は内部の餌を食べたし、今度こそ鼠を捕えることができるだろうと思った。浴室では、妻の湯を使う音がしていた。

目をさまし、時計を見た。八時を少し過ぎていた。天窓は明るく、気温は低かった。

食事は九時にすると妻は言っていたが、私は身を起した。元日には朝風呂に入る習わしで、湯を浴槽にみたし、妻や娘たちのためにストーブに火をつけて居間と台所のつづいた空間を温かくしておいてやりたかった。

私は、階下におりて浴室の戸をあけ、蛇口を開いて浴槽に湯を落し、居間に行くとストーブに点火した。庭には、霜が光っていた。

鼠捕り器に餌をつけたことが思い出され、私は、ガラス戸をあけてみた。籠の中で激しく動くものがあった。扉は、閉ざされていた。鼠は、私が近づくと籠の中を走りまわり、不意に停ると体を波打たせながら顔をこちらに向ける。わずかに灰色がかった黒い体毛につつまれた鼠で、尾が籠の外にはみ出ている。一カ月前、溝のふちを渡っていった鼠と大きさも変らず同一のものに思えた。ただ、その折の悠長な動きとは対照的に、鼠は荒々しくみえる。鋭い啼声(なきごえ)をあげて走りまわる鼠の口からは、尖った歯がむき出しになっていた。芋は、針金にとりつけられたままになっていた。鼠は餌にふれた瞬間、扉の落ちる音に驚き、閉じこめられたことを知って籠の中を走りまわりつづけているにちがいなかった。

私は、寒さに辟易してガラス戸を閉め、居間のストーブで体を温め、頃合いを見はからって浴室に行くと、湯に漬った。妻たちの驚きが、想像された。胸に、かすかな当惑の気持もきざしていた。元日早々鼠がかかったことは、忌むべきことに思え、正月気分をそこなわれたくなかった。米俵の上に大黒天と白鼠を配した絵があるが、それは鼠が食物の豊かな場所に集ることから豊作を意味したものなのだろう。鼠はめでたい動物とされているのだ、と、自らを慰めた。

長湯をして出ると、妻が台所に立っていた。

私が鼠のことを口にすると、妻は、ガラス戸を通して薄気味悪そうに籠に眼を向けた。

加代子と娘が二階から降りてきたが、娘は、

「可哀相」

と、甲高い声をあげた。

酒を飲むとすぐに酔いがまわって眠くなり、私は、炬燵に足を入れ座ぶとんを並べて横になった。娘と加代子は、テレビを観ていた。

正午過ぎ、電話のベルで目をさました。炬燵で寝たため体が火照り、不快だった。電話は加代子の母かららしく、妻は新年の挨拶を口にし、加代子が働いてくれるので助かっていると言った。ついで加代子が電話に出たようだったが、わずかに応ずる声がしているだけで、やがて受話器を置く気配がした。

妙な正月だ、と私は思った。年末から加代子が寝泊りするようになったし、鼠が籠にかかった。加代子が加わったことで家族三人で迎える正月よりも賑やかになったが、鼠は早く処分したかった。

少年時代、鼠捕り器にかかった鼠は、籠ごと水に漬けるのが常だった。籠を水に入れると、鼠は鼻先を上げて空気を吸おうとする。さらに沈めると鼠は、脚で水をかき、泳ぐよ

うに籠の中を動きまわる。そのうちにゆっくりと沈んでゆくと、また意識をとりもどすのか泳ぎまわり、水面に近い籠の上方に鼻先を向ける。そのようなことを繰返しているうちに鼠は沈み、動かなくなる。土中に埋めることはなく、空地や路傍に捨てられた。

鼠を水死させるには水を張ったポリバケツに籠を入れれば可能だが、妻は鼠を殺したバケツを再び使うことはしないだろう。公園の池に漬けることも考えられるが、当然風紀上禁じられているはずだった。水死した鼠を籠から取り出すことは、想像しただけでも薄気味悪く、いずれにしても正月三日までは殺生を避けねばならぬ、と思った。

その日、私が籠に近づくと、鼠は歯をむき出しにして走りまわった。恐怖からなのだろうが、その動きは野生動物らしいたけだけしさにみちている。顔をこちらに向けて身じろぎもしない鼠に、私は敵意を感じとった。

妻たちも、時々籠の中をのぞきこんでいる。薩摩芋は、針金にかけられたまま残っていた。

その夜、鼠の処分のことが話題になった。加代子は、郷里の都市では籠を水に漬けるとさりげない口調で言ったが、妻は反対だった。私は、庭に穴をうがち、その中に籠を入れて土をかぶせ窒息死させる方法を口にしてみた。が、鼠が、籠から穴の中に滑り落ちてくれるとは限らない。扉から出た鼠が私の足に歯を立てることも皆無とは言えず、血行障害のある足に傷が生じればその部分から壊死するおそれがあると言われているだけに、その方法も好ましくなかった。結局、意見はまとまらず、私は、捕えた鼠の処分が容易でないことを知らされた。

翌日、籠の中をのぞいてみると、針金についていた薩摩芋は消えていた。一日に体重の三分の一近くの量の食物を口にすると言われる鼠は、空腹に堪えきれず芋を食ったのだ。そのかたわらには、数個の糞が散っていた。鼠は、体を喘ぐように小刻みに動かしながら私の方に顔を向けている。眼が寒天のようにうるんだ光をおび、薄桃色の趾（あし）が、籠の針金の網目の上にのっていた。

娘は、時折り籠の前にしゃがんで鼠を見つめていた。加代子は、興味もなさそうに近くを通る時も眼を向けることはしなかった。

翌朝、庭は雪におおわれていた。十五センチほど積っていて、雪片が舞っている。夾竹桃は雪の重さでしなり、先端が雪の表面にふれていた。

午後になると、雪はやんだ。

来客もない、静かな正月であった。正月三日も過ぎ、明日は鼠を殺すことに手をつけねばならなかった。

私は、炬燵に入って茶を飲みながら殺鼠剤を使うことを思いついた。鼠は飢えていて、市販の殺鼠剤が入った餌を食べるにちがいなかった。それをあたえつづければ、血球が徐々に破壊され、一週間後には死亡するという。その間、衰弱してゆく鼠を眼にせぬように、黒い布を籠にかけておこうと思った。

テラスでは、娘が加代子としゃがみこんで籠の中をのぞいている。愛玩動物をながめているような表情だった。

二人が籠の前をはなれ、ガラス戸をあけると、炬燵に入ってきた。加代子が、笊（ざる）に入れられた蜜柑に手を伸ばした。

「鼠を飼っておきたい」

娘が、私に言った。

私は、娘の顔に眼を向けた。

「あんなに可愛いものを、殺すことないでしょう」

娘は、私にすがりつくような眼を向けた。

「眼が可愛いのか」

私は、思いがけぬ娘の言葉に呆れた。

「眼だけでなく、どこも可愛い。籠の中に入れてあるんだから害はないし、飼ってやってよ」

娘の眼には、私をなじる光がうかんでいる。

「君は、どう思う？」

私は、加代子にたずねた。

加代子は、口もとをゆるめ、黙って娘の横顔を見ている。その顔には、年長者らしい表情が浮び出ていた。

翌日、娘は加代子と街に映画を観に行きたいと言った。妻は、賛成した。義姉からは、迎えに行くまで外出はさせないで欲しいと頼まれていたが、加代子を家の中にとじこめておくわけにはゆかない。帰郷しようと思えば、夜、家を脱け出すこともできるし、意のままになる。それに、たとえ行方知れずになっても、私たちに責任はないはずだった。

娘は、加代子と外出仕度をはじめた。加代子も見知らぬ街に出掛けてゆくのが嬉しいらしく、娘とはしゃいだ声を交していた。

二人が玄関に行くのを見送りに出た私は、加代子に殺鼠剤を買ってきてもらうことを思いついた。

「少しずつ弱って死んでゆく薬と言えばわかる。鼠にとっては安楽死だ」

私は、娘を意識してさりげない口調で言った。

加代子は、小さな朱色の手帖を取り出してメモをすると、娘とともにドアの外に出て行った。

私は、階段をのぼり自室に入った。隣家の屋根の雪が、今にも落ちそうに庇からせり出している。樹木には、所々に雪がのっているだけで、明るい陽光がひろがっていた。

加代子に殺鼠剤を依頼したことが好ましくないことに、私は気づいた。男は自殺未遂であったというが、薬局で殺鼠剤を手にした時、毒物を服んだ男のことを思い出すのではないか、と思った。少くとも、義姉は、加代子にそのような薬を買うことは頼まないだろう。殺鼠剤は人間を死亡させるほどの作用はないが、加代子がそれを発作的に口に入れることをおそれるにちがいない。加代子を預ったかぎり、慎重な配慮をはらう必要がある、と、私は思った。

加代子と娘は、夕刻近くにもどってきた。食事をし映画を観てきた二人は、はずんだ声をあげ、顔を上気させていた。

加代子は、私に紙袋を差し出した。中にネズミドロップと印刷された箱が入っていた。特長として鼠が食べ易い形、大きさ、硬さをもつドロップ状の錠剤なので喜んで食べると書かれ、二十粒ほど配置し、翌日からは減った分だけ補充するようにと使用法が記されていた。箱の内部には、オレンジ色をした一円アルミ貨大のドロップ状のものがかなりの量入っていた。

私は、ガラス戸をあけて籠の前にしゃがんだ。鼠の様子が変っていた。鼠は、私が近づくと籠をふるわせるほど激しく走りまわり、啼声をあげ歯をむき出すのが常だったが、眼前の鼠は、数歩歩くと足をとめ、あたりの気配をうかがうようにしている。頭も垂れ気味で、眼にもうつろな光がうかんでいるだけであった。

鼠は、荒々しさを失い、喘ぐように体を動かすこともなくなっている。飢えと渇きで体が衰弱していることはあきらかだった。

私は、ビニール袋からドロップを二十個取り出すと、籠の網目から落した。鼠は捕えられた日、籠の中を走りまわって薩摩芋を無視していた。その姿には、閉じこめられたことに対する憤りが感じられ、空腹感に耐えた毅然としたものすら感じられた。が、眼前の鼠は、すでにそのような気力は失せていた。

鼠は、力なく近づくと、ドロップを物憂げに食べはじめた。味の好悪に関係なく、飢えをしのぐことのできる物ならば、どのようなものでも口にするような食べ方であった。

私は、鼠が二個目のドロップに口を近づけるのを見てから家の中に入った。すでに、庭は薄暗くなりはじめていた。

夜明け近く、サイレンの音で目をさました。消防車が公園ぞいの道をつづいて走っているらしく、音が遠ざかるとすぐに新たなサイレンの音が近づいてくる。

私は起きると、窓の外をうかがってみた。が、空には星の光がみえるだけで、赤らんでいる気配はなかった。

私は、部屋を出ると階下に行き手洗いに入った。鼠のことが思われた。空腹に襲われた鼠がドロップをすべて食いつくしているのを確かめてみたかった。薬物の影響は漸進的なもので、食欲をみたした鼠が体力を回復して走りまわっているかも知れなかった。

私は、懐中電灯を探し出すと、ガラス戸の外に出た。サイレンの音が、遠く近くきこえている。激しい寒気につつまれた。籠に、光をあててみた。鼠は、白っぽい腹をみせて横になっていた。眼は開いたまま、動かない。口がわずかに開き、歯先がのぞいていた。

私は、ドロップを数えてみた。十七個残っていた。鼠の尾が、籠の網目から少し突き出ている。血行障害の足に、寒気は毒だ。私は、電灯を消すと、ガラス戸をしめた。

ふとんにもどった私は、鼠の死因について考えた。三個しかドロップを食べなかったことからみて、鼠が殺鼠剤で死亡したのではないことはあきらかだった。鼠はすでに死亡直前で、ドロップを食べる力も失っていたのだろう。空腹と渇きが死因で、殺鼠剤をあたえる必要もなかったのだ。

サイレンの音が絶え、物音はしない。私は、いつの間にか眠りに入っていた。

——朝食後、私は、鼠が死んでいることを妻たちに告げた。

娘は、黙って二階に行き、妻は、

「早く埋めて下さい」

と、言った。

私は、ガラス戸の外に出ると鼠捕り器を手にさげた。籠が傾き、鼠の体が金網の隅にへばりついた。

加代子が、レインシューズをはいて庭におりると、スコップを持ってきて、

「穴を掘ります」

と、言った。

私は、籠の扉にとりつけられた針金の環を引き上げた。扉が開き、鼠が足もとの雪の上に落ちた。雪は表面が少し凍り、歩くと霜柱をふむような音がした。

加代子が、庭の隅にスコップを突き立てた。私は、屑を焼く折に使う物ばさみを持ってきて、鼠をはさんだ。体は柔かく、はさまれた腹部がへこんだ。鼠の体は硬直していず、死後余り時間が経過していないことをしめしていた。

五十センチほどの穴がうがたれ、私は、鼠をその中に落した。頭部が下になり、肉付きのよい臀部(でんぶ)が穴の底にひろがった。加代子が、無造作に土をかぶせてゆく。私は、手際のよい加代子の動作に、娘とは異なった生活力のようなものを感じた。

私は、鼠捕り器をテラスの隅にもどし、家に入った。加代子は、スコップで土をたたいている。その体の動きには、道路工事に従事する中年の女に似た逞しさが感じられた。

妻は、鏡台の前に坐って化粧をはじめていた。

「道が雪でぬかっているから、着物は着られないわね」

妻が、鏡に眼を向けながら言った。

私は、妻の姉夫婦の家へ年始の挨拶に出掛ける時間になっていることに気づいた。

庭に、音がした。隣家の屋根の雪が落ちたらしく、塀の内側にかなりの雪の堆積が出来ていた。

加代子が、スコップを肩に家の裏手に廻ってゆくのが見えた。

黄水仙

橋のたもとで自転車をとめると、土手に腰をおろし、足を投げ出した。二十メートルほどの幅の川は蘆(あし)にふちどられ、水の流れはゆるやかだった。戦闘帽をぬぎ、腰の手拭で顔と首筋の汗をぬぐった。かたわらに柳があって、垂れた枝に緑青(ろくしょう)の顔料でも吹きつけたような葉の芽が、隙間なく萌え出ている。

その日の朝、兄と兄の工場で働く工員の三人で自転車をつらねて家を出たが、白鬚(しらひげ)橋を渡ってから別れた。兄たちは荒川ぞいの町へ、私は江戸川の河口に近い漁村にむかうことになった。

私は、四木(よつぎ)橋を渡って荒川の土手づたいに小岩へ出た。そのあたり一帯も焼きはらわれていて、新中川にかかった橋を渡ると、ようやく人家の連なりがみえた。

焼け焦げの臭いにつつまれながら赤茶けた焼けトタンのひろがる地を通りぬけてきた私

は、澄んだ空気の流れる眼前の地を眼にして人心地ついたような気分になった。藁葺き屋根の農家が点在し、畠には麦の穂がゆれている。所々に池があり、畠のふちには小川も流れている。焼け跡は乾ききっていたが、その地の土壌には水分が豊かにふくまれているのを感じた。

私は、石の浮き出た道を進んだ。時折り牛車や馬車がすれちがい、やがて人家が少くなり、畠や池が道の両側につづくようになった。家を出てから三、四時間はたっているはずで、ペダルをふむことに疲れた私は、木橋のゆるい坂をのぼると、川面を眼にしながら休息をとろうと思い立ったのだ。

江戸川河口方面の地理に詳しい工員の書いてくれた略図によると、一時間足らずで目的の漁村にたどりつけそうだった。

「貝や小魚のとれる漁村ですから、佃煮ぐらいはゆずってくれる家がありますよ」

と、その工員は言った。

布鞄の中には、大豆まじりの握り飯と梅干が竹皮に包まれて入っている。空腹を感じはじめていたので握り飯を食べてもよかったのだが、工員が口にしたようになにか副食物を漁村で得られるかも知れぬと考え、弁当を使うことを思いとどまった。

その日、家を出て間もなく、兄は自転車を進ませながら、

「今日、見つからなかったら諦める以外にないな」

と、道の前方に眼を向けたまま言った。

私は口をつぐんでいたが、兄の言うとおりにちがいない、と思った。夜間空襲があってからすでに二日間がすぎ、もしも、父が炎からのがれることができていたなら、当然、家に姿をみせるはずだった。

父が家を出ていったのは、空襲の日の夕方であった。その日、私は、勤労動員先の工場の休憩室で、担任の教師から藁半紙にガリ版刷りされた卒業証書を受け取っていた。中学校を卒業したという実感よりも、その日かぎりで軍需工場に通勤しなくてもすむようになったという感慨の方が強かった。私は、珍しく正午すぎに家へ帰った。

父は、行ってくる、と父は出がけに言った。行先はわかっていた。女のもとにおもむく折に、父は、行ってくるという言葉を口にする。数日から十日ほど家をあけるのが常であった。

父は、ソフト帽を改造した焦茶色の戦闘帽をかぶって、強い北風の中を駅の方向に歩いていった。

その日は陸軍記念日で、アメリカの爆撃機編隊が国民の戦意喪失を目的とした大空襲をおこなうのではないかという噂がしきりだった。が、爆撃機が侵入してくるのは気象状況が安定している日で、強風をおかして飛来する恐れはなさそうだった。

その夜、警戒警報が発令されたが、房総半島から東京に侵入してきた爆撃機は単機で、偵察行動をおこなったらしく、やがて海上に去り、警報も解除された。私は、やはり風のために爆撃機編隊の出撃は中止されたのだろうと考え、警報のサイレンで眠りを破られずにすみそうだと安堵して、ふとんにもぐりこんだ。

しかし、予測は裏切られ、眠りについて間もなく噴出するような空襲警報の断続するサイレンの音に飛び起き、闇の中で枕もとに置いた学生服を素早く身につけ、ゲートルを巻いた。

その時から夜明けまで、私は兄たちと路上に立ちつづけていた。南東の夜空に、縁日の夜店で売られる鬼灯(ほおずき)のような色と形をした炎の群れが、横に並んで湧くと、ゆるやかな動きで下降してゆく。それがなんであるのかわからなかったが、焼夷弾がばら撒かれたらしく、下方から炎が一斉にふきあがった。

鬼灯に似た火のつらなりは何度も現われ、それにつれて夜空の朱の色は増し隣接の町にも炎がひろがった。空をおおう雲が、炎を反射する巨大な金属板のような作用をしているらしく、私の周囲はすべて赤く、路面の小石すらはっきりみえる。明るく浮び上っている電柱も自分の体にも、影がない。風は相変らず強く吹きつけていた。

空の朱の色が褪め、私は、赤い太陽がのぼるのを見た。

その日、町にはさまざまな情報がつたえられた。夜間空襲でうけた損害は想像をはるかに超えたもので、下町はほとんど焼きつくされ、路上には焼死体が散乱し、隅田川をはじめ河川は死体でおおわれているという。

父の身が、気づかわれた。女は戦前から浜町で待合を経営し、その頃、父と親しくなったが、やがて待合を閉じ、空襲が激化した前年の暮に江戸川ぞいの町に転居していた。むろん、父はその家に行ったのだが、兄が消防署できいてきたところによると、その町一帯も焼失地になっているという。

父が死をまぬがれることができたとしても、電話線は寸断され電報の発信機関も壊滅していて、無事であることを私たちにつたえる手段はない。地図をひろげてみると、女の家がある町までは意外にも近く、直線距離で八キロほどしかない。路上には焼残物が散乱しているだろうが、徒歩で家に帰るのは可能であるはずだった。

その日、私たちは待った。女も家を焼け出されたことは確実で、父が女を連れてもどってくることも予想された。が、夜遅くまで起きて待っていたが、父は姿を現わさなかった。

翌朝、兄は、工員を一人連れて自転車で女の家のあった町に父を探しに行く仕度をはじめた。軍需工場へ通う必要もなくなった私は、兄に同行することを申出た。工員と私は、鳶口(とびぐち)をそれぞれ自転車にくくりつけ、出発した。

道をたどってゆくと、家並が切れ、そこから果しない焼失地がひろがっていた。眼になじんだ隣接していた町は消え、遠く隅田川に架けられた鉄橋が望まれた。

私たちは焼失地の中に自転車を進ませていったが、浅草方面に通じる三ノ輪の三叉路で自転車をとめた。二台の都電が焼けていて、架線の電線が、からみ合った蔓(つる)のように路面に垂れている。電線にふれずにその地点を過ぎることは不可能であった。私たちはしばらくその場に立っていたが、浅草の方向から歩いてきた初老の夫婦らしい男女が、電線を手で無造作に押しのけるようにしてくぐるのを眼にした。その仕種には、焼失地帯を長時間歩いてきた慣れのようなものが感じられた。兄が自転車をひいて歩き出し、私たちも電線をかき分けて三叉路を過ぎた。

私たちはペダルをふんだり、自転車をかかえて焼残物の上を歩いたりした。その間、私は多くの物を見た。死体の大半は焼け焦げの材木のように黒かったが、赤い肉の色を露出させた死体もあった。路上には、飴(あめ)のように曲った自転車やリヤカーが所々にころがっていた。

隅田川の河岸では、警防団員が鳶口で水面に浮んだ死体を引寄せ、岸に並べていた。川面に突き出た桟橋に、四、五歳の男の子がうつろな表情で坐っているのも眼にした。濃厚な焼け焦げの臭いにつつまれた私は、自分の体が煤けてしまったような錯覚をいだいた。

女の町も焼きはらわれていた。兄は、一度所用があって女の家にいる父を訪れたことがあったが、焦土と化してしまっているため見当もつかぬようであった。兄は、駅から再び道をたどり直し、防火用水の置かれた道角で足をとめた。

近くの焼跡に立っている男に歩み寄った兄がなにかたずね、もどってくると、その附近で生き残った住民たちは、線路をへだてた国民学校に集っているという。

私たちは道をもどり、塗料の焼けたガードをくぐった。鉄筋コンクリート造りの学校は、焼野原の中に淡紅色の外郭だけを残して建っていた。門を入ると、校舎の中に人の姿が見えた。

兄が近づき、女の姓名を口にして人々に消息をたずねて歩いた。

「ああ、お夕カさんね。江戸川の鉄橋の方に行くのを見かけましたよ」

職人のような口調をする男の一人が、兄に言い、少し顔をしかめると、

「うまく橋を渡れたか、どうか。すごい風だったしね。線路の枕木の油が火の熱でとけていて、次から次に足をすべらせて川へ落ちたからね。私も渡ろうとしたんだが、危ないと思ってやめたんだよ」

と言って、焼けた眉毛をこすった。

私たちは、男に鉄橋へ通じる道をたずね、校門を出た。

前方に鉄橋がみえたが、そのたもとにたどりつくまで私たちはほとんど自転車をかかえたままであった。路上にころがる死体が、鉄橋に近づくにつれて増した。それらは、大鋸屑の中に入れられた蟹のように少し赤みをおびた灰にまぶされて埋れている。縮こまった死体が多かった。

川岸に立った兄が、

「これは駄目だ」

と、つぶやいた。

警防団員が川から死体をあげているが、川面は死体に分厚くふちどられていて、それらをすべて収容するにはかなりの日数がかかりそうであった。米飯の饐えたような臭いと酢のような鋭い異臭が、空気の流れにしたがって交互に鼻をついてくる。

「お前は、自転車の番をしていろ」

兄が私に言うと、鳶口をはずして工員と土手を川岸の方に降りて行った。

兄たちは、手拭で鼻をおおい、岸に揚げられた死体に近寄ると一体ずつ見下ろしては歩き、時には俯せになった死体の顔を身をかがめてのぞきこんだりしていた。

その中には父と女の死体を見出すことができなかったらしく、兄たちは作業をしている警防団員に近づいた。そして、男たちと話をしていたが、工員とともに岸辺に行くと、鳶口を使って死体の引揚げ作業を手伝いはじめた。兄は、死体の群れを眼の前にして警防団員たちの仕事を傍観できなくなったようだった。

私は、自転車のかたわらにしゃがみこんで兄や警防団員たちの動きを眺めていた。赤ん坊を背負った女や手提げ金庫を背にくくりつけた男の死体などが、鳶口にかけられて岸にひきずりあげられる。体はすでに硬直しているらしく、手荒く扱われても姿勢は変らなかった。

三十分ほどすると、兄が、鳶口を肩に工員と土手をあがってきた。手拭で汗の光る顔をぬぐい、眼鏡の曇りをふいた。背の低い工員は、兄から鳶口を受けると、二本まとめて自転車にくくりつけた。

「ひどいもんだ」

兄は、自転車のハンドルをつかんだ。

私たちは、自転車をかかえて死体のまじる焼残物をふんで道を引返し、サドルにまたがった。焼跡に人の姿は稀で、私たちは前後しながらペダルをふんでいった。

いつの間にか往路とはちがった道をたどっていたが、兄は地理に通じているらしく自信があるように道を曲ってゆく。国鉄のガードの下や外壁だけ残された鉄筋コンクリートの建物の陰に、風で吹き寄せられた芥のように多くの死体が寄り集っていたりした。

火熱で亀裂の入った広い道路に、人だかりがあった。私たちは自転車をとめた。焼けた馬の体に人々がむらがって、鳶口で肉をむしりとっている。黒焦げの体の内部は鮮やかな朱の色で、骨や内臓も露出している。

かれらは無言で、肉を焼けトタンの上にのせている。通行人らしい男が近づくと、遠慮がちに馬の体に鳶口をのばしていた。

兄がペダルをふみ、私たちもそれにならった。空はどんより曇り、無風だった。

……その日の朝、私は兄に起された。

兄は、再び荒川ぞいの町に行き、父を探すという。父の遺体とは言わず、父をと言ったが、その眼には諦めの色が濃くにじみ出ていた。

お前は江戸川河口に近い漁村に行ってみろ、と兄は言った。炎に追われた父が女を連れて国鉄の鉄橋を渡ったとは思えぬが、もしも対岸にたどりつくことができたとしたら、それから五キロほどの距離にある漁村に足を向けたにちがいないという。その漁村には、女の伯母が一人で疎開していることを父からきいたというのだ。

「今西という姓だ。お父さんがいなくても、なにかの消息はつかめるかも知れない」

兄は、紙片に今西と書き、女の名をタカと鉛筆で記して私に渡した。嫂(あによめ)は、工員の分をふくめた三人分の弁当を作ってくれた。

私たちは、自転車のタイヤに空気を入れた。嫂が近づいてくると、とりあえず持ってゆくだけは持って行って、と言って風呂敷包みを私に渡した。

「お父さんの着物と帯よ」

嫂は、低い声で言った。

川筋を渡ってくる風に、汗に濡れた肌が冷えてきた。

上流方向の蘆の間で、釣りをしている男がいる。竿があげられる度に、小魚らしい閃きが男の手もとに引き寄せられる。男たちは一人残らず軍務に服したり労働に従事したりしていると言われているが、それらには縁がなくひそかに自分の時間を楽しんでいる者もかなりいる。川をへだてた広大な被災地を通りぬけてきた私は、釣りをしている男が別の世界で生きている人間のように感じられた。

男は、時折りこちらに顔を向けているようだったが、かれの眼にも柳のかたわらで休息をとっている私が悠長なものに見えているにちがいなかった。十七歳の私は、当然、少年兵として軍籍にあるか軍需工場で労働に従事しているべき年齢で、自転車でそのような地に来ていることは理解しがたいはずであった。

徴兵年齢の一年引下げによって、二カ月足らずで迎える誕生日以後、私は、検査を受け入営する身であった。兄の経営する工場では、陸軍造兵廠（ぞうへいしょう）の監督のもとに機銃弾の弾体を製造していて、そこで働いていれば他の工場に徴用されることもない。兵役に服するまで、私は兄の工場で過そうと勝手にきめこんでいた。

私は、立ち上ると自転車のハンドルをにぎった。休息をとったためか、自転車が重く感じられた。

木橋を渡ると、道はゆるく弧をえがいて伸びている。両側に畠がひろがり、右方向に遠く土手らしいものがつづいていた。

どのような女なのだろう、と思った。

父に女がいるらしいことを意識しはじめたのは、小学校四、五年生の頃であった。それは漠然とした具体性のないものであったが、中学校に入ってしばらくたった頃には、女の存在がほとんど確実なものに思えた。戦時の統制経済政策で父の経営する紡績工場の原棉供給は激減し、やがて企業合同で工場は閉鎖され、機械はスクラップとして供出された。父は常に不機嫌で、酒も荒れがちであった。

そうした父の感情をいやそうとして、母は待合の女将（おかみ）に慇懃（いんぎん）な口調で電話をし、タクシーを呼んで送り出したりした。父がタクシーで去った後、母は居間で坐っていたが、その表情を見た私は、その待合の女将が父の女であることに気づいた。母は、すすんで父を送り出したが、その顔には、女としての激しい嫉妬を押さえきれぬような表情がうかんでいた。

やがて、母は、子宮癌で大塚の癌研究所附属病院に入院して放射線療法を受け、退院後、家で病臥するようになった。病勢は進み、腰部に激しい痛みが起りはじめ、それを鎮めるため町医にモルヒネ注射を打ってもらうようになり、その回数が増した。母は麻薬中毒におかされ、私たちに町医を呼んでくるように泣いてせがんだ。その間、父は、どこから入手するのか酒樽を常に家に備えて親しい人たちと飲み、外出も多くなって夜遅く酔って帰ってくることもしばしばだった。

前年の夏、母は痩せこけて死んだ。すでに九州方面への空襲がはじまり、病室の電気の笠にも灯火管制用の黒い布が垂れさげられていた。

母の死後、父の外泊が増し、時には一週間近く家に帰らぬこともあった。工場を経営する兄は、事業に口出しする父が家にいないことを好都合に思っているようだったが、父に相談しなければならぬ折には、女の家に電話をかけたりした。女の存在は公然としたものになって、父の留守に親しい人から電話があると、兄や嫂は、浜町に行っていますと答えたりしていた。

年が明けて間もなく、勤労動員先の夜勤で正午近くに帰った私は、二歳下の弟から前日の夜、女が父にともなわれて家にきて泊り、朝早く帰っていったことを耳にした。弟の顔にはこれと言った感情の色もみられず、私も黙っていた。

私は、父に女がいることを殊更不快に思う気持も失せていたが、父をタクシーで女のもとに送り出した夜、長火鉢のかたわらに坐りつづけていた母の表情を思い起すと、父の母に対する思い遣りのなさが腹立たしく思えた。兄は女と親しげに電話で話したりしていたが、父と女に対する兄の寛容さも不服であった。

私は、兄の言葉の端々から、女が銀行員の妻で、夫の死後、待合を経営するようになったことを耳にしていた。なぜ勤め人の妻であった女がそのような境遇に身を置くようになったのか、私には釈然としなかった。また、女が、父より六歳下の四十七歳であることも知った。

私の女についての知識はその程度で、父が女に経済的援助をしているのか、それとも客と女将という間柄で肉体関係をもっているにすぎないのか、事情はわからなかった。

道の両側に家並がつづくようになった。右方から灌漑用水らしい水路が近づいてきて道と交叉し、その上に架かった短い石橋を渡った。流れは澄んでいた。

そこからも畠がひろがっていたが、前方にかなりの家の集落が見えてきた。

私は、片手でハンドルをにぎりながら作業衣のポケットから略図を取り出した。前方の集落をぬけて川を越えれば、女の伯母が疎開しているという漁村にたどりつけるようだった。

女が住んでいた町から漁村に行くには、私が自転車を進ませている道しかないが、父が女とこの道を歩いていった情景を想像することはできなかった。父にはこれと言って病気もないが、足腰はかなり衰えている。荒川の国鉄の鉄橋を火に追われて対岸にむかった人たちは、ほとんどが川に落ちたというが、女を連れた父が渡りきれたとは思えない。兄も、父が漁村に難を避けた確率はほとんどないと考え、自らは荒川ぞいの町に父の姿を求めて再びむかい、私を漁村に行くよう命じたにちがいなかった。

女の伯母の家を訪れた折のことが想像された。父も女もいず、伯母は、未知の私を警戒するような眼で見つめるにちがいない。もしかすると、父は女の親戚たちの間でいまわしい存在とされ、伯母が、父をたずねてきた私を冷たくあしらうことも予想される。私は、おそらく世故に長けているにちがいない女の伯母と対することに萎縮した気持になっていた。

家の集落をぬけ、橋にかかった。かなり長い木橋で、朽ちかけた欄干の所々に錆びた太い釘の頭が突き出ている。流れはゆるやかで、川面を渡ってくる風に潮の香がふくまれていた。

父が恨めしく思えた。女の家に行くことさえしなければ、私も兄たちも自転車で走りまわることもしなくてすんだのだ。もしも父が焼死したなら、それは自業自得と言うべきだ、とも思った。

橋のたもとから家並がはじまっていた。トタンや瓦ぶきの屋根の家が軒を接して並び、赤い塗料でぬられた板壁の家が目立つ。道は川と並行しているらしく、家と家の間から川面が光っている。干された網もみえた。

道は、貝殻屑が敷かれていて白く、進むにつれて魚介類の臭いが濃くなった。工員は、佃煮ぐらいはゆずってもらえるだろうと言ったが、そのようなことはあてにできそうもなく、弁当を使ってしまえばよかった、と思った。

四十年輩の男が、リヤカーのかたわらにしゃがんでタイヤのパンク直しをしていた。私は、自転車からおりると戦闘帽をぬぎ、女の伯母の姓を口にし、家の所在をたずねた。

男は、タイヤのチューブをバケツの水につけたまま道の前方に眼を向け、火の見櫓(やぐら)の前の道を左に入ってすぐの家だと言った。

私は、礼を言って再びサドルにまたがった。道の右側に、小さな火の見櫓が家並の上からのぞいている。路上に人の姿はなかった。

火の見櫓の下には、消防器具が入っているらしいトタン張りの小舎(こや)があり、左に曲る路地があった。曲り角で自転車からおりた。路地の両側に数軒の家が並んでいるが、路は畠で行き止りになっている。ハンドルをつかんで路地に入った。

左側の二軒目の家は、他の家と同じように古びていたが、入口の格子戸だけが新しい。石の門柱に、今西と書かれた小さな木札がかかっていた。私は足をとめた。家は小さいが、周囲は掃き清められている。格子戸のかたわらに、黄水仙が寄りかたまって咲いていた。花など長い間眼にしなくなっていた私は、その花に自分の生活をひっそりと守っている家の住人の気質をみたような思いで、気持が臆した。

家の中から物音はしない。私は門を入り、ためらいがちに格子戸を細目にあけた。

ごめん下さい、と低い声で言うと、短い布暖簾(のれん)から二十五、六歳の和服を着た女が顔を出した。

眼の張った女だった。伯母がひとり住いだときいていた私は、そのような若い女がいたことに少しうろたえた。二、三歳の幼女が後から出てきて、女の着物の裾につかまり、こちらに眼を向けている。

私は頭を下げ、姓を口にし、

「父が、こちらにお邪魔しているのではないかと思いまして、参りましたのですが……」

と、途切れがちの声で言った。

私にいぶかしそうな視線を向けていた女の表情が少しやわらぎ、

「お待ち下さい」

と言うと、暖簾の奥に消えた。幼女が後を追っていった。

明るい女の声がして、四十年輩の女が出てきた。髪を後ろでまとめ、珊瑚珠の簪（かんざし）をさしている。

「よくここがおわかりになりましたね。さ、おあがり下さい」

女は、膝をついた。その仕種には客扱いになれた自然な動きが感じられ、私は、眼の前の女が父の女であることを知った。

「父はどうしましたのでしょう」

「ここにおりますですよ。今、お昼寝をしています。ひどい目に会いましてね、それでも無事にここまでたどりつきました」

女の唇の端から、金歯がのぞいた。

私は、自分の眼に少し涙がにじみ出るのに気づいた。前日、死体の群れに接しつづけただけに感情らしいものが失われてしまったのか、父の生死についてどうでもよいような投げやりな気持になっていた。女の言葉を耳にしても、私に喜びの感情は胸に湧いてはこず、自分の眼に涙がにじみ出てきたことが不思議にさえ思えた。

「さ、おあがり下さい」

女が、再びにこやかな表情で言った。

私は、土間に入ると布靴をぬぎ、敷台に上った。

女の後から暖簾をくぐり、廊下を曲った。女が障子をあけた。六畳の部屋にふとんが敷かれ、父が向うむきになって寝ていた。私は、敷居の近くに膝をそろえて坐った。

「お父さん」

女が、ためらうこともせずメリヤスのシャツを着た父の肩をゆすった。私はその言葉に、私の知らぬ父と女だけの生活があるのを感じた。

父の体が動き、顔をこちらに向けた。私は体をかたくした。頭髪の一部が焼けて短くなり、眉毛も一方がほとんどなく赤い薬が塗られている。それに、眼がただれたように充血し、ふちに脂がこびりついていた。

父は、半身を起した。

「お前か」

父の顔には、驚きの色と気まずそうな表情があらわれていた。父は、女と同じ家にいるのを私に見られたことに当惑しているようだった。女が、父の肩に女物の羽織をかけた。

「武司がお前をここに寄越したのか」

父が、不機嫌そうに言った。

「そうです。兄さんは、昨日も今日も焼跡に行ってお父さんを探しています。私も、昨日行きましたが、今日はここへ行ってみろと言われて……」

私は、父の顔から少し視線をそらせて答えた。

「そうか」

父は、狭い庭に眼を向けると口をつぐんだ。

女が、ふとんのかたわらに坐ると、

「御心配をおかけして申訳ありませんでしたね。使いの人をおうちに差向けて、無事であることをお報せしようとしたのですが、自分で帰るからそんなことはしないでいい、と言うんですよ。一度口にしたことは曲げない人ですから、そのままにしていたんですが、わざわざおいでいただいてすみません」

と、目もとをゆるめながら軽く頭をさげた。

「お父さんの眼は、どうしたんですか？」

私は、女にたずねた。

「煙ですっかりやられましてね、頭と眉毛も焼けて……」

と言いながら、女は立つと部屋の隅に置かれた盆を持ってきて、父に差し出した。

父は、盆にのせられた丼鉢を手にし、ガーゼを鉢の中の液にひたして眼にあてはじめた。

硼酸水のようであった。

「鉄橋を渡ったのですね」

私は、女がどこにも火傷をした気配がないのをながめまわしながらたずねた。

「鉄橋と言いますと、総武線の鉄橋のことですね。いえ、渡りませんでした。お父さんが、風上だ、風上だと言って、川下の橋を渡ったんです。私と娘と孫の三人を連れてのことですからね、御苦労をおかけしました。途中で火につつまれ、池の水をかぶったりして……。多くの人死にがあったそうですが、お父さんは、震災の時の体験があるから安心してついてこいと言って……。お蔭様で私たちも命拾いをしました」

女のにこやかな表情は、変らない。

障子が開いて六十年輩の小柄な女が手をつき、深く頭をさげると茶をさし出し、廊下に出て行った。女の伯母にちがいなかった。

父は、ガーゼを眼にあてつづけている。衿首に白髪がまばらに光っていた。

女は、焼けた町の情景をたずね、私の言葉に顔をしかめたり、驚きの声をあげたりしている。色白で、目鼻立ちの整った顔立ちであった。

話が途切れると、私は落着かなくなった。兄から指示された私の役目は終り、兄たちに父の無事をつたえればよいのだ。父が無言でいることに、気が重くなっていた。父は、家では絶対的な存在で、私たちは父の顔色をうかがいながら過してきた。父の沈黙に、畏れを感じた。

「それでは、これで……」

私は、父と女に言った。

「まだいいじゃございませんか。こんな遠くまで来ていただいて……」

「いえ、兄に早く報せたいと思いますから……」

「そうですか」

女が、申訳なさそうな表情をした。

父が、眼を洗う手をとめると、

「帰るか」

と言って、濡れた眼をこちらに向けた。

はい、と私は答え、頭を下げた。

障子の外に出ると、ついて来た女が、

「少しお待ち下さいね。今しがた蛤（はまぐり）のいいのが手に入りましたので、お持ち下さいな」

と言って、台所に入って行った。

私は、暖簾をくぐり、靴をはいた。そして、格子戸の外に出ると、嫂から託された父の着物の入った風呂敷包みを持ってきて、敷台の端に置いた。

女がふたつきの笊（ざる）を手に、小走りに出てきた。娘と伯母がその後ろから顔を出し、膝をついた。私は、女から笊を受け取り、父の着物を女に渡した。

「たしかにおあずかりいたしました」

女は、風呂敷包みを両手で押しいただくようにした。

私は、格子戸の外に出た。

「お気をつけて」

女は頭をさげ、娘と伯母もそれにならった。

門を出ると戦闘帽をかぶり、笊を荷台にくくりつけた。佃煮は入手できなかったが、久しぶりに蛤を口にできるかと思うと気持が浮き立った。

サドルにまたがり、路地を出た。空腹感が、急につきあげてきた。ペダルをふみながら道ぞいの家の中に視線を走らせ、時計の針がすでに二時近くをさしているのを知った。もう少し早く父のもとに行けば、女は、昼食を出してくれたかも知れない、と、思った。

私は堪えきれず、一軒の家の裏手に井戸のポンプがあるのに眼をとめ、自転車からおりるとポンプに近づいた。家の裏は、川に面している。

白髪を短く刈った男が、足を蓆(むしろ)の上に投げ出して坐り、漁網のつくろいをしていた。私は、水を使わせて欲しい、と言った。男は、あいよ、と答えた。

私は、コンクリート造りの岸に腰をおろし、足を垂らして布袋の中から竹の皮包みをとり出した。握り飯を口に入れた。大豆と米が口の中で混り合い、かすかな甘さも感じられる。戦闘帽をあみだにかぶった。

親爺もいい気なもんだな、と胸の中でつぶやいた。自分の知らぬ世界で、父が父なりの生活をしているのが可笑しくもあった。午睡している父をゆり起すことなど出来ぬ私たちとは異なって、女はためらいもなく父の肩をゆすり、父も素直に起き上った。女は巧みに父を扱い、父もそうした女の仕種になじんでいるらしい。いつもの父とは別人のように家庭的な感じでもあった。

私は、握り飯を口に運びつづけた。

眼の前を、流れに乗った櫓(ろ)扱いの小舟が河口の方に下っていった。

欠けた月

私鉄の駅の改札口を出た私は、町がほとんど乾いているのを知った。朝、駅まで歩いてゆく時には、道が濡れ、所々に広い水溜りもあったが、秋の陽光を浴びた路面はまだらに白っぽく乾燥し、砂利も浮き出ている。道ばたに寄り集った芥からは、水蒸気がうっすらとゆらぎ出ていた。

例年、台風の季節に豪雨が降ると、多くの小川が氾濫する。出水と同時に、濁水が町の中を大河のように流れ、やがて動きをとめると、町は淀んだ水につかる。数日後、濁水が再び流れはじめて動きをはやめると、路面が露出する。その日の朝、起床した私は、すでに水が完全にひいているのを眼にしていた。

低地にある人家は、床上まで水があがり、家の中をのぞくと、壁にその年々の水位をしめす線が、五線譜のようにしみついているのが見える。戦時中、防空壕を掘っても水がしみ出すので、地面の上に材を組んで土をかぶせた蒲鉾（かまぼこ）状の壕が作られたが、それがこわされず家の裏手などに残っていた。

その日、私は、都電に乗って御茶ノ水にある予備校に行った。

春に中学校を卒業後、会うこともなかったクラスの友人からの葉書を受けとったのは十日ほど前で、そこには、かれが御茶ノ水の夜間中学校の建物を利用して開設されている予備校に通いはじめていることが記されていた。私は、楽天的な友人らしい悠長さだ、と思った。戦争が終ってからまだ二カ月足らずしか経過せず、アメリカ軍の進駐もあって、社会は混乱というよりも虚脱状態にある。食糧の配給は欠配つづきで、家の近くでも餓死者が倒れているのをよく眼にする。そうした世情の中で、友人が上級学校への進学を考え予備校に通っているということが、生きるだけで精一杯の一般の人々に背を向けた罪深いものにすら感じられた。

しかし、翌日の夜、「学生よ、学窓に還れ」という新聞人出身の文部大臣のラジオ放送を聴いた私は、落着きを失った。学業半ばにして軍籍に入ったり勤労動員された学徒たちは、終戦後放心状態にあるが、学校は、それらの者が学業にはげむためもどってくることを待ち望んでいる、という趣旨の内容であった。

私は、病気欠席が多かったので卒業時の内申書の内容がきわめて悪く進学ができず、千葉県下にある長兄の木造船工場で働き、終戦後は、荒川放水路の近くにある次兄の軽金属工場の寄宿舎の一室で寝起きしていた。自分が将来どのように生きてゆくべきか見当もつかず、工場の事務手伝いをしてすごしていたが、その放送を耳にして、学校という機関が一つの秩序らしいものをそなえはじめていることを知った。

学窓に還れ、という言葉が甘美なものとして胸にしみ入った。中学校を卒業後、私は、自分がなんの価値もない人間にすぎぬという無力感にとらわれ、それは終戦後、一層根強いものになっていた。労働するにしても、中学校時代に二度肺結核の発病に見舞われた身では、それに堪える自信もない。わずかに身についているものと言えば、中学校の教場で得た知識だけだが、そのようなものが実社会でなんの意味もないことを知っていた。

そうした私に、その放送は一つの光明のように感じられた。上級学校でどのような知識が得られるかわからぬが、それを手がかりに社会人として生きてゆけそうな気がした。

その年の春の進学は、本土決戦の気配が日増しに濃くなっていた頃なので試験などできる状態ではなく、内申書選考によって合否がさだめられた。卒業成績の悪い私をうけ入れてくれる学校が皆無であったのは当然のことであったが、来春は入学試験がおこなわれるはずで、内申書の内容が悪くても、試験の結果が水準以上に達していれば入学が許可されるにちがいなかった。それを可能にするには受験に対する準備が必要だが、私の手もとには空襲で家が焼けた時、難をまぬがれた英語の辞書が一冊あるだけで、準備をととのえる手立てもない。友人が通いはじめているという予備校に通う方が、好ましいことはあきらかだった。

私は思案し、かなり逡巡した後、父に予備校へ通うことを許して欲しい、と頼んだ。怒声を浴びせかけられるにちがいないと思っていたが、父は、少し黙ってから常になくおだやかな声で許してくれた。

事業家の父は、時代の流れに応じてそれに適した身の処し方をしてきた。長兄、三兄に綿糸紡績工場を、次兄には製綿工場をまかせ、戦時経済統制令によって原綿の配給が途絶えると、軍需品製造をくわだてて長兄には木造船所、次兄と三兄には軽金属工場への転換をはからせた。終戦後、軍の解体で受註先を失った兄たちは、再び繊維品製造にもどることを考え、父の指示を待っていたが、父は、少し時世の動きを見守っていた方がいい、と言って動くことはしなかった。敗戦という初めての現実に直面して考えが定まらなかったからなのだが、私の願いをあっさりと受けいれてくれたのも、時代がどのように移行するかわからず、私を学校に入れるのも一方法だと思ったからにちがいなかった。

御茶ノ水におもむいた私は、線路ぞいの崖の上にかなり広い範囲で古い建物が並んでいるのを眼にし、空襲で焼きはらわれた東京の中でその一郭が焼け残っているのを不思議に思った。

友人の葉書にあった通り、道の右側に木造二階建ての夜間中学校があり、予備校の小さな木札もかかっていた。

受付で入学手続きをすませ、試みに階段をあがってみると、一つの教室で授業がおこなわれていた。生徒数は二十名ほどで、復員の軍隊服を着た者が多かった。その中に友人もいたが、廊下に立つ私には気づかず、紙に鉛筆を走らせていた。

道を歩いてゆくと、左手にひろがる田の畦道（あぜみち）に、少年をまじえた多くの男たちの姿がみえた。

田は、濁った水につかっていて、汚れた稲の先端が所々に寄りかたまって水面からのぞいている。男たちは、水の中にしきりに手網を突き入れ、魚をすくってバケツや樽に落していた。声があがってその方に眼を向けると、網から尾をはみ出した鯉が激しくはねているのが見えた。

近くに養鯉場があり、田畠の間に池も点在していて、出水の度に魚が泳ぎ出し、水がひくと水の残った個所に集る。その田の附近は、出水後、魚をすくう者がむらがるのが常であった。

私は、道ばたに立って男たちの動きをながめていた。水におおわれた田の上には、おびただしい赤蜻蛉（とんぼ）が流れるように飛び交い、水面からのぞく稲に翅（はね）を休めているものもあった。

背後から声をかけられ振向くと、父の女が立っていた。上質の着物を改造したモンペをはき、手に風呂敷包みをさげていた。

　女も少しの間田の情景をながめていたが、私とともに家へ通じる道を歩きはじめた。女は、豪雨の前日、伯母の家に一泊の予定で行き、出水で父のもとへ帰ることができなかった。

「今日、お父さんからお電話をいただきましてね。水がひいたというので来ました。床上浸水した所もかなりあったそうですね」

　女は、いつものように明るい眼をして言った。

　女の着物からは、かすかに香料の匂いが漂い出ていて、髪の鬢に油も光っている。四十代の半ばを過ぎていたが皮膚に張りがあって、五、六歳は若くみえた。

　父と女との関係は数年前からで、母もそれに気づいていた。前年の夏、母が病死すると、半年ほどたった頃から家に女が姿を現わすようになり、やがて二、三日泊ってゆくようにもなった。春、日暮里町の家が夜間空襲で焼けた時も、女は家にいて、父と谷中墓地に避難した。父は、女とともに荒川放水路を越えた地にある長兄の旧紡績工場に移り、敷地内にある住居に起居していた。次兄も焼け出され、その工場を長兄から借りて軽金属製造をつづけていた。

　兄たちは、女に対して寛大であったが、それは癇性でわがままな父の面倒をみてくれる女を好都合だと思っていたからにちがいなかった。女は、若い頃、銀行員と結婚したが、夫の死後、どのような事情があったのか小さな待合の女将（おかみ）になり、父と知り合った。職業的な習性によるものらしく父の扱いは巧みで、機嫌を損ねさせるようなことはせず手ぎわよく身の廻りの世話をしていた。

私は、初めの頃、女に反感をいだいていたが、いつの間にか兄たちの態度に同調するようになった。母の死後、父の世話をしてくれる人は必要だし、女が家の秩序を維持する上で不可欠なものであるのを感じはじめたためであった。父は、女が同居するようになってから、荒々しい言動をみせることはなくなっていた。女は、家事にも長（た）けていて、食事に工夫をはらい、家の中も小綺麗にしていた。

道を曲り、工場に近づいた。その附近の土地の位置は高く、道はすっかり乾き、石塀の下方にしみついていた濁水の色も消えていた。

私は、女と門を入った。

女は軽く頭を下げると、左手にある住居の玄関に身を入れ、私は、二階建ての寄宿舎の階段をのぼっていった。

翌日から、私は、予備校へ通いはじめた。

早朝に工場の寄宿舎を出ると、荒川放水路にかかった千住新橋を渡り、都電に乗って秋葉原駅前まで行き、そこから御茶ノ水まで歩いた。都電の沿線には、焼跡が果しなくひろがっていた。

寄宿舎にもどるのは午後二時近くで、おそい昼食をとり、事務所に入る。戦時中、工場では、大型爆撃機の迎撃用だという航空機銃弾の弾体を製造して造兵廠(ぞうへいしょう)に納入していたが、終戦後はしばらく休業状態にあって、やがて残されたジュラルミンで喫煙用のパイプ、鍋、釜などを作り、牛車やリヤカーで出荷するようになっていた。工場長をはじめ工員たちの多くは旧紡績工場の従業員で、数名の者が紡績機械の部品作りにも手をつけていた。

休電日には、夜間作業がおこなわれ、昼間、工員たちは工場の裏手にある地を耕して植えた薯(いも)、黍(きび)、豆類などの手入れをしていた。次兄は、嫂(あによめ)が妊娠して静岡の実家へ帰っていたので、時折り嫂のもとに二、三泊の予定で出掛けていた。

私にあたえられた仕事は、給料計算、出荷伝票の整理などだけで、それらをすませると事務机の上に予備校から渡されたテキストをひろげたり、英単語の暗記につとめたりしていた。

食事は、社宅の一つに住む兄のもとでとっていたが、嫂が実家へ帰ってからは父の家に行くようになった。家事を引受けている工員の妻が、芋まじりの自家製のパンや雑炊を作り、時には父の女が豆の入った米飯を食べさせてくれたりした。

女と過している父は、幼い頃から眼にしてきた父とは別人のようにみえた。若い頃から事業に専念してきた父は、家のことを母にまかせて動きまわっていた。眼には絶えずなにかを追い求めている落着きのない光がうかび、しばしば酔って深夜に帰宅する。感情の激しやすい性格で、私たちは、父が家にいると息をひそめて過した。父には、家庭の空気を楽しむ気配は少しも感じられなかった。

女と起居しはじめてから、父の眼にうかんでいた険しい光は消え、表情もおだやかになった。女と並んで坐り、庭をながめたりしている時の父には、小市民的な生活を送っている男のような印象があった。

父は、女を身近においていることに後ろめたさを感じているのか、私に向ける眼には気まずそうな光がうかんでいた。女はおたかという名であったが、私や兄の前で名を呼ぶことはしなかった。どこから入手するのか、毎晩、酒を飲むのを習わしにしていたが、酌をする女には待合の女将らしい仕種があった。

庭の楓が朱色に染まりはじめた頃、夕方、家事をやっている工員の妻があわただしく事務所に入ってきた。顔色が変っていた。

寄宿舎の隅に浴室があって、その日も父は最初に入浴したが、すぐに出てくると、女にふとんを敷かせて横になった。湯につかった直後、激しいめまいにおそわれてタイルの床に這い出し、ふらつく足どりで家にもどったという。

私は、すぐに事務所を出ると、彼女とともに家に入った。

父は仰向けに寝ていて、顔をこわばらせた女が濡れた手拭を額にあてていた。部屋は薄暗く、女が立つと電灯をつけた。

父は、私に顔を向けると、

「母親と同じように脳溢血らしい。頭も痛い」

と、言った。声は弱々しく、唇が白く乾いていた。

私は、体を硬くした。祖母は脳溢血で倒れ、一日いびきをかき昏睡状態のまま死亡した。酒を欠かさぬ父は、脳の血管が切れたと思っている。

血の気の失せた父の顔に、不安をいだいた。父は五十四歳で、人生五十年という尺度から考えると、すでに老境に入っている。祖母と同じように、父も短時間のうちに意識を失い、死ぬような予感がした。

「お医者さんを呼んできます」

私は女に言うと、玄関から外に出た。

旧紡績工場の頃から父の顔見知りの親しい老医師がいたが、昨年末に死亡し、息子の医師も軍医として出征したまま復員していない。町に住む他の医師に往診を請わねばならないが、兄は、その日の朝、嫂のもとに出掛けていて、工場長にたよる以外になかった。

私は、電光のもれている工場に走った。

工場の中では、工員たちが、並んだ鋳物製造機をとりかこんで、小さな炉でとかしたジュラルミンを型に流しこんだり、長い鉄製の把手（とって）を勢いよく押し下げたりしていた。周囲には、コークスの臭いと煙が立ちこめていた。

製品を箱につめている若い工員に近づき、工場長の所在をたずねた。工員は、首を少しかしげ、把手を押している工員のもとに行ってなにか話していたが、もどってくると、工場長は製品の納入先に打合わせに行っていて、帰りはおそくなる、と言った。

私は、やむなく工場を出て家の方に引返した。

台所に入ると、工員の妻が暗い眼をして立っていた。

「近所にお医者さんはいませんか」

私は、たずねた。

彼女は、知っている医師は地方に疎開したままだ、と言った。田畠の多い町の人家はまばらで、町医は少いようだった。

彼女は、他の工員たちの妻にきいてみると言って、社宅の方に出て行った。やがてもどってくると、五百メートルほどはなれた家並の中に、半年ほど前から医院の看板をかけた家があるのを眼にした者がいる、と教えてくれた。

私は、すぐに台所を出ると、工場の門を走り出た。夕闇が濃く、家々に灯がともっていた。

道を急ぎながら、肉親の死を思い起した。幼時には姉につづいて祖母が病死し、中学校時代には四番目の兄が戦死し母が子宮癌で死亡した。母は二年間の病床生活を送った後に死んだが、兄の死は一通の速達郵便によってつたえられた死であり、姉と祖母の死は、発病後一日か二日してからであった。肉親の死に多く接してきた私は、脳に障害の起ったらしい父に、急速な死がおとずれるような予感がした。

小川に沿った道を進んだ私は、工員の妻に教えられた川にかかった短い木橋を渡った。両側に棟割り長屋や一戸建ての家がつづき、私は戸口に眼を向けながらたどり、ようやく左手の家に真新しい医院の木札がかかっているのを見出した。小さな商店のようなつくりの家で、医院らしい雰囲気はなかった。

ガラス戸をあけると、土間に接した六畳の和室が待合室になっていて、数人の男女が坐っていた。土間の左手の壁に薬を渡す小さな窓があり、白い布が垂れていた。

私は、窓に近づき、布を細目に開くと、

「お願いします」

と、声をかけた。

布の間から白衣をつけた中年の女が、顔を出した。かなり度の強そうな眼鏡をかけている。

「往診をお願いしたいのですが……」

私は、手短かに父の症状を口にした。

「どちらさん？　あなたの家は……」

女が、探るような眼をして私の顔を見つめた。

私は、住所、工場名、姓を告げた。

女は、黙ったままうなずくと奥へ入ってゆき、少したつと再び顔をのぞかせ、

「うちの先生にかかったことはないんでしょう。忙しいから、ほかの医院に行って下さい」

と言って、布をおろした。

私は、ことわられることなど予想もしていなかっただけにうろたえた。

布を開くと看護婦に、

「ほかにお頼みできるお医者さんがいないのです。ぜひ、診(み)て下さい。お願いします」

と言って、頭をさげた。

看護婦は、素気ない表情で紙に粉薬をつつんでいたが、私が執拗に同じ言葉を繰返すのに辟易したらしく、部屋の奥の白いカーテンの垂れた仕切りのかげに入っていった。

男の声がし、席を立つ気配がすると、待合室のガラス戸が勢いよく開いた。頭髪を短く刈った五十年輩の白衣を着た男が、聴診器を手に出て来た。

私は、頭をさげ、再び父の症状を説明した。

「忙しくて行けないんだよ」

医師は、苛立ったように言った。

脳溢血で倒れた者を動かすのは危険だということを知っていた私は、父を連れてくるとも言えず、お願いしますという言葉を繰返した。

「かかりつけの医者を呼んだらどうなんだ」

医師は、険しい眼をして言った。

「出征し、まだ復員していないのです」

「そんなことは、私の知ったことじゃないよ。ともかく忙しいんだ。今まで一度も診たことのない家に行くひまなどないんだよ」

医師は言葉をきると、私に視線を据えながら、

「私が診てやるのはね。米とか麦を持ってくる人たちだけなんだ。薬だってなんだって、金じゃ買えず、食糧と交換に手に入れているんだ。なにも持ってきていないのに、急に来てくれなんて言われても行けないね」

と、甲高い声で言った。

「それでは、持ってきます」

私は、即座に言った。押入れの中の箱に米と麦が入っていて、それを袋に入れて持ってこよう、と思った。

「なにをばかなことを言っているんだ。今、持ってきますと言われても行けるわけがないだろう。常日頃からとどけてくれる人だけを診ているんだ。心掛けの問題だ。風呂で倒れ

たのなら、安静にして頭でも冷やしておけばなおる。忙しいんだ。帰んな」

医師は背を向け、戸を荒々しくしめた。

私は、立ちつくした。金銭の価値が失われ、物が重視されていることは身にしみて知っている。闇物資の価格は日ごとに急上昇し、医師が診療代をうけるだけでは生活が苦しいことは想像できる。が、食糧を日頃からとどける者だけを診察しているという医師の言葉は、思いがけなかった。

私は、あらためて待合室に坐っている人たちをながめた。幼児を膝にのせた女が私に顔を向けているだけで、他の者たちは視線をそらせている。決して豊かそうにはみえぬ人たちばかりであったが、医師がかれらの前でためらうこともなく米、麦という言葉を口にしたことから考え、かれらもそれらの食糧をとどけて治療をうけているのだろう、と思った。

私は、自分の世事にうといことを笑われているような気がして、ガラス戸をあけ、路上に出た。

道を引返しながら、私は、十八歳という年齢を恨めしく思った。大人であれば、医師も看護婦もすげない態度はとらなかっただろうし、自分もそれ相応の思慮をはたらかせてかれらに接することができたはずであった。冷たくあしらわれたのは、すべて自分が未成年であることに原因があるのだ、と思った。

地中に体が沈んでゆくような萎縮感にとらわれ、橋を渡ると足をとめた。町には医師がいず、いたとしても往診をことわった医師と同じような態度をとるだろう。田畠をへだて遠く工場の塀と屋根がみえ、その中の家で横たわっている父の姿が思い描かれた。父は、すでに意識を失い、昏睡状態におちいっているかも知れない。父を死からまぬがれさせられるかどうかが、自分の背に負わされていることに空恐しさを感じた。

どこにも行くあてはなかった。終戦後、移り住んでから二カ月足らずしかたたぬこの町は、未知の地に等しく、親しい人もいない。無力感が身にしみ、荒地にたたずんでいるような心細さをおぼえた。

日暮里町に行ってみようか、と思った。その町は私の生れ育った地で、焦土と化してはいるが、一郭が焼け残っている。母の臨終を見守ってくれた春原医師の家は焼けたが、もしかするとその地に借家でもして患者の診療にあたっているかも知れない。春原医師ならまちがいなく往診してくれるはずであった。

しかし、春原医師が、その地にいる確率はほとんどなさそうだった。焼跡では防空壕や焼けトタンを貼り合わせた小屋で辛うじて雨露をしのいでいる者が多く、焼け残った地でも押入れにまで人が起居し、春原医師が家を借りることなどできるはずもない。夫人が信州出身であったから、罹災後、疎開しているにちがいなかった。

私は、うつろな気分で長い間立っていたが、うながされるように歩き出した。日暮里町に行ってみてもなんの意味もないのだろうが、その町以外に行く場所はなかった。少くとも焼け残った地には、幼い頃から知り合った友人がいるし、顔見知りの人たちもいる。町は故里とも言えるもので、その地に行けばなんとかなりそうにも思えた。

小川ぞいの曲りくねった道を歩き、荒川放水路の土手に突きあたった。坂道をのぼり、西新井橋のたもとに出た。川上の方向の空に、半ば欠けた月が低くかかっていた。

橋を渡り、隅田川にかけられた尾竹橋の上に出た。その下の川面には、下町が焼きはらわれた直後、多くの死体が寄りかたまって浮んでいたが、岸ぞいの工場群が焼失してから水が澄み、四手網（よつで）で魚をあげている人の姿をみるようにもなっている。

橋を渡ると、両側に焼跡がひろがった。風はほとんどないが、地表をおおう焼けトタンの鳴る音が断続的に起っている。道に、人影はなかった。

父との関係を思った。父は、息子に対する評価を将来、事業を託せるかどうかにおいている節があった。中国大陸に出征して未復員のすぐ上の兄には寝具関係の仕事を、二歳下の弟にはなにか特異な事業を、と親戚の者や知人に言っているのを何度か耳にした。私には、そのような素質はないと考えているらしく、無視するように言葉をかけてくることも少い。予備校に通いたいと言った時、意見らしいことを口にせず許してくれたのも、私に対する関心が稀薄であるからにちがいなかった。

私にとって母の存在は大きく、父は仕事一途の気ままに生きている一人の男にしか感じられなかった。父に女の気配が感じられ、事実、女が姿をあらわしても強い憤りを感じなかったのは、父との間にへだたりがあったからでもあった。

私が初めて父の身を気づかったのは、女の家のある地域が夜間空襲で焼きはらわれ、そこに行っていた父の消息が絶えた時であった。私は、兄たちと自転車で焼跡を探しまわり、一時は焼死したと諦めたが、父は女の伯母の家に難を避けていて、私たちを安堵させた。

その折にはおびただしい死体を眼にしたので、父が死んでいても不思議はないとさえ思ったが、夜道を歩いてゆく私の気持は、その時とは別であった。空襲は天災にも似ていて避けようにも避けられないが、ふとんに身を横たえている父は、適当な治療さえうければ生命の危険にさらされずにすむだろう。子として、医師を父の枕もとに連れてゆきたかった。

焼跡の中に、電光の灯った箱のような物がみえた。終点の町屋に停っている王子との間を往き来する都電で、近づいてゆくと、ゆっくりと動き出し、少しゆれながら遠ざかっていった。

無灯の自転車が、後方から追いぬいていった。

前方の高架線に駅の電光がみえ、私は、ガードをくぐった。

その附近から路上に灯をもらした家並がつづき、焼跡を歩いてきた私は、その一郭が焼け残っているのをあらためて奇異に思うと同時に、生れ育った町の匂いを感じた。両側に並ぶ家々からは人声、嬰児の泣き声、ラジオから流れる音楽などがきこえ、雑然とした物音がひろがっている。それは、耳になじんだ町のざわめきであった。

私は、曲りくねった道を歩き、古風な二階建ての家の前で足をとめた。呉服商を営んでいた家で、戦前には留袖や小紋の反物が陳列されていたウインドウの中は空で、わずかに家の奥から光がもれているだけであった。

私は、大きなガラス戸を細目にあけると、家の奥に声をかけた。襖がひらき、光を背にした女が出てきた。小学校時代、同じクラスであった友人の母で、暗いせいか頬がこけてみえた。

私が友人に会いに来たことを口にすると、母親が奥に入り、すぐに小柄な友人が出てきて、下駄をはいて土間に立った。

「元気かい。今、どこにいる」

友人は、言った。

私は、荒川放水路に近い地にいる、と答え、父が発病したので町まで医師の往診を頼みにきたことを告げた。

「ここにお医者さんはいないかね。春原先生はいないだろうな」

私は、友人の顔を見つめた。

友人は首をかしげ、母親にきいてみると言って土間からあがり、奥に行くと襖をあけて立ったままなにか話していた。

襖が大きくひらき、母親が、かれとともに出てきた。

「御心配だわね。春原先生がいるという話はきかないわよ。ここには、お医者さんはいないのよ」

母親は、眉を寄せて私を見つめた。が、思案するような眼をすると、思いついたように、

「そうだわ。駅の上に坂があるでしょう。あの右側のお寺に、蓮見先生が住んでいるときいたわ。あの医院も焼けて、先生が寺の一間だかを借りているそうよ」

と、言った。

私は、想像どおり春原医師がいないことに失望したが、町の医師が一人残っていることに少し明るい気持になった。

「それでは、そのお寺に行ってみます」

私は、母親に頭をさげて礼を言い、友人と短い会話を交して家の前をはなれた。

広い道路に出ると、そこから再び焼跡がひろがっていた。

私は、焼跡をへだてた駅のフォームにつらなる灯にむかって歩きながら、気持が滅入るのを感じていた。ただ一人いるという医師が蓮見医師であることに、気が臆した。

蓮見医師は私の家の近くに住んでいて確かな診断をするという定評があったが、家族が診療をうけたことは一度もない。時折り路上で往診途上の姿を眼にすることがあったが、長身の医師は、ソフトをかぶり黒い鞄を手にし、頰をゆるめることすらないような硬い表

情をしているのが常であった。路上で頭をさげる人がいても、ソフトに手をかけて軽く会釈するだけで、その姿を眼にしただけでも足がすくむような感じすらした。

工場のある町の医師に冷たくあしらわれた折の萎縮感が、再びよみがえった。蓮見医師は、一度も診療を請うたことのない私の家族にひそかに不快感をいだいているかも知れず、他に医師がいないからと言って往診を申出る私の身勝手な態度に腹立たしさを感じるだろう。それに工場のある町までは五キロもあって、夜道を行ってくれるとは思えなかった。もしかすると蓮見医師も、食糧などのつけとどけをしている家の者しか診療していないかも知れず、再び追い払われそうな予感がした。

私は、おびえきった気持になっていたが、足をとめることはしなかった。このままでは父の家に帰れず、一応行くだけは行ってみよう、と自らに言いきかせていた。

駅のかたわらの石段をのぼり、線路の上にかけられた跨線橋の上に出た。駅のフォームには電車を待つ人々が立ち、風呂敷包みやリュックサックを背にしている者も多かった。跨線橋を進み、駅の建物のかたわらを過ぎて坂道をのぼった。道の両側に石垣があり、私は、坂道の途中の右側にある寺の前で足をとめた。門の内部をうかがうと、本堂は暗く、門の左手にある小さな家に灯がともっているのがみえた。

私は、門をくぐり、ためらいがちにその家に近づくと、思い切ってガラス戸をあけ、今晩は、と言った。

障子が開き、坐ったままの六十年輩の女が顔を出した。

「このお寺に、蓮見先生が住んでおられるときいて来ましたが……」

私が言うと、

「おりますですよ」

女は、答えた。

「お目にかからせていただきたいのですが……」

「お呼びしてきます」

女は、気さくに言うと腰をあげ、土間におりて私のかたわらをすりぬけ、本堂の左手の方へ歩いていった。

私は、蓮見医師と顔を合わせるのが恐しく思え、留守であればよいがと願っていた意識が頭の片隅にひそんでいることに気づき、門の所までもどった。逃げ出したいような気持もして、身をすくませながら女の消えた方向に眼を向けていた。

本堂のかげから、女につづいて長身の和服を着た男が姿をあらわし、並んだ墓石の間の小道を近づいてきた。女が家に入り、蓮見医師が私の前に立った。眼が、私に向けられた。

私は、姿勢を正して頭をさげ、姓を口にし、父の症状を述べた。声がかすれ、自分でもなにを話しているのかわからなかった。膝頭が痙攣（けいれん）し、それが体全体につたわって声もふるえはじめていた。医師と向き合って立っているのが息苦しかった。

医師は、黙ったまま私の顔に視線を据えている。オールバックにした髪が、黒々とみえた。眼鏡の奥に光る眼には、なんの感情もあらわれてはいなかった。

私は口をつぐみ、視線を落した。

医師はそのまま立っていたが、やがて背を向ける気配がした。顔をあげた私は、医師が小道を引返し、肩の張った体が本堂のかげに消えるのを見つめていた。

私は、顔をこすり、乾いた唇をなめた。医師は、私の訴えを耳にしたはずだが、なんの反応もみせずに去った。和服を着ていた医師は、おそらく食後の休息でもとっていて、不意に訪れてきた私の思いがけぬ申出に気分を損ねたのだろう。黙ったまま引返していったのは、未成年の私に返答をする気にもなれなかったからにちがいなかった。

門の柱に、背をもたせかけた。羞恥で体が熱くなり、再び自分の年齢が恨めしく感じられた。

どこへ行こうか、と思った。父の家に帰る気にはなれず、このまま見知らぬ遠くの地へでも行ってしまおうか、と胸の中でつぶやいた。が、父のもとをはなれれば食物と無縁になり、飢え死にすることにもつながる。それに、せっかく月謝を払って通いはじめた予備校へも行けなくなる、と妙なことを考えていた。

私は、門の柱から背をはなした。

石段をおりはじめた私は、背後に自転車の車輪のまわるかすかな音を耳にして、振返った。私は、立ちすくんだ。和服を背広に着替えソフトをかぶった医師が、黒い鞄をつけた自転車を押して近づいてくる。

医師は、門をくぐり、自転車をかかえて石段をおりると、

「荒川放水路の向うだと言ったね」

と言って、サドルにまたがった。初めて耳にする医師の、少ししわがれた太い声であった。

私は、ブレーキをかけておりてゆく自転車の後から坂道を走りおりた。胸に熱いものがひろがり、眼の前がかすんだ。信じられぬことが現実に起っているのだ、と思った。夢を見ているような気持であった。

跨線橋から町におり、焼跡の中を進んだ。医師は、私の歩みに合わせるようにゆっくりとペダルをふんでゆく。私は、半ば走りながら前後して自転車についていった。月がかなり高くなっていて、光も冴えを増していた。

路面は到る所にくぼみがあって、医師は、それらを避けてハンドルを動かしていたが、時折り、車輪がくぼみに入ると、その度に体がはずんだ。医師は無言であったが、私は、気づまりを感じることはなかった。夜道を来てくれている医師に申訳ないという思いと、自分の願いがかなえられた喜びが胸にみちていた。

隅田川にかかった橋を過ぎ、西新井橋も渡った。人家の灯が点々とみえ、私は、先に立

って土手ぞいの坂道をくだった。

やがて、前方に工場の門がみえ、私は、走り寄るとくぐり戸をあけた。医師が、頭を低くして門の内部に入った。

私は、息をはずませながら玄関の戸をあけ、医師が自転車から診療鞄をはずして近づいてくるのを待った。

私が蓮見医師を案内してきたことは、父を驚かせた。

父は恐縮し、寝たまま何度も礼を言った。思いがけず顔色が良く、声にも張りがもどっていた。

枕もとに坐った医師は、罹災前に町の路上ですれちがった折に眼にした印象とは異なっていた。やわらいだ表情をし、時には口もとをゆるめる。父の言葉に、親しげに相槌をうったりしていた。

医師は、父の瞳孔をのぞき脈をとり、胸に聴診器をあて、血圧をはかった。

「心配はありません。安静になさっていればよくなりますよ」

医師は、女のさし出した洗面器の湯で手を洗いながら言った。

茶を飲んだ医師は、腰をあげると、鞄を手に外に出た。女が、何度も頭をさげ、礼を言った。

門を出た医師は、ついてゆく私に、

「道はわかっているから……」

と言って、ペダルを勢いよくふんだ。

私は、道角に立ち、医師の姿が道ぞいの家のかげに消えるのを見送っていた。

翌日、父の発病を電話で知った長兄や三兄が姿をみせ、次兄も嫂の実家から帰ってきた。

兄たちは、私が近くの町医にことわられ蓮見医師を連れてきたことを知ると、可笑しそうに笑っているだけで、なにも言わなかった。ただ父の女は、

「親孝行をなさいましたよ」

と、神妙な表情で繰返していた。

気温が低下し、霜がおりるようになった頃、父の頭部に異常なものがみられるようになった。髪の地肌が徐々に盛りあがり、半円球状の瘤になって、他の個所にも同じようなものができた。痛みがあるらしく、父は顔をしかめていた。

やがて、その部分から血がにじみ出るようにもなり、父はいぶかしそうに指をふれさせたりしていた。医師は、皮下出血の血液が凝固しているのだと言い、軟膏とガーゼを持ってきて処置方法を指示した。

女は、枕もとにつききりになり、稀に用事で伯母のもとへ行っても、その日のうちにもどってきた。兄たちはひんぱんにやってきて、工場長をはじめ工員やその妻たちも連れ立

って見舞いに来た。

医師は、頭部の瘤は一時的のもので安静にしていれば腫(は)れもひく、と言っていたが、綜合病院に入院し治療することをすすめ、父は同意した。小手術をして皮下出血の瘤を除去することも一方法だ、という理由からであった。

医師は、根津にある焼け残った大学病院の外科医に知己がいて、入院の手続きをとってくれた。幸い病室があいていて、父は入院することになった。

その日、空は晴れていた。

玄関の前に長いリヤカーが二台置かれ、後のリヤカーに炊事道具、食糧、洗面道具、毛布などがのせられた。前のリヤカーの板の上にはふとんが敷かれ、兄に支えられた寝巻姿の父が玄関を出て、ふとんに身を横たえ、毛布と掛ぶとんがかけられた。

工員が梶棒をとり、女が父のかたわらについた。

リヤカーが、つらなって門を出、ゆっくりと道を進みはじめた。私は、兄とリヤカーの後からついて行った。

頭に白い布を巻いた父は、まぶしそうに空を見上げていた。眼が、子供のように無心にみえた。

リヤカーを曳いている工員が、

「天気でよかったですね」

と、兄に声をかけ、空を見まわした。

「全くだよ。雨ではどうにもならない」

兄が、リヤカーの横の鉄枠を押しながら答えた。

工員は、道のくぼみを慎重に避けながらリヤカーを曳いてゆく。荒川放水路の土手が近づき、リヤカーは土手ぞいの坂をのぼりはじめた。私は、兄や工員たちとリヤカーを押した。

橋のたもとに出た。澄んだ西の空に、雪の輝きにおおわれた富士山がみえた。

女に声をかけられ、父が顔を横にすると、その方向に眼を向けた。リヤカーが、揺れながら橋を渡ってゆく。父の生地は千本松原の近くで、菩提寺の背後にも富士山が聳え立ってみえる。父は、故郷のことを考えているのかも知れなかった。

兄が私の肩に手を置き、歩度をゆるめた。リヤカーとの距離が開いた。

「親爺はな。二度とこの橋を渡ることはないと思う。蓮見先生は、尿をとって調べてみたところ骨髄腫という病気らしいと言っている。癌の一種だ。頭の瘤もその現われで、長いことはないようだ。このことはだれにも言うな。おたかさんにも内緒だ」

兄は、前方に眼を向けたまま低い声で言った。

川筋を渡ってくる風が、急に冷たく感じられた。空が白っぽく光り、乱反射しているようにも思えた。頭の中が空虚になり、足だけが自動的に動いていた。

女は、リヤカーの枠をつかんで小走りに歩いている。父は、西の方に顔を向けつづけていた。

リヤカーが橋を渡り、坂をおりてゆく。私は兄と足をはやめ、リヤカーが勢いよくおりるのをおさえるため鉄枠をつかんだ。

霊安室は寒く、私は、病室から移した七輪に新たに炭を加え、渋団扇で風を送った。炭が音をたててはじけ、火の粉が散った。

私は、青い炎をちらつかせはじめた炭火の上に身をかがめながら、終戦後、社会の仕組みが乱れている中で、病院の死者に対する扱いが秩序正しく維持されていることを不思議に思った。父が臨終を迎えた後、夜勤の看護婦が二人で父の体をアルコールで湯灌し、耳、鼻、口、肛門に脱脂綿をつめ、担送車にのせてエレベーターで地下の霊安室に運びおろした。病室から直接、遺体を持ち帰ることになるのだろうと思っていただけに、霊安室に移されたことが予想外であった。看護婦たちの動きには事務的なものが感じられたが、程良いつつましさもあって、私は霊安室から去る彼女たちに自然に頭をさげていた。

しかし、炭火で煖をとっている間に、父の体を霊安室に運びおろしたのは、病室を少しでも早く空けたいための処置ではないか、という歪んだ気持も湧いてきていた。東京の大半は、度重なる空襲で焼きはらわれ、病院も焼失している。父は、幸いにも焼け残ったこの病院に入院することができたが、病室はすべてふさがり、大部屋には仮ベッドまで据えられている。朝になれば、父の息を引取ったベッドに、入院を待ちかねていた男か女が身を横たえるにちがいなかった。父の看護に要した炊事具をはじめ生活具もすべて霊安室に運びおろされていて、看護婦たちは、新たに迎え入れる患者のために病室をととのえているのかも知れなかった。

父の女は、入院費の支払いと死亡診断書を受けとるため、看護婦詰所の前の廊下にある長椅子に坐っているはずであった。

父が入院したのは一カ月前で、女は、父の枕もとにつききりであった。女には、未復員の夫の帰還を待つ娘とその子供のいる家があったが、帰ることはせず父の看護に専念していた。

女が、父に連れられて初めて私の家に姿をみせたのは、前年の夏に母が病死してから半年ほどたった頃であった。父が、数年前から小さな待合の女将（おかみ）をしていた女と関係をもつようになっていたことは、母も知り、私も少年ながらひそかにその気配を感じていた。その日、女は、家に来ても落着かぬらしく夕方には帰っていったが、いつの間にか泊ってゆくこともあるようになり、やがて週に二、三日は父とともに家で過すのが常になった。

その年の春、私が中学校を卒業して間もなく空襲で家が焼けた夜も、女は家にいて、父とともに谷中墓地に身を避け、翌日、荒川放水路を越えた地にある長兄の旧紡績工場の居宅に移った。女が、その後、父のもとに住みつくようになったのは、兄たちが女に寛容な態度をとっていたからでもあった。

長兄は、戦時中に経済統制令による企業整備で紡績工場をとざし、千葉県の浦安町に造船所を設けて木造の輸送船をつくり、終戦後は主として船の修理を請負っていた。また、次兄は、機銃弾の弾体を加工する軽金属業を営み、空襲で工場を失った後も長兄の旧紡績工場で仕事をつづけ、戦後はジュラルミン製の喫煙用パイプ、鍋、釜などをつくっていた。父は、兄たちの仕事にこまかい注意をあたえていたが、兄たちにはそれがわずらわしく、時折り意見の衝突もあった。癇性で感情の激しがちな父を持てあましていた兄たちは、父を巧みに扱う女に救いにも似た気持をいだき、女にすべてを託す方が好都合だという打算が働いているようだった。

私は、女を家に引き入れた父に反感をいだき、女を不快にも思っていたが、日がたつにつれて兄たちの態度に同調するようになった。女は、職業的な習性からか父の些細な言動や表情で感情の動きを素早く察するらしく、さりげない態度で父の気持が荒立つのをおさえ、好みに応じて食事に工夫をこらし、家の中も小綺麗にととのえていた。女と過している父の顔には、幼い頃から見なれた事業以外に関心のない父とは異なった、小市民的なおだやかな表情すらうかんでいた。母と死別した父の生活には世話をしてくれる人が必要で、私も、女が家の秩序をたもつ上で不可欠な存在であることを感じるようになっていた。
秋が深まった頃、父は、入浴時に激しいめまいに襲われて病臥するようになった。やがて父の頭部に瘤のようなものがいくつか盛り上り、脳溢血と思いこんでいた父は、皮下出血の血液の凝固だという町医の言葉を信じていた。が、それは、癌の一種である骨髄腫の症状で、町医のすすめで医科大学附属病院に入院した。

病院での診断は町医のそれと一致していて、外部からふれただけでも癌組織が消化器系の内臓の各所に転移し、増殖していることがあきらかになった。典型的な末期癌なので治療方法もなく、葡萄糖の注射をしたり、血のにじんだ瘤に薬を塗布するだけであった。

女は、父のかたわらをはなれず、夜もベッドの下から曳き出した畳つきの台で寝る。用事があって外出しても、すぐにもどってきて病室に泊りつづけていた。不自由な病院での生活であるのに、女は、髪をととのえ薄化粧も怠らず、病室には香料の匂いがかすかに漂っていた。病気をしたこともない父が、入院後、気持を苛立たせるのではないかと危惧されていたが、医師や看護婦の指示に素直にしたがい、丁重な言葉遣いで礼を述べたりしていた。

女は、朝夕、七輪で沸した湯にタオルをひたして父の体を拭い、寝着もひんぱんに替えていた。寝たままの父の髪に鋏を入れ、和式の剃刀で髭も剃り、ふとんの裾から手をさし入れて痼（しこ）りがちの父の足をもんでいた。女に向ける父の眼には、子供のような甘えの色がうかんでいた。

父の容態が悪化したのは三日前で、食事をとらなくなり、水か白湯（さゆ）を飲むだけになった。女が食物を口に近づけても、父はかすかに首をふった。看護婦は、時間を定めて栄養剤の注射を打っていた。

前日の午前中に院長の回診があり、兄たちに死の近づいていることが告げられた。それまで女には癌であることを報せていなかったので、長兄が女を廊下に連れ出し、父の病名と死期が迫っていることをつたえた。女は、ガーゼのハンカチで顔をおおい、声を殺して泣いていたが、しばらくすると病室にもどり、いつもと変らぬ表情でベッドの脇の椅子に坐っていた。

その日の夕刻から、父は眼を閉じ、体を動かすこともなくなった。

夜、担当の医師がやってきて、父の白毛のはえた胸に聴診器をあてると、次兄と私を廊下に誘い、

「明朝までもちますかどうか。呼ぶべき人は呼んでいただいた方がよいと思います」

と、言った。

長兄は、夕方まで病室にいたが、用事があって浦安町に帰っていた。とりあえず長兄を呼ばなければならなかったが、電話は不通になっていて、連絡するには、だれかを長兄の

もとにおもむかせる以外に方法はなかった。次兄は、工場にもどって使いの者を浦安町に出し、すぐに病院に引返してくると言い、オーバーを着てあわただしく病室を出て行った。

父が息を引取ったのは、それから一時間ほど後で、病室には女と私しかいなかった。私は、父の遺体を担送車に乗せた看護婦とともに霊安室におりたが、姿を現わさぬ次兄に父の死を一刻も早く報せるべきだと考え、病院を出ると焼跡の中の道を走った。前年の夏に結核の再発で勤労動員先の工場を三カ月間休んだ身であったので、走ることが肺臓に悪影響をあたえることを恐れ、時折り走るのをやめて息をととのえた。いつの間にか下駄をぬぎ、手に持っていた。

隅田川を越え、荒川放水路に架かる長い橋を急いで渡ってゆくと、前方から自転車に乗った次兄がやってきた。私は、父の死を告げ、兄の自転車の後を追って病院に引返した。父の遺体を家に運ぶため、次兄が再び工場にもどっていった。遺体を運ぶにはリヤカーが必要で、兄は、遺体を人の眼にさらさぬためにも、夜が明けるまでに家へ運び入れたい、と言っていた。

炭火が熾(おこ)って、裸電球のともる天井に淡い朱の色がひろがり、輪郭のにじんだ私の頭の影がゆらいでいた。時刻はわからなかったが、兄が病院を出て行ってから二時間近くは経過しているように思えた。

かすかにエレベーターの動く音がきこえ、それがとまると、霊安室のドアが開いた。病院の係員らしい男に連れられて、次兄と工場長が入ってきた。工場長は神妙な表情をして父の遺体に近づき、合掌した。

係員が、外部に通じる鉄製の扉の錠をはずして曳きあけた。

工場長が扉の外に出てゆくと、すぐに二台の長いリヤカーをひいた工員たちが、入口に姿を現わした。かれらは、手前のリヤカーに部屋の隅に置かれたふとんを敷き、担送車を押してリヤカーに近づけると、毛布をかけられた父の遺体を持ち上げてふとんの上に移した。さらに炊事道具、洗面具などを後ろのリヤカーに運び、その間に工場長が、水をみたしたバケツの中に七輪の火を落して消し、七輪をリヤカーにのせた。

私たちが係員に礼を言って外に出ると、背後で扉が重々しい音を立てて閉められた。

リヤカーが、つらなってゆるい傾斜をのぼり、病院の建物に沿って進んだ。門に近づくと、入院費の支払いその他をすませたらしい女が、毛糸編みのコートを着て立っているのがみえた。

月が中天に移動していて、道は霜がおりたように白かった。附近一帯は焼け残っていて、坂道の両側に物干台などの突き出た古びた二階建ての家が、隙間なく舫（もや）った舟のようにつづいていた。

リヤカーが坂道をくだり、都電の通じている広い道に出た。路面には到る所にくぼみがあって、リヤカーは、鈍く光るレールが伸びている石畳の上を進んだ。

私は、コートの袖に手を入れた女と並んで歩きながら、父が息を引取った折のことを思い起していた。

私の家では幼いころから人の死がつづいたが、私は、臨終というものに立ち会ったことがなかった。四歳の夏にすぐ上の姉が病死したが、それは病院での死で、姉の遺体とともに家へもどってきた母の激しい悲嘆に恐れを感じたことと、通夜、葬儀に集った人たちのかもし出す殷賑（いんしん）に似た空気にははしゃいでいた記憶しかない。小学校二年生の春には祖母が脳溢血で死亡し、次兄に連れられて長兄の家の離室（はなれ）におもむいた。親戚の女が、お別れを、と言って祖母の顔にかけられた白布をとりのぞいた。私は、祖母の口に脱脂綿が頬ばるように盛りあがっているのを眼にして貧血を起し、廊下によろめき出た。中学校の二年生の夏には、四番目の兄が死んだが、それは戦死で、四カ月後に遺骨が父の胸に抱かれて帰還した。遺体は野外で焼かれたらしく、骨に小石がはりついていた。前年に母が死亡した時には、肺結核の再発で奥那須の温泉旅館に療養のため行っていて、父からの死をつたえる電報をうけたが、豪雨で旅館への電報の配達がおくれ、帰宅したのは葬儀も終った夜であった。

父に死が訪れたのは九時すぎで、眼を閉じている父の呼吸がゆったりしはじめているのに気づいてはいたが、それが死の迫っていることをしめすものとは思ってもいなかった。

た。

私は、七輪にかけた薬罐（やかん）の湯がたぎって少くなっているのを眼にし、水を加えたりしていた。

ドアが開いて、看護婦が入ってくると、父の顔を見つめて脈をとり、すぐに出て行った。女は、ベッドのかたわらの椅子に坐り、薄く眼を閉じていた。

再びドアが開き、中年の医師が看護婦とともに入ってきて父の手首をつかみ、聴診器を胸にあてた。私は、父の顔に視線を据えている医師の表情に、ようやく父の呼吸の間隔が不自然なほど開きすぎているのを知り、七輪のそばをはなれてベッドに近づいた。医師は、手首をにぎりつづけていた。

呼吸が、さらに間遠になった。顔が白っぽく、鼻の頂きに点々と毛穴がひらいているのがみえた。

コップに水をみたした看護婦が、脱脂綿を箸（はし）ではさみ、女に差出した。女は、眼を大きくひらいて看護婦を見つめ、

「もうだめなのですか」

と、うわずった声でたずねた。

看護婦は、無言でかすかにうなずいた。私は、自分の背筋がかたく凍りつくのを意識した。

おびえたように箸に手をのばしかけた女が、思いついたらしく、

「あなたから……」

と、私に言った。

私は、ためらいがちに箸をとり、脱脂綿を看護婦の手にしているコップの水にひたし、父の少し開いた唇に近づけた。形式的に唇を濡らすだけでよいのに、箸先で脱脂綿を強くはさみつけたので、にじみ出た水が唇の間から流れこみ、父の咽喉の骨があえぐように動いたが、その動きもすぐに静止した。

水が流れこんだことで呼吸がとまったのに気づいた私は、父のわずかに残された生命を早目に断ったことに狼狽した。医師や女の眼に、私を非難している光が浮んでいるように思え、身のすくむのを感じた。女が、箸をとって脱脂綿を唇にふれさせると、父はかすかに息を吸った。私は救われた気がしたが、父は、それきり呼吸をすることはしなかった。

医師は父の手首をとっていたが、やがてはなすと頭をさげ、看護婦もそれにならった。女は、ハンカチを口にあてて肩を小刻みにふるわせながら泣いていたが、私は、死というものが余りにも呆気ないものであるのに驚きを感じ、うつろな気分で立ちつづけていた。私は、かたわらを歩く女に自分が父の呼吸をとめてしまったのを見られたことに、負目のようなものを感じていた。もしかすると、私の行為がなければ、父はあと数呼吸はしたかも知れなかった。

女の歩みに歩度を合わせていた私は、リヤカーから少しずつおくれはじめていた。電車通りを右に折れると、広い道が直線状に伸びていた。人影はなく、リヤカーが路面のくぼみを避けて右に左に動きながら進んでゆく。両側には焼跡がひろがり、所々に水道の鉛管からほとばしり出る水が光っていた。

私たちは、遠くなったリヤカーの後を追って、隅田川に架けられた橋を越えた。前方の土手の坂道をリヤカーがのぼり、荒川放水路の橋のたもとに近づいてゆく。

私は、リヤカーに視線を向けながら、自分の内部に父の死に対する悲しみの感情が訪れず、むしろ冷えた夜気が澄んでいるのを快く思っていることに、途惑いをおぼえていた。母についで父も死亡し、私には親というものがなくなった。生れてから十八年間、私は両親の庇護のもとにあったが、たとえ兄たちはいても、今後は自分の力をたよりに生きてゆかねばならない。そのことに身の萎えるような不安はあるが、拘束されることなく自由に自らの道を選んで日を過せることに解放感に似たものを感じていた。

月光が冴え、夜明けまでにはかなりの間がありそうだった。私は、口をつぐんでいる女と枯草のひろがる土手に近づいていった。

朝の陽光がひろがった頃、父の遺体が家に運ばれたことを病院で知った長兄が、造船所の事務員と自転車でやってきた。

長兄は、床の間の前に敷かれたふとんのかたわらに膝をつき、白布をとりのぞいて父の顔を見つめていた。深い息をついて立つと、居間に入ってきて、次兄と向い合って坐った。

　女が臨終の折のことを口にし、長兄は殊勝な表情をしてきいていた。

「苦しまずに逝ってくれたことが、せめてもの救いです」

　長兄が言うと、女は、黙ったままうなずいていた。

　兄たちは、通夜、葬儀について言葉を交しはじめたが、前年に母が死んだ折とは事情が一変していることに当惑しているようであった。

　父の死を親戚や知人たちに報せなければならないが、都内に住んでいた者たちは大半が空襲で家を失い、疎開先の住所を報せてきた人は少い。入営、出征した者たちも復員したかどうかは不明で、それに交通機関が麻痺しているので、遠方の地にいる者を呼ぶのもためらわれた。

　兄たちは、心もとなさそうな眼をして名簿を繰り、しきりに首をかしげたりしていたが、ようやく住所のあきらかな静岡県下の菩提寺の僧をはじめ親戚、知人の名をえらび出し、電報を打つことをきめた。

　通夜、葬儀の準備をおしすすめるのに欠かせぬ葬儀社の人にきてもらうため、土地の事情に詳しい工場長を居間に招いた。が、工場長は、町に二軒あった葬儀社の一軒は戦災にあって焼失し、他は店を閉じて地方に疎開したままで、それ以外に心当りはない、という。

　兄たちは、思いがけぬ工場長の言葉に表情をくもらせ、あらためて世情が常態を欠いていることを感じたらしく、困惑したように父の遺体の方に眼を向けていた。

しばらくして、工場長が口を開いた。かれは、一カ月ほど前、近所の者に頼まれて病死した老人の通夜、葬儀を取りしきったが、葬儀社の者がいないので苦労をかさねながらもようやく荼毗（だび）にふすことができたという。その折の経験をいかして、準備を進めてもいい、と言った。

その申出に兄たちは安堵し、工場長にすべてをまかせることになった。

工場長は、役場に死亡届を出して埋火葬許可証の交付をうけ、火葬場の都合をきくのが先決だ、と言い、死亡診断書を次兄から受け取ると、手続きをとるため家を出ていった。

兄たちは、女や工員たちと父の遺体の周囲をととのえた。和机を据えて白い布をかけ、仏壇から移した香炉、燭台、線香立てなどを置き、父の常用していた茶碗に飯を盛って黄ばんだ象牙の箸を突き立てた。軒に簾（すだれ）が垂らされ、事務員が忌中と書いた紙を貼りつけた。女は、父の常用していた剃刀を父のふとんの上にのせた。

一時間ほどして、工場長がもどってきた。藁半紙に刷られた埋火葬許可証を兄に渡し、明日の午後に遺体を火葬場に運ぶよう指示されたことを告げた。これによって、今夜が通夜、翌日の午前中に葬儀を営むことがきまり、工員が電報を打つため名簿を手に郵便局へ出掛けて行った。

「燃料のことなんですがね」

工場長が、言った。

兄たちは、言葉の意味がつかめぬらしく、いぶかしそうな眼を工場長に向けた。

「火葬場には、燃料の割当が限られていましてね。出来るだけ遺族の方で都合して欲しい、と言っているのです。私が葬式の世話をした老人の場合には、薪を持ってゆくことができなかったので後まわしにされ、翌日の夕方ようやく火葬してくれました。コークスでもいいんですか、とたずねましたら、係の人が首をかしげ、それでもいいでしょう、とのことでした」

工場長は、淡々とした口調で言った。次兄の工場には、鋳型に流しこむジュラルミンをとかすのに使うコークスがあって、それでよければ好都合だった。

私は、呆気にとられて工場長の顔を見つめていた。が、旅行をして旅館に泊る時には食事の回数に応じた量の米を出さねばならぬし、荷を牛車や馬車で運ぶことを依頼するのにも、飼料の穀類などを渡すのが習わしになっている。火葬場で火葬に要する燃料の提出を求めるのも、無理はなかった。

兄たちも、ようやく工場長の言うことを理解したらしく、うなずいていた。

「それなら、おれの所から薪を運ぶよ。もしも、コークスではだめだと言われたら困るしな」

長兄が、張りのある声で言った。造船所には、船材を刻む折に出る木片や大鋸屑（おがくず）が貯えられていて、それらを農作物その他の食糧とも交換している。

「そうしていただければ、なによりです。ついでに、お棺を作るのに適した厚板も一緒に運んでいただけませんか。これにも、皆さん苦労しています」

工場長が、説明口調で言った。

かれの話によると、老人の遺体を入れる棺の材がなく、やむを得ず細い板を井桁に組んで箱状にし、その中へおさめたという。火葬場に行ってみると、運びこまれてくる棺のほとんどが色のちがう板をつぎ合わせて作ったもので、中には簾で巻いただけの遺体も眼にした、と言った。

木という木は日常の煮炊きその他に使われていて、焼跡で焼けた電柱の土中に埋れた部分を掘り上げて薪にしている者もいるし、樹木を伐り倒したり、墓地の卒塔婆（そとば）まで持ち去られている。厚手の板を必要とする棺を作るのが容易でないことは、十分に想像できた。

「棺も自製というわけか」

次兄は、さすがに呆れたらしく長兄と顔を見合わせていた。

長兄が、造船所から連れてきた事務員を呼び、造船所へ引返して焼玉エンジンつきの小舟で薪と板を運ぶよう依頼した。事務員は、工場長と打合わせをし、板の長さ、厚さ、それに薪の量を紙片に書きとめ、自転車に乗って工場の門を出て行った。

午後になると、長兄の妻につづいて出産のため実家にもどっていた次兄の妻も姿を現わし、夕方には、菩提寺の僧や親戚の者たちが集ってきた。父の故郷から来た親戚の者たちは、列車の乗車券の入手に苦労し、超満員の列車に乗ってきたことを口にしていた。かれらは、父の女のことを耳にしていたらしく、ひそかに女の姿をうかがうような眼で追っていた。が、女は、悪びれる風もなく姓名を口にして一人一人につつましい態度で挨拶をし、台所の方へ入って行った。かれらは、兄たちから女が病院に泊りこんで父の看病につとめたことをきくと、女に好意的な眼を向け、礼を言う者もいた。

日が没し、僧の読経がはじまった。部屋には、工員やその妻たちも並び、通夜らしい雰囲気になった。香炉が兄たちから順にまわされ、部屋の隅に坐った女は、親戚の者にうながされて遠慮がちに焼香していた。

読経が終って、部屋に長い台が運びこまれ、煮物を盛った大皿が並べられた。父が押入れに据えていた酒樽が台所に移されて、銚子が部屋に運ばれた。にぎわいが増し、工員たちの中には、早くも酔いで顔を赤く染める者もいた。

酒を飲めぬ工場長は、席につくこともせず、台所に入ったり、家の外へ出て行ったりしていた。その夜も月が出ているらしく、廊下の天窓が明るかった。

通夜の宴がはじまってから一時間近くたった頃、造船所に引返していった事務員が家へ入って来て、工場長と廊下で立ったままなにか話し合っていた。工場長は、しきりにうなずいていたが、兄たちの席にやってくると、舟が小菅刑務所の近くの川岸についたことをつたえた。

工場長は、リヤカーで板と薪を運ぶと言い、数名の工員を呼ぶと家を出て行った。

親戚の者や工員たちが父の思い出話をし、しばしば笑い声も起った。親戚の男が、父は酒が好きだったと言って、銚子と杯を手におぼつかない足どりで枕もとの小机の上に供えた。女は、台所との間を往き来して銚子を運び、時には親戚の者に酒をついだが、物馴れた仕種には待合の女将らしさが感じられた。

しばらくすると、工場長と出て行った工員の一人が部屋の入口に立って、リヤカーがついたことを告げ、兄や工員たちが席を立ち、私も弟と家の外に出た。

二台のリヤカーには、蓆でおおわれた長い板と薪がのせられていて、工員たちが、それらを事務所の中に運び入れた。板は厚く、薪はかなりの量であった。

寄宿舎の一室に一人で住んでいる老いた男が、工員に連れられてやってきた。男は、戦前、主として茶簞笥を作っていた指物師で、戦争がはじまってから仕事もなくなって次兄の工場に入り、鋳物の木型を作っていた。

男は、あらかじめ工場長から棺作りを依頼されていたらしく、事務所に入ってくると板をながめまわし、手でふれていた。

「今夜中に作ってもらいたいんだがね」

工場長が言うと、男はおだやかな眼をしてうなずき、道具類をとってくると言って、寄宿舎に引返していった。

次兄が、家の方に歩きながら、

「いい腕の職人なのだがね。木型を作らせるには丁寧すぎて、時間がかかる。工場長が二、三度注意したことはあるらしいが、若い頃から身についたことで直らない。それが、難と言えば難でね」

と、頰をゆるめて長兄に言った。


その夜、僧や親戚の者たちのほとんどが家に泊ったので、翌朝、私は早目に起きて台所に行った。女は、すでに台所に立っていて、工員の妻たちと動きまわっていた。私は、ポンプで汲み上げた井戸の水をバケツに入れて運び、薪を割った。

親戚の者たちが次々に起きてきて顔を洗い、女たちはふとんをたたみ、部屋を掃除した。空は晴れていたが寒気がきびしく、溝は凍りつき、庭に霜柱が立っていた。

朝食を終えて間もなく、工場長が工員たちと玄関から棺を家の中に運び入れ、父の遺体が横たわっている部屋の畳の上に置いた。親戚の者たちと火鉢に手をかざしていた兄たちが立ってきて、それをとりかこみ、私も弟とのぞきこんだ。棺は予想以上に立派で、兄たちは、にぎやかに言葉を交しながら棺をなでまわした。棺のかたわらに膝をついた伯父が、

「大したものを作ったね。棺とも言えない」

と、感嘆したように言った。

私には木の材質はわからなかったが、鉋が入念にかけられていて、直線状の木目が表面に鮮やかに浮き出ている。釘は使われていず、四隅に切り込んだ木を組み合わせた仕口がみえた。棺の隅が鉋でかなり丸くけずられていて、貴重な物でも入れる大きな箱のようで棺の概念とは異なっていた。

僧が、遺体を棺の中におさめるよう指示した。蓋はきっちりとしまっていて、それをとりのぞくと、底に折りたたんだ毛布を敷き、敷布とともに遺体を持ち上げた。すでに遺体は硬直していて、膝も折れ曲ることなく棺の中におろされた。大きな台が運ばれ、白い布をかけると、その上に棺を据えた。兄たちは、再び居間にもどり、火鉢をかこんで坐った。僧が灯明をつけかえ、読経をはじめた。兄たちの顔には、葬儀の準備をすべてととのえ終えたくつろぎの表情がうかんでいた。

やがて、兄や親戚の者たちが着替えをはじめた。父の女も、いつの間にか用意していたらしく、嫂たちと離室で喪服を身につけ、小さい珠数を手にして出て来た。私は、学生服を空襲の夜に持ち出せなかったので、工員たちと同じ作業服を着ていた。

私たちは、早目に昼食をすませ、葬儀の時刻になったので棺の前に並んで坐った。

僧の読経がはじまったが、親戚以外の焼香客は工員やその妻と近所の人がほとんどで、電報で報せた数名の知人が姿をみせただけであった。兄たちは、席を立ってそれらの人に挨拶していた。

僧の読経が終り、棺の蓋があけられた。父の顔は白けていて、脱脂綿をふくんだ唇は青ずんでいた。私は、兄たちの眼に初めて涙をみた。弟は兄のかたわらに立って泣いていたが、私は、眼に熱いものがわずかににじみ出るのを感じただけであった。蓋がしめられ、兄から順に小石で釘を打った。父の女は、親戚の女たちの後ろに立ってハンカチを口にあてていた。

棺が玄関まで運ばれ、工員たちが受けとるとリヤカーにのせた。工場長が、工員たちと荷台に白い布をかぶせた。後ろのリヤカーには薪の束が積み上げられ、コークスが詰められた叺（かます）も置かれていた。工場長は、火葬場の係員に謝礼として渡す米の入った袋を風呂敷に包んで手にさげていた。

二台のリヤカーがつらなって動き出し、工員の妻や近所の人たちが頭をさげた。私たちは、リヤカーの後から門を出た。

リヤカーが、道のくぼみを避けながらゆっくりと進んでゆく。人の姿はなく、道は乾いていた。

喪服をつけて寄りかたまって歩いてゆく兄や親戚の者たちの姿が、私には奇異なものに感じられた。繊維品をはじめすべての物資が欠乏し眼にすることすらできなくなっているのに、葬祭に着るそれらの衣服がまだ残され、兄たちが一様に身につけていることが、周囲のくすんだ風景の中で不釣合いにみえる。飢えにおびえ生きることのみに汲々としている人たちの眼に、喪服をつけた兄たちの姿が世情とは縁遠い悠長なものに映るのではないか、と、気がかりでもあった。

荒川放水路と隅田川に架かった橋を渡ると、両側に焼けトタンと瓦礫におおわれた地がひろがった。

「よく焼けてしまったものだね」

叔母が、焼跡に眼を向けながら息をつくように言った。

遠く左方に家の集落がみえ、その上方に鉛筆の芯のような黒く細い煙突が突き出ていた。

私は、焚かれている燃料が火葬場に割当てられたものか、それとも遺族が差出したものなのか、と考えながら、煙突の先端からゆらぎ出ている淡い煙に視線を向けていた。

飛行機雲

医科大学の附属病院を出て、ゆるい勾配の坂をくだりはじめた私は、信玄袋を手にした和服の男が、陽光を掌でさえぎるように空を見上げているのに気づいた。

男につられて空に眼をむけた私は、澄んだ空に飛行機雲が長々と尾をひいているのを見た。先端にギヤマンのように透けた大型機が動き、翼の下から四条の白い筋が湧き、それが互いにとけ合って太い一条の筋になり、後方にゆくにつれて乱れ、淡く拡散している。

七十歳前後のその男は、戦時中の空を思い起しているにちがいなく、私にも同じ感慨がきざした。今でも時折り飛行機雲を見ることはあるが、昼間空襲で飛来したアメリカ爆撃機のそれとはちがっているように思える。編隊を組んだ爆撃機は一機の例外もなく白絹のような雲をひいていたが、超高空をゆくジェット機は、雲をひいているとはかぎらず、たとえひいていても淡く、途中で途切れたりしている。

頭上の空に描かれた雲は、爆撃機編隊のひいていたものと寸分変らない。四基のエンジンからそれぞれ雲の筋が流れ出ていて、鮮やかに長々と尾をひいている。透明な機が爆撃機のようにみえ、無気味ですらある。その機は、たまたま戦時中に来襲した爆撃機と同じ高度をたもっているので、そのような雲が生じているのかも知れない。

私は、空を見上げている男のかたわらを過ぎ、坂をおりると駅にむかって歩いた。病院に来たのは、胆石の手術で入院している嫂（あによめ）の見舞いのためだが、その足で環状線の御徒町駅近くにある小店にゆき、煎餅を買う予定であった。

電車に乗ってまで煎餅を買いにゆく気持など私にはないが、前日、一個の小包が郵送されてきたことで、その店に足を向ける気になった。

小包は、日本では見られぬ薄黒い縞の入った茶色い油紙につつまれ、VIA AIR MAILというスタンプ文字のかたわらに、アメリカの郵便切手が貼られていた。包みの裏には、NORIKO KIMIZUKA と送り主の名が書かれていた。

私は、紐をとき、油紙をひらいた。四隅の少しつぶれた紙製の箱には派手な模様が印刷され、キャンディという英語の文字も見える。便箋がのせられていて、キャンディは私が送った随筆集の返礼で、お嬢さんにでも召上っていただければ……、といった趣旨のことが書かれていた。

蓋をとると、箱の中にはさまざまな色の紙につつまれたキャンディが、隙間なく詰められていた。

弱ったな、と、思わずつぶやいた。物を贈られるいわれはなく、むしろ私の方から贈らねばならぬ立場にある。カリフォルニア州の地方都市で、六十八歳の独身の婦人が、菓子店でキャンディを買い求め、航空便の包装をし、郵便局へ持ってゆく姿が想像された。一冊の随筆集のお礼としては、婦人に過分な負担をかけさせたことになる。

キャンディの一つをつまんで、口に入れてみた。私には甘味が少し強すぎたが、芳しい香りがして、娘が喜びそうだった。

私は、キャンディを口にふくみながら、婦人の好意にむくいるためにそれ相応の物を送ろうと考え、煎餅がよいかも知れぬ、と思った。

叔父の息子が商社の社員として妻とともに南米に十年近く駐在しているが、日本の食料品が手に入るその都市でも、煎餅はなく、それを送って欲しい、と言ってきた。煎餅はデパートでも売っているが、妙に淡泊であったり品よく作られすぎたりしているので、煎餅を手焼きしている店で買って送り、ひどく喜ばれたという。

叔父がどこの店で買ったのか知らないが、恰好な店を思いついた。知人に案内されて御徒町駅に近いふぐ料理店に行った帰途、小さな店に立寄った。店の奥では老人が煎餅を焼いていて、それを買って帰り、口にしてみると醬油の香りと味が十分にして、少年時代の煎餅を思い出した。婦人は、日本をはなれてから十五年たっているので、それを送れば、味をなつかしみ喜んでくれそうに思えた。

駅の改札口をぬけ、階段を降りてホームに立った私は、空を見上げた。

飛行機雲が空を横切っていたが、広くにじんで薄れ、空の青さにとけこみはじめていた。


婦人の名が典子で、再婚せず君塚という旧姓のままであるのを知ったのは、十七年前の夏であった。

その頃、私は、開戦時の日本政府、陸、海軍の動きについての記録小説を、雑誌に発表する準備をすすめていた。執筆の動機は、前年の正月、肉親や親類の者たちと旅行をした折に、嫂の兄がもらした話に関心をいだいたからであった。開戦時に義兄は陸軍少佐で、大本営暗号班に所属していた。

開戦の数日前、思いもかけぬ事件が発生し、大本営陸、海軍部は激しい動揺をしめした。大本営は、ハワイ攻撃、マレー進攻など秘密裡に推しすすめられていた作戦行動を見守っていたが、開戦の命令書を持っていた支那派遣軍の君塚という参謀の乗った飛行機が、中国軍領有地に不時着したという報が入った。その命令書が中国軍の手に落ちれば、たちまち米、英、蘭三国側に通報され、ハワイ奇襲どころか逆に相手から先制攻撃をうける。しかも、その命令書は平文なので、作戦指導者たちは生きた心地もしなかったという。戦争回顧の書物に開戦前の秘匿についての挿話が数多く書かれているが、それにふれたものを眼にしたことはない、と、義兄は言った。

帰宅した私は、書架から明治百年叢書の「大東亜戦争全史」を取り出して、ひらいてみた。千ページ余におよぶその史書の中に、君塚少佐事件としてわずか十五行ではあったが、義兄の口にしたような記述がみられた。

「十二月一日夜、支那派遣軍の電報は予期しない一事件の突発を報じた」として、「開戦の決意を判定し得る」命令書を携行した君塚俊之少佐の乗った輸送機が、広東附近の敵地区に墜落し、それが「作戦関係者に電撃的ショックを与え」たと記されている。その命令書が中国軍の手に落ちた場合、開戦にともなう作戦がすべて崩壊することは確実で、「万事休す。ただ瞑目して神に祈るだけであった」と、結ばれていた。

義兄の話を裏づけるこの記述に、私は戦争のもつ深い淵の底をのぞき見たような恐れをおぼえた。

私の開戦の記憶は、十二月八日朝の町の情景であった。中学二年生であった私は、学校への道を歩いていったが、町全体が明るく沸き立っているように感じられた。両側の家々からは、ラジオ放送の軍艦マーチの旋律と大本営発表を繰返して告げるアナウンサーの甲高い声が流れ、国旗が軒先につらなっていた。開戦について私が知っていたのはそれだけで、その後、戦局の悪化と敗戦があった。

私は、開戦のかげに私たちの知らなかった、その事件に象徴されるような事柄が、ひそかに進行していたのを感じ、自分の過去を直接たしかめてみたいという思いにかられた。知らされずにいた苛立ちに似たものに突き動かされて、開戦前の記録をあさることを思い立ち、君塚少佐事件の調査から手をつけた。

　義兄の上官であった元暗号班員が、戦史資料室の書庫から記録を探し出す仕事に力を貸してくれ、事件の概要を知ることができた。

「大東亜戦争全史」には、君塚少佐が乗ったのは輸送機と記されていたが、正しくは上海を起点に南京、台北、広東へ定期航路をもつ中華航空の旅客機「上海号」で、機種はＤＣ３型の双発機であった。

「上海号」は、十二月一日午前八時三十分、上海郊外の大場鎮飛行場を離陸した。支那派遣軍総司令部第一課君塚俊之少佐参謀は、前日、広東在の第二十三軍に対する開戦命令書を携行して列車で南京から上海につき、その機に乗った。機は、十一時二十分に台北飛行場に着陸、婦人をふくむ数名の乗客をおろし、四名の軍人を乗せて十二時三十分に離陸した。台湾西海岸ぞいに南下、西に変針して台湾海峡を横断し、「汕頭（スワトウ）上空通過」をつたえた。

　午後四時に広東飛行場到着予定であったが、機は姿をみせず、その後の通信も絶えていたので、午後五時、中華航空本社は、遭難の気配濃厚と判断、支那派遣軍総司令部に報告した。搭乗者は十八名で、君塚少佐をはじめ軍人が多かったが、中野学校出身の偽名を使った工作員、新聞の支局長、ドイツ駐華大使館員、ニュース映画関係者らも便乗していた。

遭難は確実になり、総司令部からの急報をうけた大本営陸軍部は、大きな衝撃をうけた。搭乗者の生死などは問題外で、君塚少佐の携行している命令書が中国軍側の手に落ちることを最も恐れ、機が海中に墜落していることを強くねがった。

総司令部は、広東の第三直協飛行隊に遭難機の捜索を命じ、翌二日朝、六機の直協機が発進した。

「上海号」の飛行コースをさぐった結果、中国軍領有地の広東省平山墟東南約十キロの地点で、山肌に墜落している双発機を発見、カメラのフィルムにおさめた。爆発炎上でもしていれば、命令書も消滅しているはずだが、滑空状態で墜落したらしく、前部が大破しているだけで尾部はほとんど原形を保ち、また機の周辺に多くの住民の姿も確認された。

総司令部は、命令書を飛散させるため直協機隊に「上海号」に対する爆撃を命令、直協機は再び現場上空にむかった。が、密雲が立ちこめ、一瞬、雲の切れ間から眼にできた墜落機の位置に投弾を繰返した。

三日も、雲上からの爆撃がつづけられたが、四日朝、総司令部は、遭難機に関係のある中国軍側から重慶政府にあてた暗号電文を傍受、解読した。それは、現場に到着した中国軍の一部隊が「上海号」の内外から散乱物をすべて収容し、整理、調査中という内容で、大本営は、最悪の事態におちいったことを知った。

さらに、「昨日ノ深夜、日本ノ墜落機ノ搭乗者トオボシキ二名ヲ発見。シカシ、両名ハ抵抗ノ末逃亡、目下極力捜索中」という中国軍の電文を傍受した。

発見された二名中に君塚少佐がふくまれているかどうかは不明だが、命令書をたずさえて逃亡している確率もあるとし、墜落現場に近い地上部隊に救出を命じ、また広東の第二十三軍特殊情報班で雇っていた中国人密偵多数をその方面に放った。さらに大本営陸軍部の命をうけた第二十三軍司令部は、「不時着機の周辺の地域と近くの村落に、一物の生物なからしめよ」という命令を第七飛行団に発し、十数機の軽爆が発進、「上海号」墜落地点を中心に大量の爆弾を投下した。

戦史資料室の記録には、搭乗者十八名中生存者は二名で、重傷を負っていた宮原大吉中尉が地上部隊に救出され、久野寅平曹長は、自力で日本軍陣地にたどりついた、と記されていた。宮原氏の所在はすぐにわかって回想をきくことができたが、久野氏の存否はつかめず、ようやく福岡市内の大手建築会社の支店に勤務していることを知り、夜、郊外のマンションの一室を訪れた。

久野氏は、不時着時に熟睡していて、墜落の衝撃で失神し、気づいてみるとベルトをしめたまま座席に坐っていた。眼に、乱雑にこわれた機内の座席と即死した者、血を流して呻（うめ）いている男たちの姿が映った。

機外に這い出した氏は、マッチで赤表紙の暗号書を燃している少佐に気づいた。二人は機内に入ると互いの傷の手当をし合い、所属、階級、姓名を名乗り、氏は少佐の姓が君塚であることを知った。

君塚少佐は、重要な命令書を携行しているので処分したい、と言って機外に出た。そして、百メートルほどはなれた所に行くと、封筒から命令書を出して細かく裂き、引きぬいた草の根の下にさしこんで靴でふみ、久野氏もそれを手伝った。

翌早朝、君塚少佐は命令書処分を軍につたえるため機をはなれ、久野氏も同行した。それから間もなく、不時着地点の方向で、中国軍のチェコ製機銃の連射音がきこえ、また中国兵の姿も散見していたので森の奥に身をひそませた。

翌日、二人は山中を日本軍占領地方向に歩き、その夜も星の位置を手がかりに進んで、片側に塀のつづく道に出た。そこは中国軍兵舎で、歩哨に誰何(すいか)され、さらに兵舎内から走り出てきた一隊の兵に追われた。

二人は、樹木のまばらに立つ笹藪の中に別々に走りこみ、身を伏せた。やりすごした兵が兵舎にもどるのを見た久野氏は、君塚少佐を探したが姿がみえず、逃げたと思い、道に出ると足を早めて歩き、夜が明けたので森の中にもぐりこんだ。

翌四日の夜、氏は森を出て北西方向に急ぎ、それから六日の夜まで中国の住民に出会ったり数十人の民兵に追われたりし、銃撃もうけた。氏が日本軍の駐屯する淡水にたどりついたのは七日午後九時すぎで、開戦日時八日午前零時までわずか三時間足らずの時刻であった。むろん氏から、君塚少佐が命令書を確実に処分したことが報告された。

久野氏とはぐれた君塚少佐のその後については、十二月四日夜、「上海号」事故に関係のある中国軍側の暗号電文の解読によってあきらかにされていた。内容は、「前日夜半、逃亡シタ不時着機搭乗者ト思ワレル二名ノ中ノ一名ヲ発見、コレト抗戦シタガ、敵ハ勇敢ニモ白刃ヲフルッテ抵抗。シカシ本隊ハコレヲ死亡セシメタ」というものだった。

総司令部では、それがだれであるかはわからなかったが、君塚少佐が陸軍士官学校在学中に剣道二段の免状をとっていて、「白刃ヲフルッテ」という一文から、少佐の確率が高いと判断した。その後、七日夜、久野氏の報告により、はぐれた地が恵陽県白芒花附近で、暗号電文がその地の中国軍部隊から重慶政府に発信されたものであることを考え合わせ、「死亡」したのは君塚少佐と推定した。

さらに、特殊情報班の中国人密偵の一人が、白芒花附近に潜入し、南方六キロの水田に首の欠けた死体が一個遺棄されているのを目撃した、と報告した。この死体は、君塚少佐のものと断定された。

これらの事実にもとづき、畑俊六支那派遣軍総司令官は、君塚少佐の生死について、「白芒花南方六粁ノ地点ニアリシ死体ニヨリ、戦死ト認定処置スルヲ可トス」という正式文書を作成させた。その後、万全を期して捜索がつづけられたが、「生存ヲ認メ得ベキ情報全クナシ」として、陸軍省に報告され、調査は打ち切られた。

私は、事件を担当した支那派遣軍総司令部、第二十三軍司令部のそれぞれ元参謀、特殊情報部員らにも会い、事実の裏づけをした。調査もほぼ終えたので、その事件を冒頭にした記録小説の執筆に入った。

筆を進めながら、私は君塚少佐の遺族と連絡をとりたい、と思うようになった。なにか資料があるかも知れず、それが事件に関係のあるものならば、参考にしたかったのである。

元陸軍将校の名簿を繰ってみると、偶然にも面識のある白川義夫氏が君塚少佐と士官学校の同期であったことを知り、電話をかけた。白川氏は、開戦前、君塚少佐と同じ支那派遣軍総司令部参謀の任にあって、少佐が命令書をたずさえ上海へむかうのを南京駅で見送ったと言い、遺族の所在をしらべることを約束してくれた。

その日の夕方、氏から電話があり、君塚少佐の夫人は健在だが、商社員としてアメリカに駐在している一人息子のもとに一カ月前から行っている、と言い、その家の住所と電話番号を教えてくれた。

私は、礼を言って受話器を置いた。もしも君塚夫人のもとに事件に関連のある資料があるとしても、夫人がアメリカに行っていてはすぐに入手はできない。雑誌発表には間に合いそうになく単行本にする折に書き加えようと考えたが、一応、資料があるかどうかを電話でたしかめたかった。しかし、私は、国際電話をかけたことがなく、英会話も不得手なので、雑誌編集部の担当者に依頼した。編集者は、そのようなことに慣れているらしく、気軽に引受けてくれた。

翌朝、編集者から電話があった。

「驚きましたよ。私が雑誌の編集者だと名乗り、君塚少佐のことについて……と、そこまで言いましたら、君塚は生きていたんですね、どこに生きていたんですか？　と、声をあげましてね。困りましたよ。気の毒だとは思いましたが、戦死したという調査結果をつたえました」

資料の点については、戦地の君塚少佐から夫人や息子にあてた手紙があるだけで、事件に関係のあるものは一切ない、という。

受話器を置いた私は、思いがけぬ編集者の言葉に呆然としていた。

夫人のもとには、当然、戦死の公報が入ったはずで、それは既定の事実として遺族に受け入れられている、と思いこんでいた。が、夫人は、その死が飛行機の不時着事故によるものであることから、生存の望みも皆無ではない、とひそかに思いつづけてきたらしい。夫の行方不明を死とむすびつけた軍の処置を絶対的なものとは考えず、生きているかも知れぬという期待を胸にいだき、それを支えに二十六年という歳月を生きてきたのだろう。

未知の雑誌の編集者が前ぶれもなく国際電話をかけてきたことで、夫が中国大陸のどこかに生きているのをつたえてきたのだ、と錯覚したのも無理はないかも知れない。

母のことが、思い起された。四番目の兄は、開戦の年の夏に中国大陸で戦死し、開戦の二日後に遺骨と遺品が家にとどけられた。遺骨には、骨の一部であるかのように小石がこびりついていて、野外で遺体が焼かれたことをしめし、遺品袋にはつるの代りに黒いゴム紐のつけられた眼鏡、母が編んで送った毛糸のパンツも入っていた。それらは、兄の死をゆるぎない事実として私たちを納得させるに十分だった。が、子宮癌におかされていた母は、死期がせまった頃から、しきりに兄が中国で生きているということを口にするようになった。衰弱による妄想にちがいなかったが、来客があると、その声を兄のものと錯覚し、兄が帰ってきたのか、と甲高い声をあげたりした。

遺骨も遺品もなく、一枚の紙片で死を告げられた夫人が、夫が生存しているのではないかと思いつづけてきたのも理解できる。編集者の電話は、夫人の長年の望みをうちくだいたが、その根底には私の調査結果がある。夫人の生きる支えを私が突きくずしてしまったことになり、未知の人に一つの大きな罪をおかしたのを感じた。

私は、やりきれない気分になり、受話器をとると白川氏の家のダイヤルをまわした。私が事情を述べると、氏は、

「妻というものは、そういうものかも知れませんね。君塚は女房想いで、よく手紙をやりとりしていましたし、酔って女房ののろけを口にしたこともありましたよ」

と、感慨深げに言った。そして、夫人に手紙を書き、私が気にしていることをつたえる、

と言って電話を切った。

やがて連載小説が、雑誌に発表されるようになった。

私は、夫人のことに気をかけながら筆を進めていたが、秋も深まった頃、白川氏から電話があった。夫人が帰国し、私に会いたいと言っている、という。

私は、会う日を打合わせ、編集者にもその旨を連絡した。かれは、会食する場所を予約し、自分も同席させてもらいたい、と申出た。夫人を失望させた責任の一端が自分にもある、と思っているようだった。

約束の日の前日、戦史資料室に足をむけた。夫人が会いたいと言うのは、むろん夫の死が事実かどうかをたしかめたいからで、私もそれが決して推測ではないことを答えねばならぬ立場にある。酷ではあるが、君塚少佐の死が確実であることを裏づけるものを夫人にしめす必要があり、それには記録を引写した自分のノートでは不十分で、原資料をフィルムにおさめたものを見せるべきだ、と考えた。

私は、関係記録をひるがえしてカメラのシャッターボタンを押し、編集者のもとに行き、フィルムの現像、焼付を依頼した。

翌日の夜、私は、編集者と都心にある中華料理店におもむいた。

十分ほどすると、部屋に白川氏と洋装の婦人が入ってきた。長身の美しい気品のある人で、君塚典子です、と挨拶した。

席につくと、白川氏がいつもとはちがったかたい表情で口を開き、夫人が直接私から君塚少佐の戦死の状況についてきくことを望んでいる、と言った。

夫人が、私に眼を向けた。

「この雑誌社の方からお電話をいただき、君塚の死はまちがいないと言われました時には、眼の前が真っ暗になりました。もしかすると生きているのでは、と思っておりましたので……。それからあれこれ考え、息子とも相談いたしまして、とりあえず帰国し、あなた様の御調査なされたことをおききしたいと思い、白川様にお願いいたしました」

夫人の顔は、こわばっていた。

私は、君塚少佐が重大任務をおびて南京をはなれたことから話をし、それについては白川氏も口をそえてくれた。上海から台北をへて広東にむかった「上海号」の不時着と、その後の少佐の動きについては、同行した久野元曹長の証言をつたえ、白芒花附近ではぐれた事情を説明した。

私は立ち上ると、君塚少佐とおぼしき人物が発見され、「……勇敢ニモ白刃ヲフルッテ抵抗。シカシ本隊ハコレヲ死亡セシメタ」という中国軍側の電文を解読した書類の写真を、夫人に渡した。

夫人は、一字一字眼で追い、初めから読み直すことを繰返している。

私は息苦しくなったが、再び立つと、畑俊六支那派遣軍総司令官の戦死認定書をフィルムにおさめたものを、夫人の前に置いた。

私は、徐ろにそれを手にした夫人の顔を見るのが堪えられず、視線を落した。自分のしていることが非人間的なものに思え、自己嫌悪をおぼえた。初対面の夫人に、彼女の夫の死は少しの疑いの余地もない事実だということを、証拠書類を突きつけることによって強引に納得させようとしている。感情の激した夫人が、急に写真を投げ捨てて席を立つような予感がした。

「そうですか」

深く息をつくような夫人の声がし、私は顔をあげた。

夫人は、写真を見つめている。その顔に憤りの色がみられないことに安堵した私は、途切れがちの声で、心の平静をかき乱したことを詫びた。

「お詫びなどと……。あなた様がこれほどまでにお調べくださったことに、お礼を申し上げたい気持です。君塚もきっと喜んでくれていると思います。正直のところ生きている望みを持っておりましたが、これを拝見し、君塚が死亡したことはまちがいないと知りました」

夫人は、私の顔を見つめ、丁重に頭をさげた。

編集者が立ち、料理がはこばれてきた。

静かな食事がはじまった。白川氏が君塚少佐の思い出話をし、それがわずかながらも重苦しい空気をやわらげた。

食事が終り、夫人が立ち上った。編集者が、夫人のもとに雑誌を送ることを約束した。

私と編集者は、店の外に立って、夫人と白川氏が地下鉄の駅の標識の方へ歩いて行くのを見送った。

その後も私は執筆をつづけたが、或る個所で筆をとめた。夫人には、中国人密偵が君塚少佐のものと思われる死体を目撃したことは口にしなかった。斬首され、水田に遺棄されていたことなど告げる気にはなれなかった。

私は、長い間ためらった。書くべきではないという思いと、戦争の実態を記すには勇気を持つべきで、君塚少佐もそれを望んでいるという思いが交叉した。後者の気持が私の背を押し、密偵の報告を書いた。

雑誌は毎号夫人に送られていたが、反応はなかった。私は、夫人がどのような気持でいるのか不安でならなかった。斬首されたことを知った夫人の感情の乱れが察せられ、それを書いてしまったことに後悔をおぼえていた。

夏が近づいた頃、私は連載小説の筆をおき、加筆、訂正、削除をして、その年の十一月下旬に単行本として出版された。

調査に協力をしてくれた人たちをはじめ夫人のもとにもそれを送ると、夫人から初めての手紙が来た。私は、その内容がどのようなものであるのか恐れに似たものをおぼえながら、達筆の旧仮名遣いの文字を眼で追った。

「……五日は亡夫の命日に加へて久し振りの雨に初めて心身ともに落着いた心地がいたし休養して居りました折、思ひもかけず御本が届きました。偶然とは申せ不思議な感じがいたし、感慨無量でございました」

厚く御礼を申し上げます、と結ばれていて、その文面に夫人が私に悪い感情をもっていないらしいことを知り、安堵をおぼえた。が、文中の「初めて心身ともに落着いた心地がいたし」という個所が気がかりになった。君塚少佐の命日に久しぶりの雨で落着きを得た、と解されはするが、夫人の感情がこれまで激しく乱れていたともとれる。夫の死を知らされた上に、その死が無残なものであったことに、身の置きどころのない悲しみをいだきながら日をすごしてきたのではないだろうか。その部分が活字になった雑誌を、投げ捨てるようなことをしたかも知れない。やはり書くべきではなかったのだ、と、再び悔いた。

年が明けて間もなく、近くに住むという一人の主婦から電話がかかってきた。主婦は、夫人と女学校時代の同級生で、卒業後も親しく交際をつづけ、私が君塚少佐の死について書いたことも夫人から耳にしている。電話をかけてきたのは、夫人が私に挨拶をしたいことがあるので、私の家に案内してもよいか、という。

お待ちする、と、私は答えた。

その夜、夫人が主婦にともなわれて家に訪れてきた。私は、夫人と主婦を客間に通した。

夫人は、単行本を送ってもらった礼を述べ、

「私も五十代の半ば近くになりましたので、これを最後に日本をはなれ、息子のもとへ参ります」

と、静かな口調で言った。

息子は、アメリカからカナダに転勤になり、妻と住んでいる。日本にはこれと言った身寄りもないので、息子夫婦のもとで暮す方がよいと考え、別れの挨拶をしにきたのだ、と言った。

茶菓を妻がはこんできて同席すると、夫人は、夫との見合いと結婚、夫の出征、その後の男子の出生、夫との間に交した手紙のことなどを語った。前に会った時とはちがって、夫人の表情はおだやかで、時折り頰をゆるませたりした。

夫人が腰をあげたので、主婦の家に泊るという彼女を送るため、私も外に出た。

主婦の家は、近くの小川に沿った路地の奥にあった。私は、路地の入口で挨拶をし、林の中の道を引返した。夫人が日本を去るのは、夫がもどってくることのない地にいる必要を感じなくなったからなのだ、と思った。

一カ月ほどして、カナダの息子夫婦の家に落着いた夫人から、手紙が来た。家が樹木にかこまれ、小鳥や栗鼠が多いことや気候のことなどが書かれ、末尾に近く、「君塚が死んだことをはつきり知りましたが、却つて気持が落着き、私の胸の中で君塚がいきいきと生

きはじめるのを感じてゐます」と、記されていた。

それから十五年が経過したが、夫人からは必ず年末にクリスマスカードが送られ、時には近況をつたえる手紙もくる。息子が再びカナダからアメリカに転勤になり、手紙の住所もカリフォルニア州の一都市に変った。

クリスマスカードには、中級程度の住居を背に立つ夫人と息子夫婦のカラー写真が印刷され、やがて二人の女児の孫がそれに加わるようになった。夫人は相変らず美しく、年齢より若くみえるが、やはり老いが徐々に忍び寄っているのが容姿に感じられ、それとともに幼い孫が少女になり娘になって写っている。夫人は洗礼をうけ、キリスト教関係の慈善団体の奉仕をつづけ、それを生き甲斐にしているようだった。数年前送られてきた手紙には、路上を歩いている折に、後方から自転車に乗ってきた黒人の若い男にハンドバッグを引ったくられ、転倒して傷を負い、一カ月余入院したとも書かれていた。

クリスマスカードや手紙が送られてくる度に、私は、神妙な気持になって返事を書き、時には出版された自著を送る。贖罪の念からなのだが、それに加えて外国で余生を送る一婦人に、少しでも慰めになれば、という思いも強くなってきている。

キャンディを送ってくれたことは私を当惑させたが、私のおかした罪を許してくれた証しのようにも思え、気持がわずかながらも安らいだ。

御徒町駅で降り、改札口をぬけると、広い道の歩道を歩いた。

戦前は、その附近は静かだったが、車道に信号待ちの車がつらなり、商店には客の出入りが多い。昭和通りの上方には高速道路が走っていて、交叉点のあたりは車の吐き出すガスで煙っている。

横断歩道を渡り、商店のならぶ歩道を進んだ。空は晴れ、往き交う車のフロントガラスがまばゆく光っている。傾斜した枠つきの台に小型車を並べてのせたトレーラーが、黒い煙を吐きながら過ぎていった。

歩道から左に折れ、せまい道に入った。その一郭は、空襲にも焼かれることのなかった地で、モルタルづくりの建物と建物の間に、南京下見張りの古い木造の家がはさまったりしている。

初めて知人に連れられてふぐ料理店への店をたどっていった時、一つの記憶が突然のようによみがえった。

終戦の年の暮に、私は、弟と理髪店をさがすためその一郭に足を踏み入れた。生れ育った町が空襲で焦土になり、焼跡に兄が建てたバラックに住んでいたが、そんな時代でも頭髪を刈って正月を迎えたかった。むろん理髪店などなく、日没後、焼跡をぬけて、三駅もはなれたその町の焼け残った地まで歩いて行った。

そこには理髪店があったが、どの店にも順番を待つ客が坐ったり立ったりしていたので、私は、弟と見知らぬ道をたどり、ようやく客の少い店を見出した。淡い電灯のともった侘しい店で、顎の張った無愛想な店主と、店の鏡に罅が入っていたこともおぼえている。

その店などあるはずもないのに、私は、眼で家並や左右の道をさぐっていた。

煎餅を売る店が、前方に見えてきた。焼け残った折のままの造りであるらしく、外壁の板に歳月をへた古さがしみついている。

ガラス戸をあけ、せまい土間に入って奥に声をかけた。

白髪を後ろで小さくまとめた小柄な老女が出て来て、畳の上に置物のように坐った。煎餅を焼く時間ではないらしく、奥へ通じる板戸は閉められている。

私は、壁ぎわに重ねられた紙箱の中の最も大きいものを指さし、煎餅を詰めてくれるよう頼んだ。老女が立ってそれを手に坐り、私がえらんだ煎餅をビニール袋に入れ、箱におさめる。緩慢な動作で、緑色の紙を畳の上にひろげ、包装した。

ガラス戸が背後で開き、初老の女客が私のかたわらに立った。顔見知りの客らしく、老女の顔に初めて表情らしいものが浮び、無言で頭を軽くさげた。

代金を支払い、箱を入れた紙袋を手に外に出た。煎餅はビニール袋に入れられてあるので、航空便で送れば湿気ることはないだろうが、油紙で二重に包み郵便局へ持ってゆこう、と思った。

前方に車道が近づき、車が右に左にかすめ過ぎる。道路の騒音がし、それを掻き消すように明るい音楽の旋律がきこえてきた。

道から歩道に出た私は、足をとめた。造花やモールで飾られた大型の宣伝カーがゆっくりと動き、その後からオープンカーがつづいてくる。冠をつけ、赤、青、緑などのマントを羽織った若い女たちが、車の中に二人ずつ立ち、笑顔をみせて歩道の人に手をあげている。

宣伝カーから流れ出る音楽に、両側の店や事務所から人が出てきて、女たちを笑いながら眺め、手を振る者もいる。女たちの肩からは、ミス、準ミスと書かれた幅広いたすきがかけられている。

私は、車の列を追うように歩きはじめた。

鋏

一

車がゆるい傾斜の坂をのぼり、長い橋にかかった。

座席にもたれていた手島は、温気でくもった窓ガラスを掌でぬぐい、川原を見おろした。小雨程度ではプレーをする者がいるというが、さすがに広い河川敷を利用したゴルフ場に人の姿はない。薄絹のカーテンが垂れたように、雨でかすんでいる。黒い合羽をつけた男が、釣竿を手に川岸を歩いているのがみえた。

手島は、背広の内ポケットから小さな写真を取り出した。ポロシャツ姿の痩せた少年が、家の戸口に立って写っている。十七歳だそうだが、年齢の割に背が高い。笑みをふくんだ表情は、どことなく淋しげにみえる。眉と眼との間隔がせまいところは、たしかに片桐に似ている。

かれは、写真をポケットにもどしながら、これで厄介な役目は終り、今後、片桐の妻の実家におもむくためにこの橋を渡ることはないのだ、と思った。

かれは、眼をとじた。

慣例をやぶって身許引受人になったのは、やはり好ましいことではなかった、と、悔いに似たものを感じた。引受けることさえしなければ、片桐の妻の父親に二度も会いに行く必要はなく、頭をさげたりすることもなくすんだのだ。

篤志面接委員になって二十数年が経過したが、これまで面倒なことに巻きこまれもせず仕事をつづけてこられたのは、拘置所と刑務所側でさだめた不文律ともいうべき約束事があったからであった。受刑者は、釈放された後、世話をしてくれた委員に迷惑をかけぬよう、接触してはならぬという定めであった。

釈放された者も、そのことは十分に承知しているが、稀にはなつかしさや甘えの感情から訪れてくる者もいる。手島は会うことはしても、再びやってくることのないようおだやかな口調でたしなめる。民間人からえらばれた委員は、それぞれに社会人としての仕事をもち、手島にしても息子に実務はまかせているが会社の経営を見守らなければならぬ立場にあり、それらの釈放者に一々応接する時間的余裕はない。礼状が来ても返事は書かず、物が送られてくると包みもとかず送り返す。

五年前に面接委員長に就任した手島は、拘置所と刑務所の依頼でもっぱら死刑確定者と無期刑で服役している者の世話をしている。殊に死刑確定者との接触に重点がおかれ、かれらの情緒安定をはかるため宗教家や俳人、歌人などの委員とともに、交代で面接にゆく。仏壇のおかれた部屋で会うが、時には房に入ることもある。

かれは、どうだ、元気かね、と気軽に声をかけ、手をにぎる。それがかれらには嬉しいらしく、いつまでも手をはなさない。手島は、先生または親爺さんと呼ばれていた。

手島が暇をみつけては拘置所へしばしば足をむけるのは、自分のくるのを待ちこがれているかれらの眼の輝きを見たいからであった。手をにぎったまま手島の口にする一語一語に、はい、はいと答えるかれらとすごす時間に、生き甲斐のようなものすら感じ、果物や菓子などを手に月に数度は拘置所の門をくぐる。その間に、死刑執行にも二度立ち会った。

それらの者の生い立ち、家族状況、罪の内容について拘置所側にたずねれば教えてくれるが、かれは、問わぬことを信条にしている。かれらの懺悔をきき精神的な教導をするのは宗教家の仕事で、自分はかれらと単純に人間同士として接したい、と考えていた。それには、かれらの過去を知るのはいたずらな先入観をもつことになり、ふれ合う上でさまたげになる。かれらの中には、すべてを知ってもらいたいと思う者もいて、殺害方法などについて突然口にしたりすることもあるが、手島は、

「そんなことはどうでもいいじゃないか。景気のいい話をしろや」

と、手をふり、話題を変えさせるのが常であった。

刑務所で服役している片桐についても、無期という刑量から一人以上の人間の生命をう

ばったにちがいないと察しているだけで、身の上その他をきく気もない。ただ、片桐が構内作業で得た報奨金で好んで技術書を購入しているのに気づき、それについて問うたことから、鉄道の鉄橋の設計技師であったことを知ったにすぎなかった。

かれの世話を引受けたのは三年前だが、昨年末頃から落着きを失っているのに気づくようになった。面接室で話をしていても、眼を宙にむけていたり生返事をしたりする。手島が会いに行っても、以前のように喜びの表情をみせることも少くなった。

面接委員としては見過すわけにはゆかず、それを所長につたえたかれは、仮釈放のことが片桐の気持を不安定にさせているのを知った。無期刑の収容者は、服役中に違反をおかしさえしなければ、服役後十二、三年たつと刑の執行停止による仮釈放検討の対象になる。通常は、それから三、四年経過して釈放されるが、片桐の場合はすでに十五年間をすごし、これと言った違反行為もないので、仮釈放の資格はそなえていた。

その手続きを進めるには、身許のたしかな者が引受人になることが条件とされているが、かれには該当者がいなかった。戸籍謄本にはかれの名だけが記載されていて、親類縁者との縁は断たれ、引受ける知人もいない。他の無期刑の者たちが肉親をはじめ適当な者を引受人に出所してゆくのを見てきた片桐は、かなり苛立っているらしい、という。

手島は、片桐の身の上を気の毒に思ったが、自分の役目は片桐が所内で安らかに日を送るようにさせることで、釈放されるか否かは片桐と刑務所の問題であった。かれは、深入りするのを避け、その後、片桐と面接してもそれについてはふれぬようにし、所長との間でも再び話題にすることはしなかった。

　都心のマンションに住む手島は、週末に三浦半島の高台にある別荘で妻とすごす。庭のはずれにある東屋からは海が望め、往き交う大小さまざまな船の動きをながめていると気持が安らぎ、妻は茶室で点前をするのを楽しみにしていた。

　三カ月ほど前の土曜日の朝、刑務所の所長から別荘に電話があった。折り入って頼みたいことがあるので、月曜日に会社に行くが、都合はどうかという。手島は、これと言って用事もなかったので承諾した。

　月曜日の朝、迎えの車に乗って会社に行くと、所長は刑務所の総務課長とともにすでに応接室で待っていた。

　挨拶が終ると、所長は、片桐のことですが……と言って、すぐに用件を口にした。片桐が所長に会いたいと希望しているという報告を担当の刑務官からうけたので、所長は、金曜日の罷業後に面接した。

　片桐は、仮釈放について可能性があるかをただし、所長は、資格はあるが身許引受人がいないので手続きを進めることができない事情を告げた。

　所長が言葉をきると、片桐は不意に床に膝をつき、手島に引受人になってくれるよう頼んで欲しい、と頭を何度もさげた。所長は、篤志面接委員に迷惑をかけぬために、出所者には接触を禁じているという原則があることを口にし、希望にはそえぬ、とつたえた。

片桐は、規則は十分に承知しているが、身寄りもないので頼むだけでもして欲しい、と哀願した。

所長は、片桐の願いも無理はないと考え、刑務所の幹部職員と話し合って矯正局長の意向をただした結果、特例として一応手島に頼んでみることになったという。

「二度とこのようなことはお頼みしません。片桐は出所したいの一心から考えついたのでしょうが、なんとか望みをかなえてやりたいと思いまして……」

所長は、口ごもりながら手島の表情をうかがった。

想像もしていなかった申出に、気分が重くなった。引受人になれば、当然、自分の生活圏にかれを引き入れねばならない。

会社の寮に入れて働かせることも考えられるが、隔絶した刑務所ですごした長い空白は深刻で、いちじるしく変化した社会環境になれるには多くの時間が必要だろう。従業員たちには、片桐の社会復帰に心を配ってくれるよう頼むことになるが、かれらはそれを頭では理解しても、無期刑に相当する重い罪をおかしたことを意識しないはずはなく、そのような空気の中に片桐を入れることもはばかられる。

別荘の留守番に雇うのはよいかも知れぬ、と思った。週末には、近くに住む六十年輩の女が家事をするために通ってきてくれているが、それ以外の日は無人になる。無用心といえば無用心で、片桐を住まわせ、庭の草採りや掃除をしてもらってもいい。面接委員の代表者として、所長の依頼をむげにことわることもできかねた。

「家に入れることになるわけですから、私の一存では即答できかねます。家内の気持もききませんと……」

　厄介なことになったと思いながらも、手島は答えた。

　その夜、手島が話を切り出すと、予想したとおり妻は、表情をくもらせた。面接委員の仕事は公の社会奉仕で、私生活とは一線を画すと手島が口癖のように言っている言葉をあげ、約束がちがう、と言う。

　手島は、感情が激し、

「可哀想だと思わんか。十五年以上も獄房に押しこめられていた男だ。私が断われば、なおも房の中にいなければならない。出所したいという男の気持を察しろ」

と、言った。

　妻は、少しの間、黙っていたが、

「わかりました。いいようになさって下さい」

と、少し拗ねたような眼をして答えた。

　翌朝、所長に承諾の旨をつたえると、片桐の仮出所の手続きが敏速に進められ、保護局の斡旋で保護司もきまった。その間、手島は何度かそのことで所長と話し合い、片桐にも会った。片桐は、眼に涙をうかべ、繰返し礼を言っていた。

二カ月前の小雨の降っている朝、手島は、社員の運転する車で刑務所におもむいた。

九時すぎに、整髪し髭も剃った片桐が、担当の刑務官にともなわれて所長室に入ってきた。ズボンは服役時にはいていたものらしく裾の広い古びたものだったが、黄色いジャンパーと黒い靴は新品で、風呂敷包みをかかえていた。

所長が、机の前に立って仮釈放の祝いの言葉を口にし、社会人として平穏な生活をするようにと訓示して仮釈放証書を手渡した。

手島は、片桐を連れて車に乗った。所長が庁舎の入口までついてきて、見送ってくれた。雨はやんでいた。

車は、門を出て川ぞいの道を走り、橋を渡って高速道路に入った。上り車線は渋滞していたが、下り車線はすいていてかなりの速度で進んだ。

片桐の眼には驚きの色がうかび、車窓を後方に動いてゆく高層建築を見つめたり、トンネルの側壁につらなるオレンジ色の灯を背をかがめて見上げたりしている。

手島は、あらためて十五年余の歳月の重みを感じた。刑務所の塀の内部ですごしてきた片桐の眼には、おびただしい車の数や街のたたずまいが異様なものに映り、高速道路を車でゆくのも初めての経験なのだろう。所長は、片桐が服役中作業で得た報奨の貯金が四十八万円弱だと言っていたが、金銭価値は大きく変動していて、それが決して大金ではないことを遠からず知るはずであった。手島は、片桐がどのように生きてゆくのか心もとなかった。

やがて車は高速道路からおり、信号で停止することをくり返しながら商店街をぬけ、家並の間を進んでゆく。それらの情景も珍しいはずだったが、片桐はいつの間にか窓外に眼をむけることはせず、視線を膝に落していた。

海が見え、車は、両側に樹木のつづく曲りくねった坂をのぼり、垣根にかこまれた別荘の門を入って停った。

車からおりた片桐の顔を見た手島は、

「どうしたね」

と、声をかけた。

顔が青く、唇が乾いている。眼に弱々しげな光がうかんでいた。

「少し気分が悪くなりまして……」

片桐は、額に手をおくと風呂敷包みをかかえてうずくまった。髪に白いものがまじり、細い首筋に骨が浮き出ている。

車に縁のない日を送ってきたため乗物に酔ってしまった片桐が、哀れに思えた。片桐は、しきりに額をさすり、唇をなめている。

手島は、その場に立ったままかれの姿を見下ろしていた。

その日から、片桐は、手島の別荘で寝起きするようになった。

手島は、妻が片桐にどのような態度をとるか危ぶんでいた。が、若い頃から手島を支えて多くの従業員に接することをつづけてきた妻は、片桐をいとう風は少しもみせなかった。片桐に仮釈放の身であることを意識させぬようさりげない態度で接し、遠慮なく用事を言いつける。茶箪笥の小曳出しに財布を入れ、留守をする間、集金人が来た時には支払いをすることを頼んだりしていた。片桐は、はい、はいと答えて頭をさげるが、顔は無表情に近く、なにを考えているのかわからなかった。

長い刑務所での生活が片桐にどのような影響をあたえているか、手島はひそかにうかがっていた。所内では、調理場から房にはこぶ間に食物が冷えてしまうので、出所者は熱いものを口にしたがるという。が、片桐にはそのような様子はなく、通いの女が作ったものを正坐して食べ、手島が別荘をはなれている間も、あり合わせの物で簡単な食事を作っているようだった。

しかし、刑務所での生活の習性は、そのまま尾をひいて残されていた。

片桐は、初めの頃、手島と歩く時、いつの間にか先に立って歩き、戸が近づくと体を横にずらせて足をとめ、手島があけるのを待つ。その動きをいぶかしく思ったが、所内で見なれた情景であるのに気づいた。収容者は、刑務官の前を歩くことが義務づけられ、扉の前にゆくと、刑務官がそれをあけてから中に入る。片桐の体は、無意識にそのような動き方をしているのだ。

　片桐が別荘の戸締りに神経質になっているのも、それに類したものであった。かれは、雨戸をはじめ台所、浴室、手洗いなどの窓をしらべ、錠の不備や二重錠にすることを真剣な表情で進言した。所内で盗みを常習とする収容者から手口を耳にしていたからで、それを手島は素直にきき入れ、なじみの工務店の者を呼んで指示どおりに補強させた。

　片桐は、月に二回保護司のもとに行って現在の生活状態を報告していたが、それ以外には外出せず、門の外に足をふみ出すこともしない。かれには、いつの間にか定められた空間の中に身をおくことに、安らぎを感じる意識が身についているようだった。

　半月ほど前、庭で盆栽いじりをしている手島のかたわらに、片桐が立った。手島は、なにか話したいことがあってやってきたと察し、

「なんだね」

と、盆栽に眼をむけたまま声をかけた。

「妻は、事件があって間もなく自殺しています」

片桐が、思い切ったような口調で言った。

「それが、どうしたというのだね」

　手島は、鋏の動きをとめなかった。

　片桐には事件にまつわるいまわしい過去があるはずだが、それを知ったところでどうに

もならない。からみ合った蔦のような家族関係にもふれたくはなかった。

「今まで身許引受人になってくれる身寄りはいないと言ってきましたが、実は、妻の父が生きております。私と妻の間にできた子供も、そこで養育されておりまして……」

手島は、息をついて腰をのばし、しばらくの間、黙っていた。むろん所長は、そうした事情を知っているのだろうが、義父であったその男が娘を自殺に追いやった片桐の身許引受人になるはずはなく、考慮することさえしなかったにちがいない。

「子供は男かね。それとも女か」

手島は、片桐に顔をむけることもせずにたずねた。

「男です。生れて間もなくでしたから、十七歳になっております」

手島は、かすかにうなずくと、盆栽棚のかたわらをはなれ、家の方に歩いた。片桐が、後からついてくる。

縁側に腰をおろした手島は、鋏を置き、庭の奥に眼をむけた。

「そんなことを今になって話してどうなるというのだね」

かれは、素気ない口調で言った。

片桐が顔を伏せ、

「いつまでも先生のところに御厄介になっているわけにもゆきませんし……。妻の父は私の上司で、心の温かい方です。身許引受人になってくれるのではないかと思うようになりまして……」

　と、低い声で言った。

「それは無理だろう」

　手島は、すぐに答えた。四十歳を越えているのに稚い男だ、と思った。義父にしてみれば、自分の娘の生命をうばったに等しい片桐に激しい憎しみをいだいているはずで、身許を引受けるなど論外であろう。

　かれは、片桐に眼をむけた。収容されていた時とはちがって、庭で掃除をしたりなどしているので顔の皮膚は浅黒く、肉づきもよくなっている。このまま老いるまで留守番をさせるのは気の毒で、なにか生きる手だてを探してやりたかったが、それも成行きにまかせるべきだ、と思った。

「いろいろ考えることもあるだろうが、まだ出所したばかりではないか。先行きのことはのんびりときめればいい。私の所にいるのを遠慮などする必要はない」

　かれは立ち上ると、庭下駄をぬいで縁側にあがった。

　片桐は、無言で立っていた。

　次の週末に妻と別荘に行った手島は、出迎えた片桐が思いつめたような眼をしているのに気づいた。

　手島は、素知らぬ風をよそおって、いつものように通いの女が立ててくれた風呂に入り、和服に着替えて居間の縁側に腰をおろした。庭の緑は濃さを増し、鉢から土に移した鉄線の白い花が咲いている。かれは、ライターで煙草に火をつけた。

襖が静かにひらく音がし、顔をむけると、白いシャツを着た片桐が廊下に正坐していた。

「いつまでもこちらにお世話になっているわけにもゆきませんし……」

手島は、片桐が義父のことについて考え、自分がくるのを待っていたのを感じた。

「そのことは、遠慮しないでいいと言っただろう」

手島は、庭に視線をもどした。

「私は、妻の父に見こまれて妻と結婚したのです。過去のことをわびさえすれば、引受人になってくれるような気がします。私のことは気に入ってくれていたのです」

それは事件以前のことだ、と言ってやりたかったが、片桐を刺戟することになると考え、口をつぐんでいた。片桐は、罪をおかさぬ前から単純な考え方しかできない男だったのか、それとも長い拘禁生活で人の気持を推しはかる能力を失ってしまったのか。

「それほどに思うなら、手紙を出して頼んでみたらどうだね」

手島は、煩わしくなった。

「それも考えましたが、私よりも先生に言っていただいた方がいいように思います。妻の父は七十二歳で、先生とほとんど変りのない年齢です。気持が優しく人の面倒をよくみる仏様のような人柄で、社会的地位のある先生が頼んで下されば、引受けてくれるのではないか……と」

「私がかね」

手島は、苦笑した。

服役中、片桐は、衣食を刑務所から支給され、定期的な健康診断もうけ、受動的な生活になじんできた。面接委員もかれの相談相手になり、希望する食物その他を許される範囲内であたえた。引受人になった自分が、義父と交渉してくれるのも当然のことと考えているのかも知れなかった。

義父と子が健在なのを、片桐はなぜ知っているのだろう、と思った。文通などしているはずはなく、おそらく家族調査を怠らぬ刑務所の職員からきいたにちがいない。

かれは、鉄線の花に視線をのばした。

妻は、苦情めいたことは一切言わぬが、片桐を別荘においておくのを快く思っていないことはあきらかだった。また片桐の将来を考えても、いつまでも別荘にとどめておくのは好ましくない。髪が伸びたので理髪店に行くようすすめたが、外に出るのが不安らしく、鋏で髪の先を切ったりしてすませている。別荘は、身をおくことになれた刑務所の延長のような場所でもあるのだろうか。

一日も早く社会の空気になじみ、自分の生きる道を見出すのが望ましい。もしも義父が、片桐の言うように引受人になってくれたとしたら、かれの世界は大きなひろがりをもつ。

確率はほとんど期待できないが、一応あたってみるべきかも知れない、と思った。

「世の中というものは、思いどおりにゆきはしないのだ。しかし、そのひとがただ一人の身寄りというのなら、話すだけはしてみよう。と言っても、決してあてにしてはいけない。いいな」

手島は、きつい口調で言った。

片桐は、両手をつき、頭を深くさげた。

車が橋を渡り、坂をくだると古い家並の間の道に入った。

宿場町であったらしく、白壁に黒い瓦屋根のがっしりした家が、新しいつくりの家々の間にはさまり、壁のはげ落ちた土蔵もみえる。せまい道に車がつらなり、動くかと思うとすぐにとまる。ようやく信号のある角を左折し、広い道に出て、車は速度をあげた。

手島は、片桐の妻の父の顔を思いうかべた。

三日前に車で探しあてたその家は、駅からかなりはなれた畠や空地の所々にみられる地にあった。こぢんまりした家で、せまい庭の半ば近くが畠になっていて野菜が栽培され、家の後ろは大きな農家の敷地らしく、生い繁った孟宗竹がゆらいでいた。

片桐が仏様のような人だと言っていたが、玄関に顔をみせた義父は、白髪のおだやかな眼をした、年金ででも暮している ような感じの長身の男であった。しかし、名刺を出した手島が、用件を口にすると、男の顔から急に血の色がひき、眼に憤りと恐れの光がうかんだ。

「そんな男は知りません。なにもききたくありませんから、お帰り下さい」

男は、ふるえをおびた声で言うと、障子を荒々しくしめた。

玄関のたたきに立っていた手島は、障子の向う側に男が坐ったままでいる気配を感じ、長い刑期を終えた片桐は罪を十分につぐなったのだから温かくうけ入れてやるのが自分たちの務めではないか、と説いた。しかし、男の返事はなく、その場で少しの間立っていた手島は、玄関の外に出た。

別荘にもどって経過をつたえると、片桐は落胆し、頭をたれた。

手島は、

「このままではひかんよ。物事、一度で成るものではない。また行ってみる」

と、言った。

かれは、腹立たしさを感じていた。娘を失った男の気持は十分に理解できるが、訪れていった自分の話もきかず障子をしめた態度は、礼を失している、と思った。篤志面接委員であるとは言え、本質的には片桐と縁もゆかりもないのに妻の反対をしりぞけてまで身柄を引きとっている。それについて、礼の一つも言ってもいいではないか、と思った。

かれは、その日、マンションに車を迎えにこさせると再び片桐の義父の家にむかった。

家につく少し前から雨が落ちてきていた。

玄関のたたきに立った彼は、男と向き合った。男は、障子をしめることはせず、視線を落して坐っていた。

話しはじめた手島は、地肌のすけてみえる白髪の男の姿を見つめているうちに、憤りはもとより説得しようとする気持もうすらぐのを感じていた。

男の娘は、事件の衝撃で自ら命を断ったにちがいなく、男は、周囲の者の冷たい視線にさらされながら幼い孫をかかえて息をひそめるように日をすごしてきたのだろう。長い歳月が経過し、人の話題になることも少くなり、孫も成長してようやくおだやかな生活をすることができるようになっている。そこに突然、自分が訪れてきて片桐の仮釈放を告げ、引受人になって欲しいと頼んでいる。もしも男が片桐を引受ければ、事件当時のことが土地の者たちの間でむしかえされ、平穏は再び激しくかき乱されるだろう。

片桐の子は、母の自殺と事件のことをいつの間にか知るようになっているにちがいないが、祖父との間では互いにふれぬようにしているはずだった。多感な年齢だけに、もしも片桐が眼の前に現われれば、精神的な動揺は大きく、好ましくない行動に走ることも十分に予想される。手島は、男をそのような窮地におとしいれるのは酷だ、と思った。

かれは、言葉を切り、しばらくの間黙っていた。

「お立場はよくわかっているのです。片桐にもよく言いきかせましょう。私も、これきり参りません。ただ、一つお願いしたいことがあります。片桐の親としての気持を哀れと思い、お孫さんの写真を一枚いただけませんでしょうか。片桐もそれを手にすれば、気持が安らぐと思います」

手島の眼に、わずかに涙がうかんだ。

男は、身じろぎもせず坐っている。雨音がするだけの静寂がひろがっていた。

やがて男が立つと、家の奥に入り、すぐにもどってきて黙ったまま写真をさし出した。手島は、それを押しいただくように受け取り、男に頭をさげて玄関の外に出た。

「会社でよろしゅうございますね」

運転手が、前方に眼をむけたまま念を押すようにたずねた。

「そうしてくれ。それから別荘へ行く」

手島は、内ポケットの写真を意識しながら答えた。

面接委員になって以来、受刑者から頼まれたことは少しでも早くその結果をつたえねばならぬことを知るようになった。受刑者は、そのことのみを考えて時間をすごしている。片桐にはまだ受刑者の意識がそのまま残っていて、義父のもとに再び行った手島からの話を待ちかねているはずで、別荘へゆくのは明朝の予定だが、今日のうちに交渉の内容をつたえ、写真を手渡してやりたかった。

車が料金所をぬけて高速道路にあがった。雨がやみ、雲の一部が切れて、遠くみえるデパートらしい建物とその周辺に陽光がさして明るんでいる。

かれは少し窓をあけ、シートに背をもたせた。

二

その夜、手島は別荘の居間で、経理課長から渡された前月の会社の決算書に眼を通した。

売上げは中元の時期をひかえているので急上昇し、前年同月にくらべてかなりの増加をしめしている。息子は、昨年初めから四国地方に新たな支店を設ける計画を立て、金融機関の協力も得て市場調査をくり返し、十分に採算がとれると言っている。手島は、終始、経営は石橋をたたいても渡らぬ程の慎重さを必要とする、と息子に強く説いているが、順調な経理状況と扱い品目の食料品卸し販売の先行きが明るいことから考え、秋頃には具体的に支店新設の検討をしてもよいかも知れぬ、と思った。

廊下で声がし、襖がひらいた。手島は、決算書から視線をはなし、廊下に坐っている片桐に眼をむけ、

「なんだね」

と、言った。

「今日は、御足労をおかけしました上に成長した息子の写真までいただきまして、ありがとうございました」

片桐は、頭をさげた。

「剣もほろろというところだった。まあ、仕方がない。写真をくれただけでもありがたいと思わなくてはな。もう、あの人のことは考えるな。迷惑をかけてはいけない」

手島は、さとした。

はい、と言って、片桐はうなずいた。

手島は、机の上に視線をもどしたが、片桐があらためて礼を述べにきただけではないのを感じ、再び首をまげてかれをながめた。

片桐は視線を落して黙っていたが、顔をあげると、

「今頃になりまして、こんなことを申し上げるのも気がひけますが、私には母がおります」

と、言った。

「母親？」

手島は、思いがけぬ言葉に甲高い声をあげた。

「はい、六十四歳で、元気でおります」

片桐が、再び顔を伏せた。

「戸籍には、お前一人しか記載されていないときいていたが……」

「たしかに私一人です。母は、事件後二年ほどしてから父と離婚して籍をはなれ、その後、

再婚して福島に住んでおります。私の父は一人でおりましたが、十年前に交通事故で死にました」

片桐は、抑揚の乏しい声で言った。

手島は、片桐の顔を見つめた。身寄りのない孤独な身の上だと言っていたのに、義父と子がいるし、さらに母も健在だという。刑務所では、母が除籍されているので追跡調査をしなかったのだろうか。

「それで、どうだと言うんだね」

手島は、気分を損ねていた。神妙な態度をとりつづけている片桐が、そのような係累があることを素振りにもみせなかったことに、裏切られたような思いであった。

「私としましては、いつまでもこちらにお世話になりますのも……」

「そんなことはどうでもいい。まさか、母親に身許引受人になってもらいたいとでもいうんじゃないだろうな」

手島は、口早に言った。

片桐は、絶句したように口をつぐんだ。

「それは無理だ。再婚している夫に遠慮があるし、引受人になってくれるはずがない」

手島は顔をしかめた。片桐が幼児のように思え、言葉を交すのも愚かしかった。

「それが、相手の人は三年前に病気で死んだそうです」

片桐が、口ごもりながら答えた。

手島は、肩すかしをくらわされたような感じがし、思わず笑いをもらした。が、すぐに顔から笑いの表情を消すと、

「どうしてそんなことまで知っているんだね」

と、たずねた。

「電話で母が言っておりました」

「電話？」

「申訳ありません。二度、電話を使わせていただきました。電話代はお支払いいたします」

片桐は、殊勝な表情で言った。

手島は、片桐の顔を見つめた。

片桐が稚いとばかり思っていたが、その裏にはしたたかなものをひそませている。義父が引受人になるなど初めからあり得ないと考え、予想したとおり拒否されたことを知ると、ひそかに母親に連絡をとっている。身寄りが皆無だと憐れみをこうて自分に引受人になってもらったのは、一日も早く出所するための方便で、腰を落着けてから義父と母への接触を試みようとしたのだろう。むろんそれは刑務所にいた時から考え、企てていたものにちがいなく、手島は利用されていたのを知った。

「すると、再婚相手も死んでいるから、母親が引受けてくれるというのだな」

手島は、どうにでも勝手にすればいい、と思った。

「考えさせて欲しい、と言っていました。再婚した人には男の子が一人いまして、今、三十二歳になっているそうです。一緒に暮しているので、そのひとの諒解を得る必要があるというのです」

片桐の顔に、不安の色がうかび出ていた。

「それで、私にどうしてもらいたいというのだね」

手島は、身がまえるような気持であった。

「母を説得していただきたいのです。行っていただければこれに越したことはありませんが、遠いことでもありますし、電話ででも結構です」

片桐の眼が、光っていた。

「それは遠慮するよ。私の出る幕じゃない。母と子の間ではないか。二人で話し合えば結論は出る。そうだろう？」

「そうでしょうか」

「私のことなどあてにしたりせず、自分でやってみるのだ」

手島は、これ以上利用されてはたまらぬ、と思った。

片桐は、思案するような眼をして黙っていたが、

「そうですか。それではやれるだけやってみます」

と言って、頭をさげ、立ち上った。

手島は、かれが廊下に出るのを見送った。

三日後の月曜日に手島は車で別荘をはなれ、妻をマンションの前でおろして会社に行った。営業部の事務室では、社員が電話で応対する声がしきりで、通路を歩く者たちもせわしそうだった。

かれは、最上階にある自分の部屋に入ってソファーに坐り、いつものように女子社員の出してくれたコーヒーを飲んだ。やがて来客があり、業界紙の記者が夏から秋の商況見通しの取材に訪れて、写真をとったりした。

午後おそく、同業者の新社屋完成のパーティーがあって出席し、指名されて来賓としての祝辞を述べた。

かれは、会場で人と挨拶を交しながらも片桐のことが気になっていた。片桐は、昨日、福島に電話をかけて長話をしていたが、思わしい結果は得られなかったらしく、暗い眼をし口数も少かった。母親は、後妻の身として片桐を家に入れることは出来にくいはずで、まして死んだ夫の実子がいては不可能にちがいなかった。片桐には義父も実の母もいるが、かれをうけ入れてくれる存在ではなく、実質的には身寄りがないに等しい。

手島は、今後もかれを別荘においておく以外にない、と思った。苛立っていた感情がしずまっているのを感じていた。

夕方、マンションにもどると、妻が、少し前、片桐から電話があったことを告げた。

手島は、着替えを終えると、別荘の電話番号をまわした。

しばらくコール音がつづいてから受話器をとる音がし、片桐の声がきこえた。

「母が引受けてくれました。母がいちぶしじゅうを話しましたら、義弟が得心してくれたそうです。母は泣いていました。弟の恩を一生忘れてはならぬと……。明後日、弟が迎えに来てくれます」

片桐は、泣いているのか声がとぎれた。

「それはよかった。早速、福島へ移る手続きをとってもらえるよう頼んでみる」

予想外の話に、手島の声はうわずっていた。片桐の手を強くにぎりしめてやりたいような気持であった。

受話器をおいた手島は、少しの間その場に立っていた。母親と共に暮すようになれば、心情的にも安定し、適当な仕事を探し出して社会人としての自立もできるようになるだろう。刑務所長をはじめ職員たちも喜んでくれるにちがいなかった。

食堂に行き、食卓に食器を並べている妻に、電話の内容をつたえた。

「お母さんがいたんですか。それならそこに引取ってもらうのが自然ですよ」

妻は、安堵したらしい口調で言うと、台所に入っていった。

かれは、食堂の椅子に腰をおろした。

義弟が迎えにくる明後日までに片桐の移動の手続きをすませるのは、余りにもあわただしい。少くとも一週間程度の時間的な余裕が欲しいが、延期させると受入れを承諾した弟が心変りしてこじれることも予想され、なんとしてでも希望どおりにしてやらねばならぬ、と思った。

かれは立ち上ると、再び受話器をとり、刑務所長の官舎に電話をかけた。幸い所長は帰宅していて、片桐に実の母が現われたことに驚きながらも、保護観察所長に連絡をとり、手続きを急いでもらうよう頼んでみる、と言った。手島は、努力して欲しいとくり返し頼み、電話を切った。

翌朝、手島は、会社の運転手に別荘へ車をまわして片桐を乗せ、観察所へ連れてくるよう命じ、自らはタクシーで観察所におもむき、片桐と落ち合った。

刑務所長から連絡をうけていた所長は、すべてを諒承していて、手続きの書類をととのえて待っていた。そして、福島市の観察所に電話で連絡をとり、諒解も得てくれた。

手島は、保管してあった身許引受人としての書類を所長に返却し、片桐とともに礼を言った。

観察所を出た手島は、

「福島に落着いたら、お母さんと早めに観察所へ挨拶に行くように。保護司さんもきめてくれたそうだから、月二回、その方に生活状態を報告するのだ。いいな」

と、言った。

片桐は、別人のように明るい眼をして何度も頭をさげ、車に乗って去った。

次の日、手島は、年一回の定期検診でかかりつけの病院へ行き、胃、肺のX線透視、血液、尿の採取、血圧、心電図の測定をしてもらった。血圧がやや高目である以外に、これと言った異常はないらしく、その足で会社に出た。

しかし、検査をうけたことでさすがに疲れ、いつもより早めに会社を出るとマンションにもどった。

ドアをあけ、居間に入ると、妻が、

「一時間ほど前に、片桐さんが弟さんの車に乗って挨拶に来ましたよ。嬉しそうに何度も頭をさげ、あなたにくれぐれもよろしく伝えて欲しい、と言っていました」

と、言った。

「弟が迎えに来たか。どんな男だった」

手島は不安を感じ、妻の表情をうかがった。

「名刺を置いてゆきましたが、お勤めをしているんですね。よさそうな人でしたよ」

妻が、茶簞笥の上におかれた名刺を持ってきた。

小規模らしい塗装会社の名と、現場主任という肩書が印刷されていた。

手島は、障子をあけ、窓ガラス越しにみえる街を見下ろした。空にはかすかに明るみが残っているが、街はすでに夜の色につつまれ、ビルに灯がつらなり、おびただしいネオンの色も冴えてみえる。

妻が茶をいれて、部屋に入ってきた。

「どうでした、検査の結果は？」

妻が、テーブルのかたわらに坐った。

「詳しいことは来週わかるが、異常はなさそうだ」

かれは、街に眼をむけながら答えた。社員たちは、歩くのが速いと言って驚くが、まだ十年やそこらは健康を維持して生きてゆけそうな気がする。

「お常さんが不思議がっていましたよ」

妻が、別荘の家事をしてくれる女の名を口にした。

「なにを？」

かれは坐り、茶碗を手にした。

「片桐さんは、野菜などを刻んだりするのに庖丁を決して手にせず、キッチン鋏を使っていたそうですよ。なぜでしょう、と不審そうな顔をしてきかれ、返事のしようもなく困りました。庖丁が、あの人の過去の思い出とつながっているからなんでしょうね」

妻の視線が、自分の横顔に据えられているのを意識した。

「そんなことは知らんよ。私はなにも知らないし、知りたくもない」

かれは、無性に腹立たしくなって声をあげた。

妻は、口をつぐんだ。

かれは茶をふくみ、窓の方に眼をむけた。夜空に淡い星の光が散り、ヘリコプターが飛んでいるのか、赤い点状の光が動いている。

かれは、うつろな眼で、その光が高層ビルのかげにかくれてゆくのをながめていた。

月下美人

一

郵便物の中に、茶色い封筒がまじっていた。差出人は未知の人であった。

封を切ると、ガリ版刷りの藁半紙が出てきた。新たに出版された単行本の出版記念会の案内状で、著者菊川三郎をはげましたいので出席して欲しいと記されている。会のもよおされる日時は、六日後の日曜日の午後六時半からであった。

その単行本は新聞社の編集局から出版され、半月ほど前に菊川の署名つきで送られてきていた。著者と言っても、主として北海道在住の民衆史研究家が菊川の口にする回想を記述したもので、菊川は共著者になっている。出版後、新聞、雑誌の書評欄に好意にみちた紹介がされ、殊に菊川が自らの過去を大胆に告白したことに讃辞を惜しまぬ、といった趣旨のものが多かった。

私は、正月が明けた頃から風邪にとりつかれ、三月中旬に発熱を押して渡米したことが影響して帰国後も体調がすぐれず、それは夏が過ぎても変らない。精密検査を受けて異常がないと診断されたが、外出は出来るだけ避け、夜はほとんど家から出ることはなかった。が、私は、菊川の出版記念会には出たかったし、出なければならぬ、とも思った。

かれと知り合ってから十年足らずにしかならないが、私は、かれとその家族に一種の罪をおかしているような意識をいだきつづけてきた。すべては、私がかれの前に不意に姿を現わしたことからはじまったことで、つつましい生き方をしていたかれが、停止していた機械が突然唸りをあげて動き出したような激しい動き方をしめし、それによってかれの家庭も大きく揺れ動き、それは今もってやむことはない。つまり、私が出版記念会に出席しなければならぬと考えたのは、かれとかれの家族に対する贖罪の気持からであった。

私は、菊川宛に出席の旨を電話でつたえようと思ったが、公の意味をもつ集いであるので差出人である会の世話人に返事を書くべきであると思い直し、筆をとった。文面は通常の出席通知の域を越えた感情のこめられたものになり、必ず出席させていただきます、と、末尾に重ねて書いた。

二

私が初めて菊川に会ったのは、私の留守にかかってきた或る男からの電話がきっかけであった。外出先から帰宅した私は、妻のメモしてくれた紙片を手にした。

そこには、昭和十八年初冬、反戦組織の一員であった霞ヶ浦海軍航空隊の若い整備兵が軍用機を爆破、捕えられた後、脱走したことが記されていた。それにつづいて、最近、偶然にもその元整備兵を見かけたのでひそかに勤務先を探り出したが、関心があるなら会ってみてはどうか、と指示していた。電話をかけてきた男は、旧海軍の法務関係にぞくし、事件関係書類を眼にしたことがあると言い、Yという姓だけを告げて電話を切ったという。

私は、その姓に記憶はなく、試みに書架にある海軍法務関係者の名簿を繰ってみた。が、Y姓の者は見あたらず、念のため関係者の一人に電話でただしてみたが結果は同じで、男が偽称して電話をかけてきたことを知った。

その後、男から電話はなく、私はメモを放置していたが、日がたつにつれて落着かなくなった。男は、元整備兵が昭和十九年二月に逮捕され五月に脱走したと言ったというが、年月をつたえてきたことに事実らしい感じがあった。もしも男の言葉どおりであるなら、元整備兵は戦時下に極刑に相当する罪を犯し、脱走に成功して現在でも生きていることになる。私は、元整備兵が戦時を、そして終戦後二十余年をどのように生きたかを知りたいような気にもなった。

一カ月ほどした頃、私は、メモに記された元整備兵の勤務しているという東京郊外の市役所に電話をかけてみた。Yと称する男が偽名であったことから考えても元整備兵が実在してはいないだろうという気安さが、ためらいもなく私に受話器をとらせたのだ。

女の交換手が出て、私が菊川の名を告げると、交換手の声の代りに呼出し待ちの音楽の旋律が流れてきた。私は、女のさりげない応答に、菊川という男がYの指摘どおり市役所内に実在しているらしいことを知り、うろたえた。

音楽が中断し、少し東北訛りのある屈託のない男の声がきこえてきた。

私は、自分の姓名と職業を告げ、メモの内容を口にした。男の声が絶え、もしもしと言うと、はいという声がする。その声はかき消えるように低く、男が受話器を手に身じろぎもせずにいる気配が感じられた。

私は、当惑した。はい、という男の言葉のひびきに、かれが過去の発覚をおそれて日を過していることが知れた。ようやく安息を得るようになっていたはずのかれは、私からの電話で過去を知る者がいることに気づき、恐怖を感じているにちがいなかった。

私は、出来ればあなたの体験をきかせてもらいたいと思ったが、御迷惑らしいので断念する、と言った。さらに、再び電話はしないが、もしも話してもよいという気持になったら連絡して欲しい、とつたえ、家の電話番号を教えた。

受話器を置いた私は、重苦しい気分になっていた。元整備兵がYと称する男の指示したとおりの市役所に実在していたことに驚きを感じると同時に、自分の行為が一人の未知の男を激しくおびえさせる結果になったことを悔いていた。おそらく菊川という男は、私からの電話で仕事も手につかず、眠れぬ夜を過すにちがいなかった。

私の電話はあきらかにかれに動揺をあたえたらしいが、私はまだかれの過去を知ったわけではなく、元整備兵であるという証拠も得ていなかった。それをたしかめるため、厚生省恩給局に勤務する人に電話をかけ、菊川の軍籍について調べて欲しいと依頼した。その部門では軍人恩給業務の必要から旧陸海軍人の資料が整理、保管されていて、戦時を背景とした小説を書く折にしばしば訪れていたので親しくなった局員がいたのだ。

局員は承諾し電話を切ったが、一時間ほどすると電話をかけてきた。菊川は大正十四年十月生れで、昭和十六年六月に横須賀海兵団に入団、同年十二月に海軍少年飛行整備兵として霞ヶ浦航空隊に配属になった。兵籍番号は横志整九〇一一。隊の性格上朱の文字で戦死と書かれている者が多いが、かれの欄には逃亡という文字が記入されているという。私は、礼を言って受話器を置いた。

はい、という男の低い声がよみがえった。Yという男が口にしたことは事実らしいと思うとともに、菊川の年齢が想像よりも若いことが意外だった。大正十四年生れというと、脱走したのは十八か九歳ということになる。一年七カ月年下の私は、かれに親近感に似たものをおぼえ、弱年のかれにとって戦時という時間がどのようなものであったかを知りたい気持がつのった。

私は、かれからの電話を待ったが、望みがほとんどないことを知っていた。現在も逃亡兵としての意識をもちつづけているらしいかれが、一度電話をかけただけの私に、すすんで自らの過去を話すことなど考えられない。かれに再び電話はしないと約束しただけに、私の方から連絡をすることもできなかった。

私は諦めていたが、思いがけず望みがかなえられた。

四日後の朝、家に電話がかかってきて、受話器をとると、菊川です、という声がきこえた。相変らず低い声であったが、話したいから午後七時に家へ来てくれと言い、住所を口にした。電話があってから悩みぬいたが、思い切って話をした方がいいと考えたのだ、と、かれは言った。その声には、意外にも私にすがるような哀願のひびきがあった。

その日の夕方、私は郊外にむかう電車に乗り、さらに支線に乗りかえて侘しい駅に降りた。晩秋らしく、空気は冷えていた。

かれが住んでいたのは、公営団地内にある棟割りの二階家型式になっている住居だった。ドアのかたわらにあるベルを押すと、薄茶色の長袖のワイシャツを着た男がドアをあけてくれた。私は、男の後について軋み音を立てる狭い階段をあがった。

私は、四畳半の部屋で男と向き合って坐った。かれから渡された名刺には、市役所の建設課で現場主任をしているという肩書が印刷されていた。壁を背に置かれた二つの本棚には書籍が並び、その部屋がかれの私室であることをしめしていた。

かれは、電話の声から想像していたのとはちがって、頤が張り骨格も逞しい。髪は黒く艶があり、生え際から密生していた。

菊川は刺すような眼を向け、あらためて私がどのような経過で自分の過去を知ったかを問い、私はYという男からの電話の内容を詳細に口にした。かれは首をかしげ、その姓の男に記憶はないと言った。

私は、ノートを開き、かれの出生地を問うことからはじめた。

かれは、福島県の貧しい農家に生れ、尋常高等小学校を卒業後、海軍少年航空兵を志願して横須賀第一海兵団に入団した。が、そこまで言うと口をつぐみ、私を見つめた。

「今まで誰にも話したことはないんです。家内にも……」

かれの眼の光が、さらに鋭さを増した。その眼には、過去を知られたことによって話さなければならなくなった私に対する憤りと、憎しみの色が浮び出ていた。

かれは、抑揚の乏しい声で話しはじめ、私はノートに万年筆を走らせた。

階段に足音がし、かれは口をつぐんだ。面長の女が、茶と菓子を盆にのせて部屋に入ってきた。かれは、妻だと言い、私を戦時中お世話になった方だ、と女に紹介した。

私は、途惑いながら彼の妻に挨拶した。女は、階段をおりていった。

かれは、再び口を開いた。私は、メモをとることに専念した。

かれの回想からは、奇異な世界がひらけていた。奇異とは言っても、それは戦時下の日常的な匂いが濃くたちこめたもので、少年であった私の接していた時間が鮮やかによみがえってくる。かれが自転車で逃亡途中に渡ったという橋は、私も知っていた。古釘の頭が浮き出た木の欄干の朽ちかけた粗い肌の感触も思い起される。馬糞が土埃（つちぼこり）とともに舞いあがっていた道、鉄工所の前を通る時に鼻をかすめる鉄錆のにおいなどが、かれの話の背景として浮びあがる。

かれの記憶は驚くほど克明で、日時、天候、地名、人名などが淀みなく口から流れ出る。長い間の沈黙が破れ、それが一時に堰（せき）をきったように、かれは自分の言葉がもどかしそうにしばしば坐り直しては話す。その間、かれの視線は、険しく私に据えられたままであった。

部屋に置かれた時計の針が、十時過ぎをしめしていた。私が後日、話のつづきをきかせて欲しいと頼むと、かれは無言でうなずいた。

私は、ノートを閉じ、腰をあげた。

かれの家を出て団地の中の道を歩きながら、私は、かれの回想から一人の若い男の像が鮮明に浮びあがってくるのを感じ、近日中に回想の後半をどうしてもきき出したいと思った。私は、森閑とした道をバスの停留所の方へ歩いていった。

翌早朝、私は妻に起された。菊川という人から電話がかかってきていると言われ、床をはなれると階下におりて受話器をとった。菊川は、今夜、話のつづきをしたいから家に来て欲しい、と口早に言った。いったん沈黙を破ったかれは、話したい衝動を抑えることができなくなったらしく、その声には苛立ったひびきがあった。私は、喜んでうかがうと答えた。

その夜、私は、前夜と同じ時刻にかれの家を訪れた。話を正確にきくためにテープレコーダーを携えていったが、録音してもよいかとためらいがちにたずねると、かれはあっさりと承諾した。私はセットし、ノートもひらいた。

かれは話しはじめたが、前夜と異なって話し方は熱をおび、しばしば声が甲高くなった。私と接することになれたらしく、かれの眼は時折りやわらいだ。かれは、かすかに笑うこともし、私も口もとをゆるめた。茶が冷えるからと言って、私に飲むことをすすめたりした。

二時間用のテープを二本目に替えた頃、かれの回想は終っていた。

私は、かれに反戦組織と関係があったかを問うた。

「反戦？　そんな大それたもんじゃありません。そんなもの知りませんよ」

かれは、苦笑した。

私は、その答えに満足した。たしかに戦時中、それに類した小集団が存在していたのを耳にしたことはあるが、それは反戦というよりは厭戦とでも言うべきもので、軍用機爆破などという具体的な行動をとったとは思えない。かれは成行き上そうなっただけのことだ、と言ったが、かれの回想をきいた私はそれが正直な答えだ、と思った。

「小説に書かせていただくかも知れませんがいいですか。むろん、あなたの名前は変えますが……」

私が言うと、かれは、少し顔をこわばらせたが、かすかにうなずいた。

当然、私に体験を話せば、そのまま小説の素材にされることを知っていたはずだが、かれの顔には過去を打明けたことを悔いているような色が漂い出ていた。

帰りの電車は乗客もほとんどなく、隣の車輛で酔った男が流行歌をうたっているのがきこえるだけだった。私は、ノートとテープレコーダーを入れたボストンバッグをかかえて眼を閉じた。

菊川の話は、昭和十八年の晩秋からはじまっていた。

その日は日曜日で、かれは川崎市に住む知人の家を訪れ、夕食を供されて時間を過し、上野駅に引返したときには霞ヶ浦航空隊のある土浦方面に行く最終列車が発車した直後であった。かれは、顔色を変えた。明早朝の定刻までに営門をくぐらなければ、苛酷きわまりない制裁が加えられる。

かれは、狂ったように駅の構内を走りまわり、途方にくれて駅前広場に出た。一人の男が、声をかけてきた。男は山田と名乗り、トラックで土浦方面に帰るところなので乗せて行ってやると言った。菊川は喜び、トラックの助手席に乗って土浦まで行き、翌早朝、無事に帰隊することができた。

山田は日曜日に面会にくるようになり、裏口営業の大衆料理店に誘って天どんを食べさせてくれたりした。そのうちに、山田は突然、隊内から落下傘を持出し、四、五日貸して欲しい、と言った。繊維業を営む知人が落下傘を海軍に売込むことをくわだてていて、現在使用されている落下傘を参考に見てみたいという。むろん、菊川はためらったが、トラックで土浦まで送ってくれ、その後も親身にもてなしてくれる山田の依頼を拒みきれず、指定された夜、格納庫から落下傘を持出し、飛行場のはずれで山田に渡した。

その後、落下傘の紛失があきらかになり、きびしい調査がすすめられ、要具係のかれは発覚の危険を感じ、山田に訴えた。山田は、格納庫内の軍用機を爆破すれば落下傘も吹きとび員数も不明になって調査も打ち切られる、と言った。死刑をまぬがれるためには爆破以外にないという山田の言葉に、かれは山田から手渡された時限爆弾を機内に突き入れた。装置は作動し、九七式艦上攻撃機カ５０２号機は爆破して炎上した。

菊川は、不審者として禁固室に投じられ、きびしい取調べを受けた。が、五月上旬の夜、厠(かわや)に行った折に釘で両手錠をはずし、付添ってきた番兵の顔に投げつけて逃走した。捕われればむろん銃殺刑で、かれは死の恐怖におののきながら逃亡をつづける。東京都内では伊藤と名をいつわって運送店の馬車曳きをし、さらに北海道へのがれてタコ部屋に身をひそめた。

タコ部屋の生活は陰惨で、かれは残忍な制裁と苛酷な労働に身の危険を感じて脱走し、他の飯場に移った。その飯場では、かれは親方の信頼を得て棒頭となり、労務者に制裁を加え、逃走者を追う身になった。

やがて終戦を迎え、連合国軍総司令部の命令で政治犯が釈放されたことを知り、連合国軍に保護をもとめた。かれは、アメリカ陸軍情報部旭川分遣隊で情報部将校の調査を受けたが、その折に初めて山田という男がアメリカ側の諜報機関員であったことを知った。その後五年間、かれは、情報部の指示にしたがって情報収集活動をつづけ、ようやく故郷へ帰ったという。

私は、電車の座席にもたれながら菊川の回想をたどった。かれが少しも山田という男に疑念をいだかなかったことから思いがけぬ道をたどるようになったのだが、家庭環境に恵まれず愛情を受けることの少かったかれが、親しく接してくれた山田の意のままになったのも無理はない、と思った。脱走後、山田に再び会いたいと願って上野駅周辺をひそかに歩きまわったという話にも、それが端的にあらわれている。もしも私がかれの立場にあったら、かれと同じような行動をとったかも知れない。

私は、かれを主人公に小説を書きたい気持が強く根を張りはじめているのを意識した。かれを書くことは、戦時下の自分をあらためて顧みることにもつながる、と思った。

翌朝、かれから電話があった。妻にきかれると困るので公衆電話からかけている、と前置きし、

「昨夜は、久しぶりに熟睡しました。すべてお話ししたので気分が晴れましたよ。話してよかったと思っています」

と、言った。

私は、救われたような気分になった。かれが過去を口にしたことによって、逃亡兵としての意識から少しでも解き放たれたらしいことを知り、結果的にはよかったのかも知れぬ、と思った。

しかし、その電話は突然のようにはじまったかれの異常な行動の前触れでもあった。それを知ったのは、数日後にかかってきたかれの妻からの電話であった。

彼女は、あなたは夫とどのような関係にあるのか、となじるように言った。私が二日つづいて菊川の家を訪れてから、かれは平静さを失い、三日前の朝、役所に有給休暇願いを出すとそのまま家を出て帰ってこないという。その原因は私の訪問以外に考えられず、なにか二人で話していたが、内容はなにかと言う。

私は、偽(いつわ)りを口にするわけにもゆかず、自分の職業を述べ、戦時中のかれの行動をききに訪れたのだ、と答えた。ただ、話の内容については、自分の口からは言えぬ、と付け加えた。

「行先を知っているのでしょう。教えて下さい」

彼女は涙ぐんでいるらしく、声がかすれていた。

私は、知らぬと答え、受話器を置いた。

かれがなぜ妻に無断で家を出て行ったのか、私にも見当がつかなかった。私に話をしたことが幸いであったと言っていたかれが、今になって失踪などするはずはない。いずれにしても、かれの妻が指摘したように、その行為の原因は私がかれを訪れたことにあるのはたしからしく、かれの妻に責任を感じた。

その夜、菊川から電話があって、家に帰らなかった事情があきらかになった。かれは、興奮した声で、

「行ってきました。行ってきましたよ」

と、言った。

かれは、霞ヶ浦航空隊跡に行き、手錠をはずして逃走した厠が朽ちたまま残っているのを見出し、山田という男に天どんを食べさせてもらった大衆料理店が、改装されてはいたが営業をつづけていることも知ったという。また、馬車曳きとして雇われた池上本町の運送店を探したが、所在はわからなかった、とも言った。

かれは、私に過去を告げたことで記憶をたしかめたい衝動にかられ、それまで近づくことすら避けていたそれらの地を歩きまわったという。それは、半ば狂躁状態にある行動らしく、家に連絡することもしなかったらしい。

私は、口早に話しつづけるかれの言葉を制するように、かれの妻から電話があったこと

をつたえ、

「早く家に帰りなさいよ。奥さんが心配しています。戦時中のことも、奥さんにかくしどしないで、すべて話されたらいかがです。人を殺したりしたわけでもないのですから……」

と、たしなめるように言った。

かれは、はい、そのとおりにします、と神妙な声で答え、それでも興奮をおさえきれぬらしく、再び池上本町に行って運送店主を探してみると言って、電話を切った。

翌日の夜、菊川から電話があった。

「今日の夕方、帰ってきました。家内に思い切ってすべてを話しました。家内に泣かれました」

かれは言葉がつづかぬらしく、少しの間黙っていた。

一カ月後、私はかれを主人公にした小説の執筆に入った。かれに対する強い共感をささえに、私はかれの動きを文字でたどった。

その間、菊川からは相変らずひんぱんに電話がかかってきていた。妻に過去を告げたことで平静をとりもどしたにちがいないと思っていた予測ははずれ、逆にかれの精神状態は不安定になっていた。

かれは、しきりに当時の上官や隊員の階級、氏名を口にし、

「この中の一人にでも会わせてもらえれば、私の話が事実であることを信じてもらえるのですがね」

と、苛立ったように言った。かれは、私に作り話と疑われているのではないかと気づかっているようだった。

たしかにかれと会うまでは、Yと称する男がつたえた話の内容を信じる気にはなれなかったが、菊川から直接話をきいてから疑惑は消えていた。かれの口からさりげなく洩れる言葉には、体験した者しか語り得ぬ確かなものが感じられ、それが連結された鎖の環のように着実につらなっている。わずかな空隙も、私の問いに応じてかれは即座に埋めることをし、私は、かれの口にする回想が事実であることを信じていた。

私は、その確信を裏づけるために、菊川の依頼どおり戦時中の行動を知っている者を探し出して対面させてみたい、と思った。しかし、戦後二十余年が経過しているとは言え、元上官や同僚たちは、重大な罪をおかし逃亡した菊川を許しがたい存在と考えているはずであった。菊川にとってかれらの前に姿をさらすことは危険な行為で、それを自らすすんで実現させようと願っているのは、かれの錯乱をしめすものにちがいなかった。

そうした懸念はいだいたが、私は、かれの回想を肉づけするために航空隊関係者の調査をはじめた。が、菊川の軍歴を探った時に知ったとおり大半が戦死していて、ようやく市原康彦という元上官が官庁に勤務しているのを知った。市原は爆破事件当時の衛兵副司令で、事故原因調査を担当した海軍兵学校出身の中尉であった。

私は、市原の勤務先に電話を入れた。都会人らしい物柔かな声が流れ出てきて、私が事件の概要を口にすると、

「たしかにそんなことがありましたなあ」

と言って、会う日時を指定してくれた。

その日、私は菊川と待合わせ、官庁に行った。退勤時刻がきて、吏員たちが通路を奥の方から歩いてきて受付の前を過ぎてゆく。私は、菊川と立っていた。

端正な顔立ちをした五十歳前後の男が受付の男に近づき、なにかたずねていたが、私たちに眼を向け、歩み寄ってきた。かれは、菊川に視線を据えると立ちどまり、

「菊川じゃないか。お前、どこに逃げていたんだ」

と、驚くような甲高い声をあげた。

菊川は、ひるんだように少し身をひくと、

「お久しぶりでした」

と言って、軍隊式に腰を折って頭をさげた。

市原は黙ったまま菊川を見つめていたが、私に顔を向けると、

「あなたからお電話をいただいた後、色々なことを思い出しました。その時の逃亡兵が、この菊川です」

と、驚きの表情を見せながら再び菊川を見つめた。

私は、近くの鮨屋に市原と菊川を誘い、二人の男が会話を交すのをきいていた。

「爆破はお前がやったのか」

「はい」

菊川は、姿勢を正して答えた。

市原は、複雑な感情を持てあますように菊川に眼を向けたり視線をそらせたりしていた。

「厠からどっちへ逃げた」

「荒川沖の方向です。郵便配達の自転車で逃げました」

「やはりそうか。次男坊が配達夫をやっている農家があって、深夜、自転車と制服、制帽を盗まれたと警察に届け出があった。お前が逃亡に使ったな、と思った」

菊川が逃走した夜、市原は、衛兵伍長の急報を受けて一週間にわたり兵を隊外に放ったが発見できず、捜索を土浦憲兵隊に依頼した。盗難届を出した農家が飛行場の誘導コースの真下に位置していたので、市原は、搭乗機が着陸態勢に入る時、その農家から菊川がどちらの方向に逃げたか視線をのばすのが習慣になっていた。徹底した捜索にもかかわらず菊川の消息が完全に断たれていたので、霞ヶ浦に入水したという噂が隊内に流れたという。

市原は、菊川から事件の背後に山田という諜報機関員がひそんでいたことを知って、大きな驚きをしめした。かれは、菊川の口にするその男との関係を呆れたようにきいていた。

市原はようやく落着きをとりもどし、菊川をさんづけで呼び、お前もあなたに代った。ビールと酒で菊川は酔い、呂律が少し乱れるようになった。私は市原に礼を述べ、菊川とともに近くの駅まで送って行った。

菊川は、改札口をぬける市原に、

「御迷惑をおかけしました。お詫びいたします」

と言って、頭を深くさげた。

菊川からは、その夜以後電話はなく、ようやく平静な生活にもどったにちがいない、と思っていた。が、半月ほどしてかかってきた電話で、市原と会ったことが、かれの精神状態をさらに乱していることを知った。

かれは、北海道に行ってきました、と、はずんだ声で言った。労務者として送られたコースそのままに上野を夜行で発って青森に行き、連絡船で津軽海峡を渡った。鉄格子のはめられた大部屋のあった函館の旅館は不明で、帯広の飛行場建設工事を請負っていた飯場も跡形もなかったという。

「近くを歩きまわりましたが、ひどい吹雪で、タコであった当時のことが思い出されて涙が出て仕方がありませんでした。また、近いうちに北海道へ行くつもりです」

菊川の声には、奇妙な張りがあった。

受話器を置いた私は、かれの妻の顔を思いうかべた。かれは決して高給を得ているはずはなく、北海道への旅費は家計を圧迫させているにちがいなかった。近々のうちに再び北海道へ行くというが、興奮状態にあるかれを彼女が制止することはできそうには思えなかった。

かれは、昭和十八年晩秋から七年間の幻影にも似た過去を、自らの眼で現実のものであったことをたしかめようと異常な執念をいだいている。元航空隊関係者の憤り、憎悪、蔑み(さげす)を承知の上で市原にすすんで会ったのもその現われであり、各地に足を向けるのも同じ理由にもとづいている。かれは、それによって心の空白を満たそうとしているのだろうが、そのため家庭の秩序は大きく乱されている。かれをそのような行動に走らせているのは、私がかれの前に姿を現わしたからであり、あらためてかれの家族に罪をおかしているような重苦しい気持になった。

執筆をはじめて四カ月が経過し、筆を擱(お)く日が近づいた。

その頃、夜、菊川から電話がかかってきた。常になく沈んだ声で、今日、職場に週刊誌の記者が訪れてきて、戦時中のことについて話をきかせて欲しい、と執拗に求められたという。

記者がそれを知ったのは、Yという男からの電話であった。内容は私の妻がメモしたのと同じもので、編集部員がYの素姓をたずねると旧海軍の法務関係者とだけ告げ、電話が切れたという。

「記者にはどのように対応しました？」

　私は、たずねた。

「知らぬ、存ぜぬで通しました。が、記者は信用せず、もし話をしてくれたら応分の謝礼も出すと言っていました。Yという男は、なんなのでしょうね」

　菊川の声には、おびえのひびきがあった。

　私は、あらためてYという男が密告に近いことをする動機について考えてみた。メモの内容と菊川の話とは食いちがっている個所もあるが、事件の概要はほぼ正しい。旧海軍の法務関係者にY姓の者はいないが、関係者の一人かも知れず、それとも菊川の身辺にいる人物でなにかの事情で事件と菊川の関係を知り、それを活字にさせるため私の家に電話をかけ、さらに効果的な発表を考えて週刊誌の編集部につたえたとも想像される。それは菊川をおとしめるためのものか、または単なる興味本位のものか、いずれとも判断しがたかった。

　私は、Yという男の執拗さに薄気味悪さを感じた。

「今になってこのようなことを言うのは気がひけますが……」

　菊川は、弱々しい声で言うと、自分のことを小説に書くのはやめてくれないか、と言った。たとえ、主人公の姓や職業を変えたとしても元霞ヶ浦航空隊員や法務関係者などには、それが自分であることが知れるはずで、どのような後難がふりかかってくるかわからない。

それを避けるため今まで闇の中に身をひそませてきたのだが、過去に大罪をおかした自分を世にさらすのは恐しい、と言った。

私は、黙っていた。執筆をはじめてから、かれがそのようなことを口にするのではないかという危惧をひそかにいだいていたが、それは筆を進めるにつれて恐れに似たものになっていた。主人公に私は深く没入していて、私はかれとともに戦時を生き、終戦を迎え、筆を擱く日も近い。

私は、かれが血縁者でなく無縁の人であるのが恨めしかった。かれが縁者であるなら、そのような申出を受けてもひるむことはないはずだった。今までも小説を書くことによって多少の差はあれ縁者を傷つけることが多かったが、それに堪えてもらわねば困るという不遜な気持もいだいている。

しかし、かれは無縁の男であり、私とかれとの間には互いにおかしてはならぬ厚い壁がある。私には、それを無視することはできなかった。ことにかれの場合、長い間妻にすら過去をかたく秘して闇の中に身をひそめてきたという事情がある。それを知りながら、私は小説に書くことによって、かれを闇の中から白日のもとに引きずり出そうとしている。闇の安息を知るかれが、そこから離れることに恐れをいだくのも無理はなかった。かれの過去を小説に書いてもよいという諒解を得た上で私は筆を執ったのだが、気持が変ったというかれの言葉を黙殺することも、かれをなじる気にもなれなかった。

「そうしましょうか」

私は気落ちを感じ、投げやりな口調で言った。

「すみません。せっかく書いてきていただいたのに……。でも、いろいろ考えた末のことなのです」

かれは、くどくどと詫びを言い、電話を切った。

私は、深く息をついた。ひたすら執筆に専念し、三百五十枚近くの原稿用紙に文字を埋めてきたが、それを発表する機会を失ったことが残念であった。

どうにでもなれ、私は胸の中でつぶやいた。すでに発表誌は予定され、二カ月後には担当の編集者に手渡すことになっている。編集者に約束を果せぬ事情をつたえねばならぬ立場に立たされたことが辛かったが、それ以上に最後の一行まで書くこともせず中断しなければならぬことが腹立たしかった。しかし、私には、窮した折に不貞たように自らを投げ出してしまう習癖に似たものがある。自分の力ではどうにもならず、時間が勝手に解決してくれるだろうという捨て鉢な気持であった。が、それによって諦めの念が自然に訪れ、それがしばしば私の救いになっていた。書いたものがすべて活字になるのは却って不自然で、一作ぐらいは未完のまま放置されるものがあってもいいではないか、と、そんなことまで考えるようになっていた。

私は担当の編集者に電話をかけてあらかじめ事情を告げておこうかと思ったが、もう少し時間を置いてからの方がいい、と思い直した。予感めいたものが、私にはあった。菊川は、自らすすんで元上官である市原に会うことをし、逃亡兵として身をひそめていた地を歩きまわり、遠く北海道へも足を向けている。かれは、自分の記憶をたしかめることに熱中し、その結果を私に報告することに生き甲斐めいたものを見出しているようにさえみえる。かれにとって私は不可欠の存在であり、私に執筆を中断させることによって私を失うことを多分に恐れているはずであった。その申出は、かれの絶えず揺れ動く精神状態によるもので、かれがおそらく翻意するにちがいない、とも思った。

予想は、的中した。翌日の夜、かれから電話があった。私は、軽く相槌を打ちながらかれの言葉をきいていた。書いて下さい、とかれは言った。私にすべてを告げたことで熟睡できるようになったが、自分の過去を余す所なく書いてもらえれば、なにも恐れることなく生きてゆける、とも言った。

私は、口を開いた。

「四カ月をついやして小説はほとんど書き上げましたが、あなたがやめて欲しいと言ったので断念しました。あなたに御迷惑をかけては申訳ないと思ったからです」

「書いて下さい」

「本当にいいのですか。急にやめて欲しいなどと言われては、困るのです」

「書いて下さい」

「それなら今後、決してそんなことは言わないで下さいね」

「言いません」

私は、安堵を感じた。

かれは、重ねて私を困惑させるような申出をしたことを詫び、お体に注意して書き上げて下さい、と慇懃な口調で言うと電話を切った。

私は、その日から再び机に向った。第三者の言葉で執筆を左右されることなど考えもしなかっただけに、気分が滅入っていた。それは、私の小説がかれの過去なくしては成り立たぬ性格をもっているからで、責は私自身にあった。かれの回想からなにかをつかみ、それを核に虚構の世界を構築することをしていたならかれの申出にうろたえることなどなかったのだ。が、戦時下での事実は、事実を越えた虚構の領域に踏み入ったものでもあって、その中で浮游しつづけたかれの軌跡を追うことに私なりの意味を見出していた。

私は書き進め、五日後に筆を擱き、推敲に移った。

かれからの電話はつづいていた。私は、かれに推敲を終えた原稿を編集者に渡し、題名を「逃亡」としたことも告げた。かれは、ようやく池上本町の運送店主の消息を知ることができ家族にも会ったが、店主は終戦の翌年病死していたことなども口にした。

月が変って、発表誌の見本が郵送されてきた。私は、速達でかれに送った。

私は、かれがどのような反応をしめすか少し気がかりであった。かれの回想にもとづいてその行動をたどったが、折々の心理については、むろん私なりの解釈を下した。かれは、発表誌を読んで小説の中の主人公である自分の過去の像と向き合うわけだが、それが私に対する反撥や憤りになってあらわれるおそれはあった。が、作品はすでに独立したものになっていて、かれからは離れたものになっている。かれが抗議に似た姿勢をしめしてきても、私は無視の姿勢を崩さぬつもりであった。

翌日の午後、かれから電話があった。私は、かれの言葉をきいていた。たしかにあの時はそんな心理状態にあったように思うとか、棒頭として二人の死亡したタコを雪中に埋めた時の情景があらためて思い出されたとか、早口で述べる。最後に、かれは、ありがとうございました、と折目正しい言葉で言って電話を切った。

その小説が発表誌の刊行元である出版社から単行本として出版されることになり、私は、加筆、削除の仕事をつづけた。ゲラ直しも終り、それは私の手からはなれていった。その間、地名その他について、かれに問い合わせの電話をかけたり返信用の葉書を入れた手紙を送ったりした。

単行本の発行日が近づいた頃、私はかれに対する謝礼を考えた。小説はかれの回想をたどることで書き上げられたもので、私は、それによって原稿料を得、さらに印税も受けることになるが、かれには金銭的な報酬はない。それは執筆者と素材提供者の宿命に似た関係とも言えるのだろうが、この小説の場合、自分のみが金銭を得ることに後ろめたさを感じていた。

私は、数部の単行本に添えて幾許（いくばく）かの謝礼を持ってゆこう、と考えた。が、かれの安定さを欠く性格を知るようになった私は、かれが受取ることはなく、むしろ金銭を差し出されたことに立腹するようにも思えた。

品物の方が無難かも知れぬ、と私は思った。それも単なるお礼のための贈物としてではなく、小説を中心としたかれと私との関係を記念する物にすべきだ、と考えた。私は、デパートに行くと商品を物色し、四個の金色の球が振子代りに回転する置時計を買い求め、裏側にかれに謝する旨の文字と、贈主としての私の姓名を刻んでもらった。

単行本の見本がとどけられ、その夜、私はかれの家に出掛けていった。置時計の包装箱をかかえていたが、背広の内ポケットに紙幣をおさめた熨斗（のし）袋も入れていた。置時計だけでは不足のように感じられ、かれの態度をみた上で謝礼も渡そうと思ったのだ。

前年に訪れた頃より日が長く、かれの住む団地にはまだ明るさが残っていた。

ドアが開き、かれが待ちかねたように私を迎え入れてくれた。

私は、一瞬、呆気にとられてかれの頭部を見つめた。半年ほど前に市原と引合わせた時と頭髪が変っていた。黒々と艶のあった髪が白くなっている。

かれは、二階の部屋に入った私が、坐ってからも頭部に眼を向けていることに気づいたらしく、

「これでしょう」

と言って、髪を指でしごいた。

「染めていたんですね」

私は、遠慮がちにたずねた。

「そうじゃないんですよ。この四、五カ月の間に急に白くなって……。女房も驚いているんです。どうしたんでしょうかね」

かれは、再び髪に手をふれ、照れ臭そうな表情をした。

私は、かれの体に異常があるのかと思ったが、顔色は良い。熟睡できるようになったと言っていたのは事実らしく、肉づきも増し、皮膚にも艶がある。

髪が白くなってしまった現象が、私にも理解できなかった。私が十七歳の年の夏に子宮癌で死んだ母は、三年間の病床生活で黒々としていた髪が徐々に白くなり、臨終を迎えた頃には完全な白髪になっていた。腰部に起る激痛をやわらげるため多用していたモルヒネの副作用によるものではないかと言われたが、肉体の衰えと関連があったことはあきらかだ。短い歳月の間に髪が白く変化したのを見たのは母だけで、極度な恐怖、悲嘆によって同じような現象が起きることもあると言われているが、私はそのような例を知らない。

長い年月胸に秘めていたものを吐き出した菊川は、一種の解放感をいだいているはずで、精神的にも好ましい状態にあるのに、髪の色素が失われたことは不思議であった。

もしかすると、かれの内部では、脱走の瞬間から時間の流れが停止してしまっていたのかも知れない、と思った。それは戦後にも持ち越され、沈黙を破ったと同時に時間があたかも遅れをとりもどすように、奔流に似た激しさで彼にのしかかってきたのではないだろうか。それが、髪を白く変化させるという現象となってあらわれ、かれを途惑わせているようにも思える。私は、かれの髪に視線を向けながら、そんな現実ばなれしたことを半ば真剣に考えていた。

菊川は、私が手渡した著書を手にとるとページを繰り、礼を言った。

私は、包装紙を解き、置時計を取り出してテーブルの上に置いた。

「記念になる物を、と思って……」

私は、時計の裏側に刻まれた文字をさししめした。

菊川の顔色が、変った。

「困りますね、こんなことをされては……。こういう物をもらおうと思ってお話ししたんじゃないんですから……」

かれの顔が、歪んだ。眼は時計からそらされ、私に向けられている。なじるような眼であった。

熨斗袋を出す気持は失せていた。もしもそれを差し出したら、かれは熨斗袋だけではなく時計も突き返し、荒々しい言葉を私に浴びせかけてくるにちがいなかった。

かれは、不快そうに口をつぐんだ。

私は、かれの顔を見つめて言った。

「あなたは迷惑そうだが、私の立場になって考えてみて欲しい。あなたが話をしてくれたから、この小説を書くことができたのです。お礼をしたいと思うのは当然でしょう」

かれはしばらく黙っていたが、かすかにうなずくと、

「わかりました。いただきます」

と、言った。が、硬い表情は変らなかった。

白けた沈黙がひろがり、その中で置時計の球がゆるやかに左へ右へ回転することを繰返していた。

かれの感情は、些細なことにも刺戟を受ける。それはかれが苦悩にみちた歳月を過してきたことにもとづくもので、わずか半年足らずのうちに髪が白髪に化したことでも、それが私の理解の範囲をはるかに越えた激しいものであることが知れる。かれは、私の好意を素直にうけることもせず、逆に露骨な不快感をしめしている。自分の回想が置時計という物品を代償として扱われているような形になったことが腹立たしく、贈物をすることによって一種の清算をしようとしている私に、裏切られたような感情をいだいているにちがいなかった。

私は、沈黙にたえきれず、

「それでは、これで……」

と言って、腰をあげた。かれは、無言で私を見送った。

かれがどのように感じようと、私には私の立場がある、と思った。私は、街灯のともりはじめた団地内の道をバスの停留所の方へ歩いていった。

しかし、私とかれとの関係はそれで断たれることはなかった。

二日後の夜、家の前に車の停る音がし、玄関のブザーが鳴った。

出て行った妻が居間に入ってくると、

「菊川さんという人が来ました。小説に書いた人でしょう？」

と、少し不安そうな眼をして言った。

私が玄関に行くと、菊川が立っていた。かれは、酒を飲んでいるらしく顔が艶やかに光っている。機嫌は良さそうだった。

私があがるようにすすめると、かれは門の方に引返し重そうなものをかかえてきた。そして、靴をぬいで食堂に入ると、それをテーブルの上に置いた。一斗入りの清酒の容器であった。

「本が出たお祝いを持ってきました。大いに飲んで下さい。今夜、一杯飲んでいたら、どうしてもお祝いを持って行かなくては、という気になって、タクシーを飛ばしてきたんですよ。家がわからず、少し迷いました」

かれは、立ったまま言った。

私は椅子をすすめたが、かれは、

「夜分おそく来たのに長居はできません。すぐ帰ります。私はね、この世の中で一番いい人に打明けたと思っているんですよ。わかってくれますね、私の気持を……」

と、言った。眼に光るものが湧いた。

妻が、

「主人もお酒を飲みはじめたところですから、一緒にいかがですか」

と、椅子を引いて菊川に坐るように言った。

「いや、失礼します。こんな時間に押しかけてきて、奥さん、許して下さいね」

かれは、妻に頭をさげると玄関の方へ出ていった。

私は、サンダルをはいてかれの後からドアの外に出た。門の外に小型のタクシーがとまっていて、運転手が路上に降り、帽子をとって私に頭を下げた。

菊川がドアの中に入ると、車が動き出した。かれは、窓から顔を突き出してしきりに手をふり、白髪の頭を何度もさげた。車は、路の角を曲って消えた。

私は、食堂にもどった。

妻が、薦被（こもかぶ）りの樽を模した白い陶器製の容器に眼を向けながら、

「こんな高価なものをいただいていいんですか。お世話になったのはあなたの方だし、逆

だわ」

と、言った。

私は、黙ってコップに入ったウイスキーを口にふくんだ。かれはお祝いに、と言ったが、詫びに来たのだ、と思った。二日前の夜、不快そうな態度をとったことを悔い、酒の勢いもあって私の家にきたのだろう。かれが私の好意をうけいれてくれたことに、気持の安らぎを感じた。

しかし、定まった収入しか得ていないはずのかれから、そのような金額の張った物をもらったことが気がかりであった。かれは、タクシーを飛ばしてきたが、電車で一時間以上もかかるかれの町からの往復料金はかなりの額になるはずだった。私は、かれに金銭的な負担を負わされたような気持になった。

それに、置時計を贈った時のかれの態度が、わずか二日間で一変したことにも不安を感じた。書いて欲しくないと電話をかけてきた翌日には、書いて欲しいと申出てきた。かれの感情は目まぐるしく変化し、今後、どのような言動をとるか予測もつかなかった。

かれは相変らず自分の過去をたしかめることをつづけていた。しばしば北海道へ足を向け、帰宅すると必ず報告の電話をかけてくる。私の家へも突然のようにやってきたが、常に酒が入っていて贈物を携えている。私が、贈物を辞退すると不機嫌になり、悲しそうな眼をした。

かれは読書を好んでいるらしく、読書同好会にも入っているようだった。そして、いつの間にか、私の単行本が出版されると必ず購入し、電話で感想をつたえてくるようになった。私は、かれが買い求める前に単行本を寄贈するようにし、それに対する感謝の電話もかかってきた。

私とかれとの奇妙な交流は、絶えることなくつづいていた。かれの存在をわずらわしいと思ったことがなかったのは、私自身にとっても不思議であった。かれの電話や来訪が主として夕食後で、私が一日の仕事から解放された時間であったこともその一因かも知れない。が、それよりも、かれとその家族に負い目を感じつづけていたことが主な原因であった。

かれの過去への確認作業は、一層執拗なものになっていた。どこで調べたのか、脱走後、かれに対する軍法会議の欠席裁判が昭和二十年六月に開かれたこともつたえてきた。罪状は、落下傘を盗み出したことによる兵器窃盗罪、軍用機爆破の重要航空兵器損壊罪、逃亡罪、脱走の折番兵に手錠を投げつけた哨兵暴行罪、郵便配達夫の家に忍びこみ自転車、制服、制帽を盗んだための官給品横領、住居侵入、窃盗罪、時限爆弾使用による放火・激発物破裂罪の八件で、判決は死刑であったという。

そのような過去を自らあばくことをつづけるかれを、かれの妻はどのように見守っているのだろうか、と私は思った。役所勤めをし、おだやかな夫であったはずのかれが、大罪をおかした逃亡兵であることを知らされ、しかも夫を主人公とした小説まで発表されている。それだけでも彼女にとっては堪えがたいことであるのに、その後もかれはしばしば旅をし、タクシーを走らせ贈物まで手にして私を訪れることを繰返している。かれからの電話から察すると、かれは自分を主人公とした私の小説の単行本を買いこみ、兄弟、親戚や知人にまで渡しているようだった。

私は、一人の男の生活を狂わせ、かれの妻を苦況におとし入れているのを感じた。かれの前ぶれのない夜の来訪はつづき、私は、かれとかれの妻に対する罪深さから、かれの機嫌を損じぬように迎え入れていた。私の外出中に訪れてきた時は、かれに手紙を書いたり電話をかけたりして、留守にしていたことを詫びた。

かれを知ってから四年が経過した頃、私は脚部に異常を感じるようになっていた。疼痛が左の足指に起り、それは次第に堪えがたいほどの激しさになって、夜明けには必ず痛みで目をさました。

私は、近くの大学病院に行って診察を受け、形成外科の医師から痛風と診断された。血液中の尿酸が増した結果起る関節痛だが、血液検査で尿酸値が四ミリグラム台であることがあきらかになり、軽症であると言われた。私は医師の指示どおり薬を常用し、食餌制限もして週に一度通院するようになった。

しかし、疼痛はさらに激烈なものになり、それは足の甲から脛（すね）にもひろがった。歩行は困難になり、徒歩で十二、三分の距離にある駅まで歩くことも不可能になって、途中の公園内にあるベンチに坐り、痛みがうすらぐのを待ってから塀などに手をついたりしながら家にもどったりした。

そのうちに夜は眠れず、歩行も不可能になって家の中を這って過すようになった。腿に血液が鬱滞するような鈍痛も起って椅子に坐ることもできず、畳に足を投げ出して原稿用紙に向っていた。

通院をはじめて四カ月ほどたった頃、私は、病院の診断に疑念をいだくようになった。医学書を読んでみると痛風患者の尿酸値はきわめて高く、私のそれはむしろ平常値と言える。医師は、足指の疼痛から痛風と判断し、それを固執しているらしかったが、痛みは別の理由によるもののように思えた。それに、脚部に痛風の症状にはみられぬ異様な現象が起っていた。まず、足の先端の冷たさが尋常ではなかった。手をふれてみると氷のように冷たく、さらに歩いたり長い間立ったりしていると麻痺したように感覚が失われる。

下肢の外観にも変化が起り、皮膚が透き通ったようになって血の気がみられない。それに、踵（かかと）の上から脛の中程まで生えていた毛が徐々にぬけて陶器のような滑らかな皮膚に変り、爪も白く、伸びることもなくなっていた。

疑いはつのり、終戦後肺結核で病臥していた私の手術の執刀をしてくれ、その後も親しくしている大学附属病院の分院長に電話をかけ、診察を請うた。分院長は、気軽に応じて診察日を口にし、来院するように言った。

その日、私は、妻に付添われてタクシーで分院に行った。私が妻の肩にすがって外科外来の前に行くと、長椅子に坐っていた若い女が席を立ってくれた。私は、腿が椅子の角で圧迫をうけぬように浅く腰をおろした。

やがて名を呼ばれ、私は一人で診察室に入った。分院長は、親しげな眼をして椅子をすすめてくれた。

分院長は、それまでの治療経過と症状をきくと、ズボンをぬぎベッドに身を横たえるように言った。私は、仰向けになった。

分院長が足先をつかみ、脛、腿に手をふれ、聴診器を血管のある部分にあてていった。そして、かたわらで見守る助手たちに私の足先をさわってみるようにすすめると、

「痛風ではありませんね。バージャー病と言ってエノケンさんと同じ病気ですよ」

と、言った。

私は、思いもかけぬ分院長の言葉に驚きを感じた。喜劇俳優の榎本健一がどのような病気で死亡したのかは知らないが、かれは手術で両足を切断し、手押し車で舞台に出たりしていた。私は、エノケンさんという表現に恐れをいだいた。

分院長は、動脈の拍動がきわめて薄弱で、足の先端が異常なほど冷たいのは、血管が閉塞されかかっていて血液が下肢の末梢部に十分に流れていないことをしめしているためだ、

と言った。血液の流れがとどこおればその部分が壊死状態になり、その拡大を防ぐため切断手術もおこなわれていると説明した。

「死ぬこともあるのですか」

私は身を起し、ズボンをはきながらたずねた。

「直接、生命に影響することはまずないと言っていいでしょう。血管の閉塞は手足、ことに下肢に限られ、臓器の血管におよぶことはほとんどありませんから……」

分院長は淀みない口調で述べると、難病の一つです、とつぶやくように言った。

血管の閉塞状態を調べるため、動脈に造影剤を注入し透視撮影をすることになった。中年の外科医が入ってきて、私は助手に腕を支えられ廊下に出ると担送車に乗った。廊下に待っていた妻が、車の後からついてきた。

放射線科に運ばれた私は、すぐに撮影室に入り、床に敷かれた黒いシートの上に仰向けに寝かされた。助手が左足の腿の付け根に消毒薬を塗り、麻酔液を注射した。

二十一歳の折に受けた結核の手術前の検査で、気管支撮影のため造影剤を注入された折のことが思い起された。咽喉の部分の骨と骨の間に注射針を突き入れて造影剤を入れるのだが、針が入らない。若い外科医が力を入れて繰返し試みていたが、のしかかってきている外科医の食いしばった歯列を眼にしているうちに、私は意識を失った。そのため、少し時間を置いて中年の外科医が代りに注射器を手にして針を突き立てると、それは骨と骨の間隙をぬけ造影剤が気管支の中に注ぎこまれた。私は、ゴムに似た匂いに激しくむせんだ。

大動脈に造影剤を注入するのは、中間に骨もなく力を要することもないのだろうが、液が大腿部の血管から下肢末梢血管までひろがってゆく折には、異様な痛みにおそわれるにちがいなかった。

外科医が太い注射器に造影剤をみたし、私の腿の付け根をしきりに指で押して大動脈の位置をさぐりはじめた。そのうちに、指先が一個所でとまり、注射針が突き立てられた。

「入ったかな」

「入ったようだな」

外科医の口から、短いつぶやきがもれる。私は、眼の前の助手の古びたサンダルを見つめていた。

不意に為体(えたい)の知れぬ痛みが注射針の刺された附近に起り、それが急激につのった。造影剤が大動脈に注ぎ入れられたのかと思ったが、下肢にひろがってゆくはずの痛みがその部分だけに限定されている。重量物がのしかかってきているような激しい疼痛で、腿が押し潰されるのではないかとさえ思った。

私は、造影剤が大動脈に注入されていないらしいことに気づき、それを外科医に報せるため少し呻(うめ)いてみせた。私の手は、痛みをこらえるため自然に助手の白衣をつかんでいた。

「液が動脈の外に洩れているな。針が動脈を突きぬけたらしい」

外科医はつぶやくと、なおも針で血管の位置を探っているようだったが、諦めたらしく引きぬいた。

私は、仰向けになったまま外科医を見上げた。助手が、水に濡らした布を持ってくると腿の付け根にのせた。

「動脈の位置を正確に調べてからやってみましょう。来週にでもまた来て下さい」

外科医はさりげない口調で言うと、助手とともに私を起した。私は、ズボンをはき担送車に乗った。

撮影室を出ると、長椅子に坐って本を読んでいた妻が立ち、後からついてきた。車は、通路を進んで外科外来の前にとまった。

私が車に乗ったまま待っていると、分院長が出てきて、

「うまく入らなかったようですね。バージャー病の専門医がいますから、その人を紹介してあげましょう」

と言って、診察室に入ると、すぐに出てきて茶色の封筒に入った紹介状を渡してくれた。

私は、妻の肩にすがって玄関の外に出ると、タクシーに乗った。

「レントゲン室は暑いんですか。出てきた時、あなたの顔は汗だらけだったわ」

妻が、私の顔に眼を向けながら言った。

私は、撮影室で痛みをこらえていた折に汗を流していたことに初めて気づいた。が、造

影剤の注入を試みられたことを口にする気もせず黙っていた。

「足の痛みはなにから起っていると言っていました？」

　妻が、気づかわしげにたずねた。

「痛風ではないと言っていた。検査してみないと原因はわからない」

　私は、腿の痛みに顔をしかめながら答えた。分院長の言葉をつたえた折にしめすだろう妻の驚きが、私にはわずらわしく思えた。妻を重苦しい気持にさせてみても、私の肉体をおかしている疾患が好転するはずのものでもない。やがては病名を妻につたえねばならぬ時がくるのだろうが、それは出来るかぎり先に延ばしたかった。第一、精密検査を受けなければバージャー病であるとは断定できず、手術を受けねばならぬか否かもわからない。自分の肉体のことで妻の気持を必要以上に乱したくはなかった。

　その日、私は黙しがちだった。机の前に坐る気になどなれず、居間で畳の上に足を投げ出し窓の外をうつろな気分でながめていた。腿の付け根は血管を傷つけられたらしく内出血していて、造影剤のにじみ出た黄色い痣（あざ）の周辺に紫色の鬱血した色がひろがっている。私は、かたわらに洗面器を置き、時折りタオルを水に濡らして腿にあてていた。

　私の眼は、しばしば畳の上の足に向けられた。手術を受け麻酔薬が切れて意識をとりもどし、自分の足が消えているのを知った折のことが想像され、やりきれない気持になった。足を切断された後の生活の変化も、私を憂鬱にさせた。小説の資料収集のためなどで旅行に出ることは不可能になる。階段をあがることはできず階下が行動範囲になり、靴も靴下も不要のものになる。死亡して火葬された時、壺におさめられる骨の量も少いのだ、と思ったりした。

夕食時に大学生の長男が、私がなにかに気分を損ねていると思ったらしく、

「どうかしたの」

と、声をかけてきた。

「いや、なにも。少し足が痛いんだ」

私は、笑顔を向けた。まだ足を断たれるときまったわけでもないし、それまでは息子や娘にいたずらな動揺をあたえたくはなかった。

食後、私は、畳の上に身を横たえた。息子と娘は、隣室の食堂の椅子に坐ってテレビを観ながら笑い声をあげたりしている。

玄関のブザーが鳴って、妻が出て行った。男の声がし、妻の後から菊川と中年の男が食堂に入ってきた。

私は、身を起し、菊川たちを居間に招じ入れた。

菊川は、男を同じ役所に勤務する友人だと紹介し、

「今日、午(ひる)の休憩時間に電話をかけてみたら病院に行っているというので、お見舞いに来ました」

と言って、手にしている果物籠を畳の上に置いた。

私は、不意に涙ぐみそうになった。病院に行ったというだけで見舞いに来てくれた菊川の気持が嬉しかったのだが、自分がひどく気弱になっているのも意識した。

妻が茶菓を運んでくると、息子たちのかたわらの椅子に坐り、テレビに眼を向けた。

「どこが悪くて病院に行ったんですか」

菊川が、のぞきこむような眼をして言った。

私は、黙っていた。妻にも言わぬのに菊川に分院長の言葉を口にする気にはなれなかった。それに、もしも菊川に病状を告げれば、かれは大きな驚きをしめし、隣室にいる妻や子供たちにも気づかれるだろう。偽りを口にすればよいのかも知れぬが、そのようなことはしたくないし、第一、私は病状を胸に秘めて過去のこと将来のことを静かに考えていたかった。

菊川は、私が口をつぐんでいることで病気が深刻なものらしいと察したらしく、

「なんの病気なんですか」

と、不安そうに言った。かれの友人も、私に視線を向けている。

「検査しなければわからないんです」

私は、ようやくそれだけを口にした。

「検査するって、どんな疑いがあるのです」

私は、菊川から視線をそらせ再び口をつぐんだ。気持が滅入っていて、言葉を口にする気にもなれない。私は、深く息をついた。

「どうしたんです。いったいなんの病気なんですか」

菊川が、苛立ったような声をあげた。

「今は話せない。話したくもない。女房や子供にも言ってないことです」

私は低い、しかし素気ない口調で答えた。

菊川は、黙って私を見つめている。その眼に険しい光がやどっているのを、私は意識していた。長い沈黙がつづいた。

「失礼しないか」

菊川の友人が、低い声で言った。

「そうしよう」

菊川は腰をあげ、

「元気を出して下さいな。そして、いい仕事をして下さい」

と、ことさら大きな声で言った。

「ありがとう」

私は、菊川を見上げて言った。

菊川と友人が、妻に見送られて玄関を出る気配がし、つづいて車の走り出す音がきこえた。

妻が居間にもどってくると、

「菊川さん、わざわざお見舞いに来てくれたのね。悪いわ、こんなものまで頂戴して……」

と言うと、果物籠をさげて台所に入っていった。

私は、再び身を横たえ眼を閉じた。

一時間ほどたった頃、電話のベルが鳴り、受話器をとった妻が、菊川からの電話だと言って電話機を私の近くに持ってきた。

私は、半身を起すと受話器を手にした。菊川の憤りにみちた声が、流れてきた。病気見舞いに行ったのに病名すら洩らそうとしない私に、かれは腹を立てていた。互いに心を開いた付き合いだと思っていたのに、そういう人とは思いもしていなかった、と言った。

私は、短い言葉で弁明しながらかれの怒声をきいていた。

「もう、これきりにしましょうや」

かれは言うと、電話が一方的に切れた。

私は、柱に背をもたせかけた。菊川に対する不快感はなく、むしろかれの怒りも無理はない、と思った。気持の滅入っている私の表情は暗く、菊川には、それが来訪を迷惑がっている表情に見えたにちがいない。果物を買い求めタクシーを走らせて私の家に見舞いにきたかれにとって、私の態度は思いがけぬものであったにちがいなく、友人にも恥しい思いをしたのだろう。

かれは電話でそのことを口にしなかったが、私との関係は、かれが妻をはじめ自分以外の者に洩らしたことのない過去を私に告げたことからはじまっている。そのような性格をもつ間柄でありながら、私が、妻子にも話していないという理由で病状をかれにつたえることをしなかったのは、身勝手と解されても仕方があるまい。かれが、互いに心を開いた付き合いだと思っていたというのも、私との特殊な関係を言外に匂わせたものにちがいなく、私に裏切られたような気持にもなったのだろう。

かれは、付き合いを断つと言って電話を切ったが、私は、このままかれが私から離れてゆくとは思えなかった。かれとの交流には今までにも何度か起伏があり、それも自然に解決して持続されてきている。かれは、かなり感情を損ねているようだったが、かれとの交流は恢復するにちがいない、と思った。

しかし、かれの憤りは根強いものらしく、かれからの電話も手紙も絶えた。

その間、私は、専門医の検診をうけ、軽度のバージャー病と診断された。病因は、その年の二月、零下二十八度の旭川市をはじめ吹雪の中を増毛町まで旅行した折に、脚部の血管が冷気におかされたためだろう、という。むろん手術の必要はなく、血管拡張剤の服用と禁煙が指示された。

菊川から電話があったのは、付き合いが断たれてから二年後の一昨年の暮であった。私は、なつかしさをおぼえ、自然に声もはずんだ。

かれは、私が雑誌に発表した足の疾患についてふれた随筆を読んで事情を知り、荒い言葉で電話をかけたことをしきりに詫びた。

「その後、足の方はいかがですか」

かれは、おだやかな口調で言った。

私は、症状の恢復が順調で薬の服用もやめるまでになっているが、冬期に厳寒の地へおもむくことは禁じられている、と答えた。

ついでかれの近況をたずねた私は、かれが思いがけぬ境遇に身を置いていることを知り、驚きを感じた。

かれは、その後も何度か北海道に渡り、身をひそめていたタコ部屋の跡を歩きまわって部屋の幹部であった老人や、当時のタコ仲間で雑貨商を営む朝鮮人に会ったりしたという。その間、かれは、北海道在住の民衆史研究家が、苛酷な労働を不当に強いられて死亡した労務者の記録を記した著書に感動し、さらにその研究家が証言者のいないことを嘆きながらもタコ部屋の組織の調査に取り組んでいるのを知った。かれは、逡巡したが、帰京すると研究家に長距離電話をかけ、タコ部屋に所属していたことをつたえ、証言者として調査に協力することを申出たという。

しばらくして、研究家がかれの家を訪れてきて、かれは、航空隊から脱走後終戦まで過したタコ部屋での生活を詳細に語った。研究家は、それをメモして辞して行ったが、本格的な調査のため北海道に招きたいという手紙がとどき、近々のうちに北海道へおもむく、という。

「ともかく、調査に全力をあげて協力するつもりです」

かれは、落着いた声で言った。

年が明けてしばらくすると、菊川から電話があった。上京してきた研究家と、上野から北海道へ送られたコースをたどり、タコ部屋のおかれていた帯広、鷹泊を歩きまわり、当時の関係者にも会ったという。相変らずかれは激しい動き方をしているわけだが、以前のように乱れたものではなく、秩序立った軌跡が感じられた。

そのうちに、かれから道内紙の複写がしばしば郵送されてくるようになり、かれがタコ部屋の棒頭をしていた男として新聞記者の取材対象にもなっているのを知った。かれは、伊藤という偽名を使っていたが、部屋から脱走するタコを追い、その足の早さと執拗さで、「はやての伊藤」と渾名(あだな)されていたことも紹介されていた。

やがてかれの関心は、鷹泊のタコ部屋で飢えと寒気で衰弱死した二人の人夫を埋葬したことに向けられた。かれは、姓のみを知るそれらの死者の遺族を探し出すため愛知県一宮市や広島市まで行き、苦労の末ようやく探しあてたという。かれの願いは、タコ部屋の棒頭としての自責の念から、墓標も立てずに埋めた人夫の遺骨を改葬することにあるようだった。

その年の夏、複写された北海道内紙の切抜きが数枚、大きな茶封筒に入れられて送られてきた。各紙ともかなりの紙面をさいた記事で、菊川が傘をさして遺骨発掘を見つめている姿や柩にとりすがっている姿が、写真になって掲載されていた。

記事によると、発掘は豪雨の中でおこなわれ、地元の人が協力したという。菊川の記憶をたよりにスコップが突き立てられ、かなりの時間を要して遺骨を掘りあてて柩におさめ、改葬後、墓標を立てた。その間、菊川は、立ち会った遺族に何度も頭をさげて詫びたと記されていた。

私は、痛々しさを感じた。かれと初めて会ってから八年が経過し、私は狂ったように動きまわるかれを傍観してきたが、かれが行きつくところまで行ってしまったことを感じた。私がかれと同じ過去をもっていたら、どうであったろう、と思った。小説家として、かなりの逡巡の末、過去を筆に託すことはするにちがいなかった。記憶をたしかめるため自分のたどった地を訪れ、思い切って旧海軍時代の上官やタコ部屋関係者に会うこともするかも知れない。しかし、タコ部屋の加害者側の一人としてすすんで土中に埋めた労務者の発掘に立ち会い、冷たい視線を浴びながら遺族に詫びることはできそうにもない。

私は、掲載された写真の菊川の顔を見つめた。かれと初めて会った時、かれの顔の印象は陰湿な感じで、眼に他者を容易に受け容れぬ警戒の色とおびえの光がうかび出ていた。その後、かれの眼は、私にすがるような光を宿すかと思うと、逆になじるような光に変った。が、写真の中の菊川の顔は無表情に近い静穏な表情で、眼の光もおだやかだった。私は、かれが特異なものではあるが一種の安らいだ境地に身を置いているのを感じた。

今年の二月、かれから電話があり、民衆史研究家と共著で、主としてタコ部屋での生活体験を記した著書の出版準備が進められていることを告げた。その出版には兄弟の反撥が激しく、私の小説では仮名であったからまだ救いがあったが、研究家との共著は実名で、逃亡兵の家族として戦時中に迫害をうけ戦後も肩身がせまい日を過しているのに、これ以上迷惑をかけるのか、となじられたという。

菊川は笑っていたが、私には返答のしようもなかった。

「あなたも執筆しているわけですね」

私が言うと、

「原稿用紙にむかうと頭が痛くなって、とても書くことなどできません」

と答え、民衆史研究家の執筆によるものだと言った。

私は、その答え方に好感をいだき、笑った。

四月下旬、かれから著書が送られてきた。あとがきに、民衆史研究家が全体の記述をし、菊川がそれを補筆することによって成った、と記されていた。

三

日曜日の午後、登山帽をかぶった田代が庭に入ってきた。

かれは、私の姿を認めると地下足袋をぬいで食堂にあがり、隅に置かれた鉢植えの植物のかたわらにしゃがんだ。かれは大きな園芸会社に勤務していて、私がしばしば行く鮨屋に顔を見せることから知り合いになり、時折り観賞植物などを持ってきてくれる。

前日の夜も、かれは中型の鉢をかかえてきた。眼にしたこともない一メートルほどの高さの植物で、到底観賞用とは思えぬ変哲もない細長い葉と茎の先に薄茶色い毛のようなものでおおわれた蕾(つぼみ)らしいものがあるだけだった。特徴といえば、葉の中程から葉と蕾のついた茎が生えていることが変っていた。

かれは、それが月下美人と称されるサボテン科にぞくする植物だ、と言った。月下美人は、通常の手入れでは年に一度、夜間に開花し、三、四時間で花弁を閉じてしまうという。かれの勤める会社の温室には月下美人が三鉢あり、夜、だれの眼にもふれることなく開花するのが惜しいので、その一鉢を借り出してきた、と言った。

私は、花の名だけは知っていた。年に一度、夜に開花することも、なにかの書物で読んだ記憶があった。華やかな植物を想像していたが、眼前の植物は見ばえのしないもので意外であった。

田代は、蕾を見つめながら、

「あと二、三日後に咲くと思っていたんですが、今夜あたりかも知れない」

と、つぶやくように言った。

かれの顔には自信のないような表情がうかび、私と茶を飲みながらも時折り鉢に眼を向け、再び鉢のかたわらに身をかがめて蕾に手をふれると、帰って行った。

私は、田代の予測がはずれることを願った。田代が鉢を持ちこんできた時から、そのみすぼらしい植物にどのような花が開くのか興味をいだいていた。開花の性格上、花を見た者は少いと言われているので、近くに住む友人たちを招いて共に観賞したい、と思っていた。

しかし、その日は、夕方から菊川の町でもよおされる出版記念会に出席することになっていて、開花を眼にすることができないかも知れなかった。それに予定した友人たちは勤めを持っている者ばかりで、休日で家にいるかれらに呼び出しの電話をかけることも気がひけた。なにか手を加えれば開花が一日ぐらいおくれるのではないかとも思ったが、植物に知識のない私には判断もつかなかった。

日が傾きかけた頃、私は久しぶりにワイシャツにネクタイをしめ、薄地の背広を着た。残暑のきびしい日がつづいているが、その日は涼しく背広を着ても暑苦しさはない。が、正午過ぎの検温では微熱があって、体が温湯につかったようにだるかった。

身仕度を終えた私は、熨斗袋に幾許かの紙幣を入れて持ってゆこうかと思った。会費は二百円とされているので、菊川と親しい者だけが集り、茶菓が出るだけにちがいなかったが、その出費の一端をにないたかった。

置時計を持って行った夜のことが、思い起された。あの折とは異なって、かれが素直に私の好意を受け入れてくれそうに思えたが、時計に眼も向けず不快そうに口をつぐんでいたかれの表情を思い出すと、熨斗袋を持ってゆくこともためらわれた。

私は思いあぐね、一カ月前に長崎へ行った折に買い求めた鼈甲細工のカフスと帯留のセットを携えてゆくことを思いついた。銀婚式が近い弟夫婦に贈ろうと思って買ってきたのだが、菊川だけではなくかれの妻にも贈物ができることが好都合に思えた。

私は、妻に鼈甲細工を出させて小さな風呂敷に包んだ。

「ひと晩おくれてくれるといいんだが」

私は、月下美人の蕾をみつめた。蕾は、田代が持ってきてくれた時と少しの変化もなく、その夜、開花するとは思えなかった。

私は、家を出ると足を早め、郊外にむかう電車に乗った。定刻より少しおくれそうだった。

日曜日のためか電車はすいていて、私は座席に腰をおろし、窓外をながめた。西日が薄れはじめていて風景の輪郭がぼやけてみえる。雑木林の内部は暗くなっていた。

かれから送られてきた新聞の切抜きの或る個所が、胸によみがえった。労務者の遺骨を改葬した折、菊川は、タコ部屋で労務者を酷使し脱走者を追った非人間的な男として、多くの若い男たちから怒声を浴びせかけられ、かれが男たちにしきりに詫びていたことが記されていた。

私は、その記事を読むのが辛かった。タコ部屋の親方や幹部であった者は数多く現存し、前歴をかくして生きているはずだった。そうした中で、菊川は自ら棒頭であったと名乗り出て、終戦直前に土中に埋めた二個の遺体の遺族を探し出し、改葬にもすすんで立ち会った。かれを責めるのは酷だ、と思った。

かれは私に、十九歳という異例の若さで棒頭に抜擢されたのは、大罪をおかした逃亡兵であることをさとられぬため、親方に忠実に仕えたからだ、と言った。戦時という異常な時期にひたすら銃殺されることにおびえながら生きていたかれを、現在の概念で非難するのは当を得ていない、とも思った。

私は、付き合いが復活した後、電話から流れ出るかれの声が一変していることに気づいていた。折々の感情を露わにしていたかれの声は、平静でやわらいだものになっていた。その声と、新聞の切抜きに掲載されていた静穏なかれの表情が重なり合った。

乗換駅で支線の電車に乗った頃、窓外には夜の色がひろがり、沿線の家々からは灯がもれていた。

八年ぶりに降りた駅は、その頃と変りはなかった。私は、駅前のタクシー乗り場に行き若い女の後ろに立った。

タクシーが二台つづけてやってきて、私は女の乗った車が発車した後、車のドアの中に身を入れた。会場は団地内の集会所で、私がそれを口にすると、車は走り出した。

古びた団地のつらなった建物が右手にみえ、車は信号のある道を曲って団地内に入っていった。そして、角をいくつか曲ると二階建ての木造の建物の前でとまった。

私は降りて建物の入口に近づいたが、内部に灯はみえない。コンクリート造りの棟の中に異物のように立つ洋風の建物は、いかにも集会所らしいが、人の気配はなかった。

二人の女が、街路灯の下で立話をしているのがみえた。私は近づくと、菊川の出版記念会が催されている場所はどこか、とたずねた。女たちは首をかしげたが、女の一人が路の前方の左側にある建物を指さし、

「なにかあそこで人の集りがあるようですよ」

と、言った。

私は礼を言って、路を小走りに進んだ。

路に面した部屋の窓が開かれていて、近づいてのぞくと畳敷きの部屋に三、四十名ほどの男女が坐り、奥に菊川の顔が見えた。

私は、入口のたたきに入った。靴は少く、サンダルや下駄が並んでいる。私は靴をぬぐ

と、机の前に坐っている若い女に姓名を告げ、百円硬貨を二枚渡した。

私は、部屋に入り、壁ぎわに坐った。私に気づいた菊川が目礼し、かたわらに坐るかれの妻が頭をさげた。彼女の前に坐っている二十六、七歳の女は、かれの娘であった。

部屋に坐っている人たちは年齢もまちまちで、女たちは団地に住む主婦のようであった。男たちは半袖のシャツを着ている者が多く、私以外に背広を身につけている者はいなかった。二十五、六歳の男が、立って菊川の著書についての感想を述べていた。

私は、菊川の横顔を見つめた。そこには、新聞に掲載されていた写真の無表情に近い顔があった。かれは正坐し、男の言葉に時折りかすかにうなずくだけで身じろぎもしない。顔が少し小さく、肩幅もせまくなっているように思えた。眼は、伏せぎみであった。

私は、かれの妻と娘に視線を向けることをしなかった。すべてはかれが私に過去を口にしたことからはじまったことで、それから八年間、半ば狂躁に近いかれの行動によって、彼女たちは多くの精神的、経済的な苦渋を強いられたはずであった。私の著書が出版されたことは彼女たちにとって迷惑であったにちがいなく、さらにその日、人々に祝われている著書ではかれが実名で登場し、しかもタコ部屋での加害者として記述されている。かれは裸になったが、同時にかれの家族も裸身をさらす結果になっている。

私は、かれの妻と娘が伏目になって坐っているのを視線の隅で感じていた。

指名された男や女たちが、次々に立って感想を口にした。長い間交際してきたが菊川の過去を知らなかったと言う者が多く、中には私の著書の主人公が菊川であるのを知って数奇な体験をしたことを知ったという者もいた。菊川は、話し終えた者が坐る度に、頭を深くさげた。

菊川の背後にテレビとビデオ・カセット・レコーダーが置かれているのに気づき、私は北海道のテレビ局でかれの体験を追うドキュメンタリー映画が道内に放映されたという話を、かれからきいたことを思い出した。この席で、それを上映する手筈になっているにちがいない、と思った。

スピーチは、つづいた。若い教員や山谷から来た労務者も指名された。

司会者が私の姓を口にし、私は立ち上った。祝辞を求められることを予想し、家を出るまでは、かれとの出会い、電話で怒声を浴びせられたこと、交際が恢復された後、電話から流れるかれの声が穏やかなものに変ったことなどを述べようと思っていたが、集会所に入った時からそのようなことを口にする気は失せていた。私は、かれが健康を維持し、家庭人として妻や子供たちに温かく接してやって欲しい、と述べただけで腰をおろした。

名古屋から駈けつけてきたという北海道在住の新聞記者が入ってきて、かれが祝辞を述べると、それが最後のスピーチになった。

女たちが立って部屋の外に出てゆくと、ビールや酒を運びこみ、女たちが作ったという野菜サラダや揚物を盛った容器を、所々に置かれたテーブルに並べた。私は、熨斗袋を持ってこなかったことを悔いた。それらの酒類や料理の費用はむろん会費で賄われるはずもなく、出席者の中の何人かが負担し、菊川自身も支出しているにちがいなかった。私は、受付の若い女に紙幣を渡そうかとも思ったが、袋に入れず差し出すのも礼を失すると考え、思いとどまった。

座が、にぎやかになった。私は、かたわらに坐る中年の女にすすめられてコップを手にし、ビールを受けた。

司会者が、菊川の過去を追うドキュメンタリー映画を観て欲しいと告げ、スウィッチを押した。

ブラウン管に、画像が映し出された。かれの生れた福島県下の村の風景からはじまり、貧しい農家で過した少年時代の生活が紹介された。やがて、十六歳の折に海兵団へ入団後、軍用機爆破までの経過がたどられ、脱走した航空隊の野外の厠跡も映し出された。都内で潜伏後、多くの労務者と北海道に渡りタコ部屋に送りこまれて棒頭になるいきさつが、風景描写とともに語られた。

雪中に菊川が立ち、丘陵を指さして、

「あの丘を越えてタコが逃げてゆきましたので、徹底的に追いました」

と言うシーンも挿入されていた。

鷹泊共同墓地での遺骨発掘作業、朽ちかけた骨、僧の読経、改葬などをカメラは追い、合掌し、頭をさげ、柩にとりすがる菊川の姿と顔がしばしば大写しにされた。

私は、菊川と妻、娘が画像に眼をむけず、視線を落しているのに気づいていた。菊川は、座ぶとんの隅に垂れた糸をうつろな眼でいじっていた。私は、再び画面に眼を向けた。

最後のシーンが映し出され、私は体を硬くした。私にも記憶のある二階のかれの部屋で、畳に坐ったかれが右腕のシャツをまくっている。

「これがあるので、銭湯にも行けませんし、夏でも長袖のシャツを着てきました。タコ部屋で箔（はく）をつけるため彫ったのです」

シャツの下から黒ずんだ藍色の刺青（いれずみ）があらわれ、それは手首から肩まで伸びている。私は、視線を据えた。

画像に映されたそれまでの経過は、すべてかれからきいたことばかりであったが、刺青のことは知らなかった。私は、初めてそのことだけはかれが口にしなかったのに気づいた。と同時に、その刺青を眼にしてかれが棒頭として逃走した労務者を捕え、革バンドで縛り上げて雪の中を親方の前に曳きずっていったという話も思い起した。

完、の字幕が出て、テレビが消された。

菊川が立つと、簡単に感謝する旨の挨拶をして坐った。それで、会は終了し、出席者たちは酒を飲み食物を口にして雑談をはじめた。

私は、時計を見た。いつの間にか針は九時半過ぎをしめしていて、帰りの電車が気がかりになった。新聞記者が明朝早く北海道にもどるので、と言って腰をあげた。

私は、菊川に近づくと、お祝いのお金の代りに持ってきたと言って鼈甲細工の入った包装箱を差し出した。菊川は押しいただくように受け取り、菊川の妻は、

「お忙しいところを遠路わざわざおいで下さいまして、ありがとうございました」

と丁重な言葉づかいで手をつき、娘は無言で頭をさげた。

菊川の友人が、私と記者を駅まで送ってくれることになり、私たちは車に乗った。

「いい会でしたね」

私は、隣に坐る記者に言った。

駅で二十分ほど待たされ、私は記者と電車に乗った。記者は、終始菊川を追って取材し、遺骨改葬にもおもむき、かれの著書の出版にも力を貸したという。かれは、菊川に対する感想を口にせず私が北海道を背景に書いたいくつかの小説を話題にし、私たちはそれに関係のある土地や人について話し合った。

電車を乗換え、記者は、親戚の家に泊ると言って私の下車駅の一つ手前の駅で降りていった。

一人きりになると、月下美人のことが気になりはじめた。家を出る時の蕾の状態では開花の気配は感じられなかったが、幻に似た花と言われているだけに俄かに開花し、すでに花弁を閉じてしまっているかも知れない。時刻は十一時をすぎていた。

電車がとまると、私は足早にフォームの階段をおり、改札口をぬけた。飲食店の多い駅前にはネオンや電光があふれ、人通りも多かった。

私は、公衆電話の受話器をとった。

「花はどうだ」

私がたずねると、妻の甲高い声が流れてきた。

「咲いたのよ。今が真っ盛りよ。急に咲きはじめて……」

私は、公衆電話の前をはなれると広い道路の横断歩道を渡り、家に通じる公園の中の道を急いだ。どのような花か想像もつかないが、見すぼらしい感じの植物だけに淋しげな花なのだろう、と思った。それとも月下美人と名づけられていることでもあり、また妻の興奮した声から察しても、思いがけぬ美しい花なのかも知れなかった。

公園の石段をあがり、住宅街を小走りに進んだ。門のくぐり戸をあけ、ブザーを押すと、すぐにドアが開いた。

その瞬間、私は気品のある香りにつつまれた。

「いい香りでしょう。二階にまで匂っているのよ」

妻は、はずんだ声で言った。

食堂に入った私は、あふれるような芳香の中で食卓の中央に置かれた鉢に眼をむけ、立ちつくした。植物は、夕方眼にしたものとは全く異なった姿をみせていた。

私は、食卓に近づいた。純白の花が、五輪開いている。予想をはるかに越えた大きな花で、清らかな初々しさであった。妻は、咲かぬと思っていたが、八時頃から少しずつ蕾がふくらみはじめ、十時少し前に急に花弁をひろげたと言った。妻は、娘と二人だけで見るのが惜しく、近所の娘の友人と商事会社の寮の親しい管理人に電話をかけた。娘の友人は母を、管理人は寮に泊る社員三名をそれぞれともなってきて、鉢を取りかこみ、しきりに写真を撮り、少し前に帰って行ったという。

私は、見惚れた。花の中央に日傘のような白いものが突き出ているのが雌蕊（めしべ）らしく、それをかこむ優美な白金の線に似たものは雄蕊にちがいなく、その先端に黄色い点状のものが一様に吹きつけられたように附着している。白と黄の色の対照が鮮やかで、その個所から濃厚な香（かぐわ）しい匂いが漂い流れていた。

私は、椅子に坐るとコップにウイスキーと氷水を入れ口にふくんだ。思考力は失われ、花をみつめながらコップを口に運んだ。

酔いが、徐々にまわってきた。妻は、黙ったままテーブルに肘（ひじ）をついて花に眼を向けている。

「どうでした、菊川さんの会は……」

妻が、口を開いた。

「いい会だった」

私は、記者に対した時と同じ答え方をした。

刺青のことを口にしようという気持が動きかけたが、黙っていた。菊川の腕の紋様はよくみえなかったが、黒ずんだ色が胸に焼きついている。眼前の花の白さと刺青の色が重なり合った。

菊川には、ようやく安らぎが訪れているらしい。かれの妻の顔にも、行きつくところまで行きついたという諦めの表情がうかがえた。菊川の出版記念会の催された夜、年に一夜、それも数時間しか咲いていないという花の開くのを眼にしたのは、いかにもそれらしくていい、と、酔いも手伝って、私は幾分感傷的になっていた。

かれとかれの妻に対する罪に似た意識が、わずかながらも薄らぐのを感じた。

……翌朝、早く目ざめた私は、階下に降り、食卓に眼を向けた。花はなく、薄茶色い織毛のようなものに包まれている蕾があるだけだった。しかも花弁を支えていた茎は下に向き、その先端の蕾も垂れている。葉もしおれ、色も褪せていた。

植物が、生き物のように感じられた。前夜、白い花弁を華やかに開き芳香をふんだんに放っていた姿はない。年一回の開花に力のすべてを使いつくし、息絶えたようにしおれている。垂れた五個の蕾が、熱湯をかけられ羽をむしりとられた雞（にわとり）の頭のようにみえた。

私は、椅子に坐ってしばらくの間、眼の前の植物をながめていた。

編者解説

池上冬樹

『犯罪』『罪悪』で人気のシーラッハと吉村昭

吉村昭の作品にふれる前に、『犯罪』『罪悪』で二〇一〇年代日本のミステリ・ベストテンを賑わせたフェルディナント・フォン・シーラッハの話をしたい。シーラッハが好きならぜひ吉村昭を読むべきだし、現代においても吉村昭はもっと注目されていいという話である。

このドイツの作家はデビュー作『犯罪』で、クライスト賞を受賞している。この賞は一九二〇年代にはベルトルト・ブレヒトが、近年ではノーベル文学賞受賞作家のヘルタ・ミュラーや日本の多和田葉子なども受賞している純文学の賞である。

しかし日本では『犯罪』は創元推理文庫から出版され、ミステリ扱いされた。これは別にいまにはじまったことではない。老舗(しにせ)の「ミステリマガジン」(早川書房)が、もともと海外の純文学を多数翻訳している早川書房の雑誌ということもあり、謎解きのみならず謎含みの現代小説／純文学も広く〝ミステリ〟として紹介して、それをファンはごく普通のように受容してきた歴史がある。世界文学の古典になりつつあるウンベルト・エーコの『薔薇の名前』（東京創元社）、ピート・デクスターの全米図書賞受賞作『パリス・トラウト』（早川書房）、ペン／フォークナー賞を受賞したデイヴィッド・グターソンの『殺人容疑』（講談社文庫。この解説は僕。これは忘れがたい戦争文学で、ミステリ的には法廷劇の傑作である）、ジュリアン・バーンズのブッカー賞受賞作『終わりの感覚』（新潮社。その年の僕のベスト1だった）、ブッカー賞候補作のサラ・ウォーターズの『荊の城』『夜愁』『エアーズ家の没落』（みな創元推理文庫）、同じく候補作のカズオ・イシグロの『わたしを離さないで』（ハヤカワ文庫）などは日本では純文学ではなくミステリとして読まれ、評判をとった。特にサラ・ウォーターズの作品は毎回ミステリ・ベストテンの上位を占める。

シーラッハの『犯罪』も大きな反響をよびおこし、それぞれ「このミステリーがすごい！」「週刊文春ミステリーベスト10」「ミステリが読みたい！」の二位に入り、本屋大賞の翻訳部門賞も獲得した。第二短篇集『罪悪』も各ベストテン入りを果たしたし、初長篇『コリーニ事件』、第二長篇『禁忌』、短篇集『カールの降誕祭』『刑罰』など次々に翻訳されている。シーラッハは全世界四十カ国で翻訳されているというが、日本でもシーラッハのファンは確実に存在しているといっていいだろう。

こうしてシーラッハの小説が翻訳され、毎回書評も多く掲載されるようになるのだが、ひとつだけ違和感がある。なぜ誰も吉村昭に言及しないのかということである。『犯罪』を読んだとき、「ああ、これはドイツの吉村昭だ」と思ったものだ。様々な事件や犯罪者たちと関わる弁護士の「私」の物語は、怜悧な文体で犯罪者を見つめる吉村の短篇「秋の街」や「秋の街」が発展したような傑作『仮釈放』を想起させた。つまり人間の精神と犯罪の関係を捉える深い洞察があり、社会における弱者に寄り添う視線がある。何よりも叙述は冷静で、私情をはさまず、あくまでも観察に徹する強靭な文体が似ているのである。

吉村昭を昭和の偉大な純文学作家として閉じ込めるべきではない。吉村もシーラッハのように、広く現代の一般読者の目に触れるべきである。とくに目の肥えた海外文学・ミステリファンに読んでほしい。純文学とミステリの垣根を超えて、小説の豊かさを追い求める彼らなら絶対に虜になるからだ。そしてさらに、吉村昭など知らない若い読者にも、もっと紹介されるべき作家なのである。

学生たちが驚嘆する吉村昭の「少女架刑」

私事になるが、大学の創作の授業で毎年多数の作家の小説を学生たちに読ませる。夏目漱石、志賀直哉、梶井基次郎、石川淳、福永武彦、小川国夫、開高健、小沼丹、村上春樹などの純文学作家から逢坂剛、片岡義男、向田邦子、佐藤正午、横山秀夫、角田光代、三浦しをん、伊坂幸太郎のエンターテインメント作家、海外ではアーネスト・ヘミングウェイ、フリオ・コルタサル、レイモンド・カーヴァー、チャールズ・ブコウスキー、ティム・オブライエン、ブライアン・エヴンソン、スティーヴン・キング、ジェイムズ・エルロイ、ジェフリー・ディーヴァーなどおよそ五十人の作家をとりあげていて、毎年授業の最後にテキストにした作品の人気投票をするのだが、そこで必ずベスト3（ほとんどベスト1）に入るのが、吉村昭の「少女架刑」である。

死者である少女の視点で、自らの死体が解剖され、焼かれて骨になるまでが語られる話は、背景にある貧困、家庭内虐待、毒親（母親）といったものが現代の読者に馴染みのあるテーマであることもあるが、やはり硬質な文学性が魅力なのだろう。研ぎ澄まされた感覚が微細なところまでおよび、死者の視点なのに五感を通して生々しく場面が喚起される。その徹底した文章力に圧倒され、ひたすらに冷たくて静かで暗くて救いのない世界に魅せられていく。ストレートに感情を描き、ときに厚く塗り絵をして共感をよぶことを第一義とした小説に触れている学生たちにとって、感情を描かず、共感という媚びなど一ミリもない吉村昭の硬質な文学は驚異なのである。こんなに凄い作家がいたんですねと毎年言われるが、そのたびにもっと吉村昭を読ませないといけないと思う。読めばかならずや夢中になる作家なのに、どちらかというと歴史小説（『桜田門外ノ変』『ポーツマスの旗』）と記録文学（『戦艦武蔵』『陸奥爆沈』）の長篇作家のイメージが強く、敬して遠ざけるところがある。そうではない。吉村昭は刺激的で、とても現代的で、いまなお読者を圧倒する力をもつ。長篇もいいが、吉村昭は優れた短篇作家でもあり、入門書としてはむしろ短篇集のほうがいいのではないかと思う。

本書について／刑務所関係の小説と父親三部作／記録文学とリンクする短篇

本書『冬の道　吉村昭自選中期短篇集』は、『少女架刑　吉村昭自選初期短篇集Ⅰ』『透明標本　吉村昭自選初期短篇集Ⅱ』に続くシリーズ第三弾で、一九七四年（昭和四十九年）から一九八五年（昭和六十年）までの短篇を十作収録した。

この時期吉村昭は、長篇では『漂流』（七六年）、『ふぉん・しいほるとの娘』（七八年、吉川英治文学賞受賞）、『破獄』（八三年、読売文学賞&芸術選奨文部大臣賞受賞）、『冷い夏、熱い夏』（八四年、毎日芸術賞受賞）、『長英逃亡』（八四年）と吉村文学を代表する傑作を次々に上梓した。初期から晩年までいささかも衰えることなく、充実した作品を送り出した作家ではあるが、中期はよりいっそう作品の厚みをましたのではないか。

本書は、『吉村昭自選作品集』第十四巻・第十五巻（新潮社）の中から池上が選んだものので、『大本営が震えた』や『逃亡』などの長篇とリンクする短篇や父親を描いた私小説などもあるが、目をひくのは刑務所を舞台にした作品だろう。吉村昭の中期以降の短篇には刑務所ものが少なからずあり、完成度も高く、当初は六作ほど収録候補に選んだのだが、さすがに十本のうち半分を占めるのは問題と思い、泣く泣く外して四本にした。その辺の話はあとまわしにして、まずは、収録作を見ていこう。

まず、冒頭は、その刑務所ものの「鳳仙花」（一九七七年「群像」）である。刑務所職員が見つめる死刑囚の話といっていいだろう。死刑執行当日、死刑囚のところに俳句結社の人たちが集まり、最後のお別れをするのを横目で見ながら、職員は死刑囚の献体騒動に巻き込まれて、関係者との折衝にあたる。お別れとはどのようなもので、騒動とは何かは読んで確認してもらいたいが、目をひくのは死刑執行が特別なものであるはずなのに、刑務所職員にとっては日常であり、実に淡々と実務をこなしている点だろう。アンソロジーに収録される機会が多いので本書には選ばなかった「メロンと鳩」もまた、刑務所を舞台にした傑作であり、終盤に至って驚くほどの緊張感が高まるが（本文中の死刑囚が鳩を殺すエピソードこそ「メロンと鳩」である）、本作もそうだろう。緊迫感と静謐、そこに流れる清冽な叙情と、ある種の美がある。ふつう死刑囚の死から美を摑みだすなど考えられないことだが、吉村昭は易々（やすやす）とこなす。死を前にして人はいかに振る舞うのかをしかと見すえているからだろう。

「休暇」（一九七四年「展望」）は、刑務所職員の結婚と休暇を描いた作品である。拘置所勤務ということで縁談がまとまらず、三十五歳まで独身生活を余儀なくされた男が、六歳の娘をもつ三十二歳の女と見合いをして、ようやく結婚することになる。老母の死と残された農地の処分で有給休暇のほとんどを使い果たし、新婚旅行にふりむける休暇はなかったが、死刑執行の〝支え役〟をして特別休暇を手に入れた。その死刑執行の厳粛な一部始終と、新婚旅行での新妻との接近が高揚した気分とともに捉えられていく。

読者の中には、死刑執行を行う刑務官の職業と家庭生活を描いた丸山健二の芥川賞受賞作「夏の流れ」（一九六七年「文學界」）を想起する人もいるかと思うが、丸山がリフレインの多いヘミングウェイ的なリズミカルな会話を駆使して描くのに、吉村は（吉村自身もヘミングウェイに影響を受けているにもかかわらず）会話を極端に減らして沈黙と観察を選び、日常的な暴力と死の気配の中での不安と喜びを伝えている。シーラッハもそうだが、吉村昭もまた日常とはほど遠いところへ読者を運び、対峙させる。

シーラッハの作品では弁護士の「私」が犯罪者と対峙するが、「苺」（一九七七年「文學界」）では、小説家が向き合う。これも刑務所もののひとつで、小説の批評をした作家の所へ、出所した男が訪ねてくる話だ。法務省の機関誌で行っている受刑者たちの作品コンクールで、作家の根津は「苺」という作品を優秀作に推した。無期刑の男が幼い女の子から電車の中で苺をさしだされる印象的な場面があり、それは実際に起きたことだと思っていたが、男の態度を見ていると事実か創作かわからなくなる。男はどんな罪で服役したのか、何を隠して生きているのかが、最後の最後にようやく見えてくるが、本書収録「鋏」同様、どきりとするラストシーンだ。なお、「男の布靴が、路面にはりつくような音をさせている」とか「陽光を浴びる機会の少い男の耳は白く、ふやけた麸(ふ)のように生色がない。刈られたばかりらしい頭の禿げ上った部分には、毛の生え際まで皺がうかび出ていた」など刑務所内での生活と人間性を示唆する描写も見事である。

「破魔矢」（一九七八年「群像」）は、親戚の娘の加代子を預かる作家の家が舞台となる。加代子は高校二年生だが、自動車修理工と関係をもち堕胎の経験もあった。男が自殺未遂をはかり、郷里に引き取られたが、また連絡をとるかもわからず年末から年始にかけて預かることになる。それと並行して、庭に出没する鼠の退治に頭を悩ます話が描かれる。

緊迫感にみちた刑務所もののあとに読むとほっとする私小説であるが、不穏な空気はうっすらとここにも流れている。というのも、鼠という異物の侵入、殺鼠という自覚的な駆除がそのまま娘の性的行為と堕胎と重なるからで、命を奪うことの意味が、的確な鼠の描写や殺鼠に反対する娘の台詞(せりふ)もあって、複雑な色合いを示す。さりげない意匠の中で巧みな主題把握が光る秀作であり、ラストシーンの加代子の姿には、誰もが微笑みながらも安堵するのではないか。

「黄水仙」（一九八〇年「海」）、「欠けた月」（一九八三年「文藝」）、「冬の道」（一九八三年「群像」）は、父親三部作とでも名づけたい作品である。「黄水仙」は昭和十九年三月のアメリカ軍による東京大空襲の後、行方不明になった父を探す話で、「欠けた月」は死に瀕した父の姿を描き、「冬の道」は父親を看取り、焼くまでを淡々と捉えている。別にテーマを中心に選んだのではなく、純粋に作品の質、密度の濃い作品を選んだら、父親をテーマにしたものが三作並んだということである。

肉親の死を題材にした作品は自ずと思いが深まるものの、逆に感情をできるだけ排して冷静な文章に徹しよう、行間に思いをこめようとしている。そのためできるだけ事実だけを淡々と書いていくのだが、それが功を奏している。静かに胸をうつ小説である。戦時中の暮らしぶりもわかる。当時の日本人たちの普通の暮らしがどのようなものであったのか。戦争というものが戦場のみで行われるものではなく、銃後でも悲惨な状況が起こることがわかるだろう。なお、「黄水仙」は、戦争末期と敗戦後の生活を綴った自伝的連作『炎のなかの休暇』から採っている。吉村昭の私生活に則した内容を知りたければ読むといいかもしれない。

「飛行機雲」（一九八四年「群像」）は、戦死した兵士の妻（アメリカ在住）との交流を描いた作品である。『大本営が震えた日』（一九六八年）でとりあげた上海号事件の顚末をあらわしている。開戦を指令した極秘命令書をもつ参謀（君塚少佐）の乗る中華航空の旅客機「上海号」が、中国軍領有地に不時着し、君塚少佐の生死が開戦に大きく作用した。

戦争が遠くに、それこそ飛行機雲のように遠く眺められる時代に入ってもなお、遺族は生存の望みを捨てきれずにいることが切実に捉えられてある。当時の資料をあたり、夫が斬首されたことを告げるかどうか、「私」が迷ってしまう場面も実に印象的だ。「斬首され、水田に遺棄されていたことなど告げる気にはなれなかった。／私は、長い間ためらった。書くべきではないという思いと、戦争の実態を記すには勇気を持つべきで、君塚少佐もそれを望んでいるという思いが交叉した」とある。吉村文学の一画をなす太平洋戦争ものに向ける作者の強い思いをのぞくことのできる秀作といえるだろう。

「鋏」（一九八五年「すばる」）もまた、刑務所・囚人もので、篤志面接員の手島が、無期刑の片桐を別荘で預かる話である。仮釈放になるものの身元引受人がいないので一時的に自分の家に置かざるをえなくなる。身寄り先を見つけるまでの処遇だったが、目をひくのは礼儀正しくも、押しが強く、どこかふてぶてしい片桐の肖像だろう。「無期という計量から一人以上の人間の生命をうばったにちがいないと察しているだけで、身の上その他をきく気もない」でいた手島だが、最後の最後に、片桐が隠し持つ暴力衝動と不安とかすかな狂気を、あることを通して見せつけられる。たんたんと事実だけを提示しながら、ひそやかやかなものを一気に晒す手際はまことに鮮やかである。

最後においたのは、「月下美人」（一九八〇年「群像」）である。軍用機を爆破した元脱走兵を取材する「私」の生活と、過去を語らず苦悩の歳月を過ごしてきた男の人生を、一晩で咲き散る月下美人に託して描いている。文中にもあるが、これは長篇『逃亡』（一九七一年）の執筆前後を綴った短篇である。匿名の電話による情報提供からはじまった元脱走兵菊川との関係は、情緒不安定に陥った菊川に引きずられながら、やがて「私」自身の闘病もあって、長い付き合いとなる。三百五十枚に達した段階で、書かないでくれと懇願されて筆を措き悩む場面もある。「戦時下での事実は、事実を越えた虚構の領域に踏み入ったものでもあって、その中で浮游しつづけたかれの軌跡を追うことに私なりの意味を見出していた」という。

そんな彼の人生の軌跡と、私なりの書くことの意味が重なり合うのが、年に一度の月下美人の開花であろう。互いに協力し合いながらも、どこかかみ合わずにそれぞれの人生を生きた二人の関係の象徴でもある。芳香にみちた鮮やかな開花と、その開花に「力のすべてを使いつくし、息絶えたようにしおれている」姿。生きる華やぎと空しさをシンボリックに捉えていて間然とするところがない。

犯罪者たちをめぐる物語／文学性と社会性の融合

それにしても、読者は、なぜ刑務所ものが多いのかと思うだろう。もともと吉村昭には刑務所を舞台にした作品がいくつかある。昭和十七年、太平洋上で米軍の捕虜となった水兵たちの抑留生活を描く『背中の勲章』（一九七一年）、北海道における囚人たちの開拓の歴史を捉えた『赤い人』（七七年）、昭和初期に四回脱獄をはかった男を描く『破獄』（八三年）、仮釈放された無期懲役囚を主人公にした『仮釈放』（八八年）、占領期の巣鴨プリズンを舞台に日本人刑務官の苦悩を描く『プリズンの満月』（九五年）などだが、『背中の勲章』『プリズンの満月』は『戦艦武蔵』『陸奥爆沈』『大本営が震えた日』『海軍乙事件』など「太平洋戦争もの」にくくられるべき作品だろう。

エッセイ「或る刑務官の話」（『私の引出し』）や初期短篇集『少女架刑　吉村昭自選初期短篇集Ⅰ』収録のエッセイ「遠い道程」によると、吉村昭と刑務所との繋がりは、大学に通学していた昭和二十六年の秋にさかのぼるという。大学の文芸部の機関誌の印刷代を抑えるために金額が半額近くですむ小菅刑務所の印刷部に出入りしたのがはじまりだった。「仕事は丁寧」だけでなく、「或ることに気づいた」とも語っている。「二人の友人の小説の誤字がもれなく正されていて、しかも文章まで直されている。その直し方が絶妙で、私たちは感心しながらも憶測し合った。受刑者には高い学歴をもつ」「優秀な編集者がいるのかも知れない」と。また、同じくエッセイの「『桜』という席題」（『わたしの流儀』）では、「鳳仙花」に描かれたような桜に受刑者たちが動揺する挿話が披露されているが、これは「故人になった篤志面接員のNさん」の話として紹介されている。おそらく長篇の取材そのほかで刑務所関係に知己をえたのだろう。

だが関心があるだけでは、死刑囚や刑務所を描く理由にはならない。何か心にかかるものがあるはずだ。たとえば「鳳仙花」の刑務官の耕一は、次のように受刑者を見る。

「耕一は、そうした死刑囚たちに接しているうちに、かれらの明るく澄んだ眼は、決して教化による悟りによるものではないことに気づくようになった。むしろ、その眼は死に対するおびえから生じた不安定な明るさだと思うようにもなっていた」

死を前にした者たちのおびえなのである。戦争末期の母の長患いのあとの死、大空襲による死屍累々の悲惨な情景、戦後すぐの父親の死、そして結核に罹患して行われた肋骨切除による手術の経験など、吉村昭の人生にはいつも死があった。「私は、死に対する恐れを感じながらも、少しでも長く生きていたい、と思った。あと五年間――千八百余日生かせてもらえれば、と願った」（『私の文学漂流』所収「第一章　読書から習作へ」）とあるように、死に対する恐れやおびえなのである。実社会から隔離されたところで死を恐れながら生きていた吉村昭にとって、刑務所に囚われた者たちが自らの犯罪と死を思うところに何か通じるものを感じたのではないか。

ただ忘れてならないのは、吉村昭の短篇が特異な点である。犯罪者や囚人を扱っても、彼らがどんな罪を犯したのかには興味がない。罪と罰の問題にも踏み込まず、生と死の極限状況に焦点をあてる。それは初期短篇集にみなぎる死のテーマ（自殺、死体、葬式、墓地、解剖、標本）の変奏でもあるだろう。創作集『少女架刑』（一九六三年）が出たとき丹羽文雄は次のような文章を寄せた。「……この二つの作品（「少女架刑」と「鉄橋」）は、吉村昭君の二つの傾向を代表してゐる。前者の文学性と、後者の社会性をうまくマッチさせていけば、幅のひろい、文学的に高い作品が生れるだらう。」（同「第十一章　会社勤め」より）と。この文学性と社会性を融合させて、より高みを目指したのが、刑務所ものといえるのではないか。もちろん情感はあるものの、より叙述は乾いていて、クールな部分がある。何かしら劇的な展開があるわけではなく、犯罪者たちの行動を冷静に分析するだけなのに、読む者の心を一瞬震わせる感覚や感受性がある。それは晩年になっても衰えず、より深まっていくのだが、それは「後期短篇集」でふれたいと思う。

（いけがみ・ふゆき　文芸評論家・東北芸術工科大学教授）

初出と初収

鳳仙花　「群像」昭和52年11月号　『メロンと鳩』昭和53年6月　講談社

休暇　「展望」昭和49年1月号　『螢』昭和49年12月　筑摩書房

苺　「文學界」昭和52年4月号　『メロンと鳩』昭和53年6月　講談社

破魔矢　「群像」昭和53年3月号　『メロンと鳩』昭和53年6月　講談社

黄水仙　「海」昭和55年11月号　『炎のなかの休暇』昭和56年2月　新潮社

欠けた月　「文藝」昭和58年1月号　『月下美人』昭和58年8月　講談社

冬の道　「群像」昭和58年4月号　『月下美人』昭和58年8月　講談社

飛行機雲　「群像」昭和59年6月号　『帰艦セズ』昭和63年7月　文藝春秋

鋏　「すばる」昭和60年8月号　『帰艦セズ』昭和63年7月　文藝春秋

月下美人　「群像」昭和55年5月号　『月下美人』昭和58年8月　講談社

編集付記

一、本書は『吉村昭自選作品集』第十四巻、十五巻(新潮社、一九九一年)を底本とした。

一、本文中、今日の人権意識に照らして不適切な語句や表現が見受けられるが、著者が故人であること、刊行当時の時代背景と作品の文化的価値を考慮して、底本のままとした。

中公文庫

冬の道
——吉村昭自選中期短篇集

2021年3月25日　初版発行

著　者　吉村　昭
編　者　池上冬樹
発行者　松田陽三
発行所　中央公論新社
〒100-8152　東京都千代田区大手町1-7-1
電話　販売 03-5299-1730　編集 03-5299-1890
URL http://www.chuko.co.jp/

DTP　嵐下英治
印　刷　三晃印刷
製　本　小泉製本

Published by CHUOKORON-SHINSHA, INC.
Printed in Japan　ISBN978-4-12-207052-3 C1193

中公文庫既刊より

各書目の下段の数字はＩＳＢＮコードです。978－4－12が省略してあります。

よ-13-13
少女架刑　吉村昭自選初期短篇集Ⅰ　吉村　昭
歴史小説で知られる著者の文学的原点を示す初期作品集（全二巻）。「鉄橋」「星と葬礼」等一九五二年から六〇年までの七編とエッセイ「遠い道程」を収録。
206654-0

よ-13-14
透明標本　吉村昭自選初期短篇集Ⅱ　吉村　昭
死の影が色濃い初期作品から芥川賞候補となった表題作、太宰治賞受賞作「星への旅」ほか一九六一年から六六年の七編を収める。〈解説〉荒川洋治
206655-7

よ-13-10
碇　星　吉村　昭
葬儀に欠かせぬ男に、かつての上司から特別な頼みごとが……。表題作ほか全八篇。暮れゆく人生を静かに見つめ、生と死を慈しみをこめて描く作品集。
204120-2

よ-13-2
お医者さん・患者さん　吉村　昭
患者にとっての良い医者、医者からみた良い患者とは？　20歳からの大病の体験を冷厳にまたおかしく描き、医者と患者の良い関係を考える好エッセイ。
201224-0

よ-13-3
花渡る海　吉村　昭
極寒のシベリアに漂着、わが国に初の西洋式種痘法をもたらしながら、発痘の花を咲かせることなく散った海の男の生涯を追う長篇。〈解説〉菅野昭正
201545-6

よ-13-4
蛍　吉村　昭
ひっそりと危うく生き続ける人間たちをも見逃さない人生の出来事。ささやかな日常に潜む非現実をとらえて、心にしみ透る小説9篇。〈解説〉小笠原賢二
201578-4

よ-13-7
月夜の魚　吉村　昭
人は死に向って行列すると怯える小学二年生。蛍のように短い生を終えた少年。一家心中する工場主。さまざまな死の光景を描く名作集。〈解説〉奥野健男
201739-9

よ-13-8
蟹の縦ばい
吉村　昭
小説家にとっての憩いとは何だろう。時には横ばいしない蟹のように仕事の日常を逸脱してみたい。真摯な作家の静謐でユーモラスなエッセイ集。
202014-6

よ-13-9
黒　船
吉村　昭
ペリー艦隊来航時に主席通詞としての重責を果し、のち日本初の本格的英和辞書を編纂した堀達之助の劇的な生涯をたどった歴史長篇。〈解説〉川西政明
202102-0

あ-20-3
天使が見たもの　少年小景集
阿部　昭
短篇の名手による〈少年〉を主題としたオリジナル・アンソロジー。表題作ほか教科書の定番「あこがれ」「自転車」など全十四編。〈巻末エッセイ〉沢木耕太郎
206721-9

い-37-6
晩　夏　少年短篇集
井上　靖
二度と戻らぬ、あの日々——。教科書名短篇「帽子」「赤い実」ほか、少年を主人公とする珠玉の十五篇。文庫オリジナル。〈巻末エッセイ〉辻　邦生・椎名　誠
206998-5

い-37-7
利休の死　戦国時代小説集
井上　靖
桶狭間の戦い（一五六〇）から本能寺の変（八二）、利休の死（九一）まで戦国乱世の三十年を十一篇の短篇で描く、文庫オリジナル小説集。〈解説〉末國善己
207012-7

え-10-7
鉄の首枷　小西行長伝
遠藤　周作
苛酷な権力者太閤秀吉の下、世俗的野望と信仰に引き裂かれ、無謀な朝鮮への侵略戦争で密かな和平工作を重ねたキリシタン武将の生涯。〈解説〉末國善己
206284-9

え-10-8
新装版　切支丹の里
遠藤　周作
基督教禁止時代に棄教した宣教師や切支丹の心情に強く惹かれた著者が、その足跡を真摯に取材し考察した紀行作品集。〈文庫新装版刊行によせて〉三浦朱門
206307-5

か-18-7
どくろ杯
金子　光晴
『こがね蟲』で詩壇に登場した詩人は、その輝きを残し、夫人と中国に渡る。長い放浪の旅が始まった——青春と詩を描く自伝。〈解説〉中野孝次
204406-7

各書目の下段の数字はISBNコードです。978－4－12が省略してあります。

か-18-8
マレー蘭印紀行
金子光晴
昭和初年、夫人三千代とともに流浪する詩人の旅はいつ果てるともなくつづく。東南アジアの自然の色彩と生きるものの営為を描く。〈解説〉松本　亮
204448-7

か-18-9
ねむれ巴里
金子光晴
深い傷心を抱きつつ、夫人三千代と日本を脱出した詩人はヨーロッパをあてどなく流浪する。『どくろ杯』につづく自伝第二部。〈解説〉中野孝次
204541-5

か-18-10
西ひがし
金子光晴
暗い時代を予感しながら、喧噪渦巻く東南アジアにさまよう詩人の終りのない旅。『どくろ杯』『ねむれ巴里』につづく放浪の自伝。〈解説〉中野孝次
204952-9

か-18-14
マレーの感傷　金子光晴初期紀行拾遺
金子光晴
中国、南洋から欧州へ。詩人の流浪の旅を当時の雑誌掲載作品や手帳などから編集する。晩年の自伝三部作へ連なる原石的作品集。〈解説〉鈴村和成
206444-7

き-6-3
どくとるマンボウ航海記
北　杜夫
たった六〇〇トンの調査船に乗りこんだ若き精神科医の珍無類の航海記。北杜夫の名を一躍高めたマンボウ・シリーズ第一作。〈解説〉なだいなだ
200056-8

き-6-17
どくとるマンボウ医局記
北　杜夫
精神科医として勤める中で出逢った、奇妙きてれつな医師たち、奇行に悩みつつも憎めぬ心優しい患者たち。人間観察の目が光るエッセイ集。〈解説〉なだいなだ
205658-9

さ-77-1
勝負師　将棋・囲碁作品集
坂口安吾
木村義雄、升田幸三、大山康晴、呉清源……、盤上の戦いに賭けた男たちを活写する。小説、観戦記、エッセイ、座談を初集成。〈巻末エッセイ〉沢木耕太郎
206574-1

し-10-5
新編　特攻体験と戦後
島尾敏雄
吉田　満
戦艦大和からの生還、震洋特攻隊隊長という極限の実体験とそれぞれの思いを二人の作家が語り合う。関連するエッセイを加えた新編増補版。〈解説〉加藤典洋
205984-9

し-10-6
妻への祈り　島尾敏雄作品集
島尾敏雄
梯久美子 編
加計呂麻島での運命の出会いから、二人はどのようにして『死の棘』に至ったのか。島尾敏雄の諸作品から妻ミホの姿を浮かび上がらせる、文庫オリジナル編集。
206303-7

し-11-2
海辺の生と死
島尾ミホ
記憶の奥に刻まれた奄美の暮らしや風物、幼時の思い出、特攻隊長として島にやって来た夫島尾敏雄との出会いなどを、ひたむきな眼差しで心のままに綴る。
205816-3

た-13-6
ニセ札つかいの手記　武田泰淳異色短篇集
武田泰淳
表題作のほか「白昼の通り魔」「空間の犯罪」など、独特のユーモアと視覚に支えられた七作を収録。戦後文学の旗手、再発見につながる短篇集。
205683-1

た-13-7
淫女と豪傑　武田泰淳中国小説集
武田泰淳
中国古典への耽溺、大陸風景への深い愛着から生まれた、血と官能に満ちた淫女・豪傑の物語。評論一篇を含む九作を収録。〈解説〉高崎俊夫
205744-9

つ-3-8
嵯峨野明月記
辻邦生
変転きわまりない戦国の世の対極として、永遠の美を求め〈嵯峨本〉作成にかけた光悦・宗達・素庵の献身と情熱と執念。壮大な歴史長篇。〈解説〉菅野昭正
201737-5

つ-3-25
背教者ユリアヌス（一）
辻邦生
血で血を洗う政争のさなかにありながら、ギリシア古典を学び、友を得て、生きることの喜びを見いだしていくユリアヌス――壮大な歴史ロマン、開幕！
206498-0

つ-3-26
背教者ユリアヌス（二）
辻邦生
学友たちとの平穏な日々を過ごすユリアヌスだったが、兄ガルスの謀反の疑いにより、宮廷に召喚される。皇后との出会いが彼の運命を大きく変えて……。
206523-9

つ-3-27
背教者ユリアヌス（三）
辻邦生
皇妹を妃とし、副帝としてガリア統治を任ぜられたユリアヌス。未熟ながら真摯な彼の姿は兵士たちの心を打ち、ゲルマン人の侵攻を退けるが……。
206541-3

各書目の下段の数字はISBNコードです。978－4－12が省略してあります。

つ-3-28
背教者ユリアヌス(四)
辻 邦生
輝かしい戦績を上げ、ついに皇帝に即位したユリアヌス。政治改革を進め、ペルシア軍討伐のため自ら遠征に出るが……。歴史小説の金字塔、堂々完結！
206562-8

な-29-2
路上のジャズ
中上 健次
一九六〇年代、新宿、ジャズ喫茶。エッセイを中心に詩、短篇小説までを全一冊にしたジャズと青春の日々をめぐる作品集。小野好恵によるインタビュー併録。
206270-2

お-2-12
大岡昇平 歴史小説集成
大岡 昇平
「挙兵」「吉村虎太郎」など長篇『天誅組』に連なる作品群ほか、「高杉晋作」「竜馬殺し」「将門記」など戦争小説としての歴史小説全10編。〈解説〉川村 湊
206352-5

や-1-2
安岡章太郎 戦争小説集成
安岡章太郎
軍隊生活の滑稽と悲惨を巧みに描いた長篇「遁走」ほか、短篇五編を含む文庫オリジナル作品集。巻末に開高健との対談「戦争文学と暴力をめぐって」を併録。
206596-3

よ-17-14
吉行淳之介娼婦小説集成
吉行淳之介
赤線地帯の疲労が心と身体に降り積もり、街から抜け出せなくなる繊細な神経の女たち。「赤線の娼婦」を描いた全十篇に自作に関するエッセイを加えた決定版。
205969-6

ち-8-1
教科書名短篇 人間の情景
中央公論新社 編
司馬遼太郎、山本周五郎から遠藤周作、吉村昭まで。人間の生き様を描いた歴史・時代小説を中心に中学教科書から厳選。感涙の12篇。文庫オリジナル。
206246-7

ち-8-2
教科書名短篇 少年時代
中央公論新社 編
ヘッセ、永井龍男から山川方夫、三浦哲郎まで。少年期の苦く切ない記憶、淡い恋情を描いた佳篇を中学教科書から精選。珠玉の12篇。文庫オリジナル。
206247-4

ち-8-8
事件の予兆 文芸ミステリ短篇集
中央公論新社 編
大岡昇平、小沼丹から野坂昭如、田中小実昌まで。非ミステリ作家による知られざる上質なミステリ十編を一冊にした異色のアンソロジー。〈解説〉堀江敏幸
206923-7